執拗迷愛

拗愛迷執

Try Me 2

MAME ／著　胡朦／譯　HT／繪

目錄

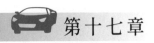

第十七章

刺激因素

　　一大早，豪宅裡的氣氛便十分低靡、壓抑，沒人敢輕舉妄動，就連呼吸都相當困難。此時所有人的視線全都投向了坐在主位上的老闆，那個正安靜坐著看文件，身上散發出冷戾、駭人且危險氣息的男人。

　　此時恐怕沒幾個人敢開口和他搭話，而其中一位有這個勇氣的則是……。

　　「Pakin先生。」

　　「嗯？」

　　Kaew嬸走上前來站在後方，男子則語氣平淡地回應，連頭都沒抬起來看一眼。

　　「Graph先生他……。」

　　一直靜坐不動的那個人剎那間震了一下。而他的動搖，全落入了今天下樓吃早飯的表弟眼裡。

　　Pakin接著語氣平淡地問道：「怎樣？」

　　「Graph先生一直不肯出來，都已經超過上學的時間了，不管敲了幾次門都不回應，我讓人端早餐過去，他也不肯開門。」Kaew嬸一臉不放心地報告著，期望老闆能有些動作，至少也應該准許讓人解開門鎖，可是……。

　　「隨便他，想把自己關在房裡就隨他去。」

　　「Pakin先生！」

　　「怎樣？」

男人抬起頭注視著驚呼出聲的女管家。Kaew嬸不敢相信那位願意吃下走味食物的主人，竟然對那孩子這般無情。

「那小子如果不想出來，那是他的事，如果想蹺課，也是他的事。」

「⋯⋯」

聽到這話，女管家只好閉上嘴，輕嘆口氣望向看起來比平常還要冷靜的老闆，除了禮貌回應之外，什麼也不能說。

「那我先回廚房了喔。」

Kaew嬸走出了飯廳，可Pakin依舊沒有動作，那孩子把自己鎖在二樓房內，他卻看都沒看一眼，而且也沒盡到監護人的職責，把蹺課的孩子拖出來扔上車再送去學校，這使得一直沉默坐在一旁的人開口了。

「看來哥覺得自己做得沒錯？」

咻。

Pakin隨即將目光掃向那個一邊坐著吃飯，一邊滑著手機的人，Pawit抬頭注視他的眼睛，接著冷冷地笑了笑。

「哥認為那麼做就能阻止那個孩子往外跑是吧？」

「⋯⋯」

聽的人依舊不肯回話，Pawit繼續語氣平淡地問道：「那哥認為能阻止那孩子跟誰接觸？是Scene哥還是⋯⋯你自己？」

「我沒必要回答你的問題。」

聞言，年輕男模露出冷笑。不過他本就不期望能聽到哥哥的答案，因此只自顧自地說下去，像是在自言自語一般。

「好吧⋯⋯就當作是我自己多想嘍？Kin，我正在想，歷史或許就要重演了，誰知道？」話一講完，Pawit就瞥向站在角落等待老闆發號施令的某個人，然後再轉回來望向那個已不自覺咬

緊牙槽的哥哥。

「哥愈是裝傻，那孩子⋯⋯就愈會步上我的後塵。」

「胡說八道！」

Pakin沉聲道，使得正企圖挑起哥哥怒意的人，揚起了嘴角。

「這是有可能的，你愈是推開他，他就愈是會想盡辦法接近你，而且他很有可能會和我一樣仰賴同樣的方法⋯⋯誰叫哥喜歡屬害的人，對不對？」Pawit微微挑著眉，輕輕地笑了幾聲，眼見自己把面前這個男人惹得越發不快，最後又補上了一句。

「哥是喜歡床上功夫很屬害的人，或者只是想否認自己其實想要⋯⋯清純的那種？」

磅！

「Pawit！」

一聽到這裡，Pakin的大手立刻拍在桌上，發出了巨響，把一旁的幾個女傭嚇了好大一跳，可激怒人的那一位卻冷靜地啜飲著咖啡，好看的臉蛋上掛著一絲淺笑，因為他不打算再繼續說下去了。他想講的話都已經講完，剩下就看他的表哥打算怎麼做。

看是打算把那孩子推得遠遠的，或是把他拉回自己身邊。

表弟那副模樣，使得看的人握緊了拳頭，直至冒出青筋，不過僅一瞬間，凌屬的臉隨即浮出一抹森冷的笑容。Pakin一把抓起掛在椅背上的西裝外套掛在自己的肩上，而後經過對著自己稍微彎下身、正準備跟上來的Panachai，然而⋯⋯。

「老闆跟手下果然都一個樣⋯⋯老是喜歡把自己的想法強加在別人身上。」

「⋯⋯！」

長相凶悍的男子愣了一下，緊接著便跟在Pakin身後走去。

Pawit抬頭望向天花板。回想起過去的自己，緊繃的雙肩頓時垮下。

『Win先生還只是個孩子，我想，等你再長大一點，或許就能明白什麼是愛。』

「好像看到了以前的自己。」男模緩緩地搖了搖頭，而後望向了通往二樓的樓梯口。

其實他也很想知道Graph會不會和他做出一樣的決定。

或許還要再證實一下。

＊＊＊

Graph不知道這是什麼感覺……痛到麻痺，或是疼到無感。

那……完全沒任何感覺。

少年閉上了眼睛。此時的他還蜷縮在床上，腦中回想著昨晚所發生的事情。雖然很生氣，但他也知道是自己違背規定在先，也難怪像Pakin哥這種執著於權力的人會發火，可他真的沒想到會被那樣子親吻。最重要的是，那些令人難以置信的、傷人的話語。

一直以來，Graph確實試圖放棄過，卻一次也沒有成功，因為對方只要施捨出一點點的善意，他的心就會重新振作起來，依舊深信Pakin哥還是對他很好，還是很疼愛他，若不是那樣，大概早就把他扔到看不見的地方了。

可是昨天晚上，這一切全都在他的面前崩塌。

不管是眼神、語氣，以及從那個人的嘴裡所說出來的話，都在在告訴他過去的種種，全是他一廂情願。

*是擔心嗎？在做白日夢吧，**蠢Graph**，他就只是怕你闖禍，*

因為就算你再怎麼努力，他也絕不會要你。

　　一想到這裡，少年便不禁去撫摸自己的嘴唇，隨即感覺到嘴角隱隱作痛。他仍緊閉著雙眼，再次回想起昨晚粗暴的觸碰，然後不由得生自己的氣……氣到想殺死自己……為什麼依舊渴望著Pakin哥的親近？

　　如果能變得更有經驗，哥會回頭注意到我嗎？

　　Graph覺得自己宛如一艘沒有帆的船，一旦遇上像是Pakin這樣的瘋狂巨浪，無論被打到哪個方向，就只能隨波逐流，彷彿自己沒有腦袋一樣。

　　這樣的認知，讓他深惡痛絕。

　　咚！

　　「別再想了，蠢Graph，別再想了！」

　　Graph使盡全力捶打枕頭，緊閉著眼，接著掀開被子，露出一頭亂髮與精疲力竭的面容，最重要的是，那對深幽空洞的雙眸，透露出最近所感受到的折磨與痛苦。

　　「去他的Pakin哥！」少年大聲吼了出來，隨後起身，走去沐浴更衣。他換上了學生制服，迫切地想要離開這裡，就算會被叫進輔導室也無所謂，只求能走出這棟倒楣房子就夠了。

　　帶著這種想法的人迅速奔下樓，而早就等在樓下的人一見他下來便立刻開口。

　　「你要去哪？Graph。」

　　「Win哥。」

　　轉頭望向這裡的那張臉使得男模立刻起身，大步走上前去，然後抓住對方的下巴使之揚起，方便他看個清楚。

　　「唉。」光看臉色與眼神就知道Graph受到了嚴重打擊。Pawit重重嘆了口氣，審視著男孩通紅的雙眼與帶著些許裂傷的

嘴唇。

光看就猜得出Graph昨天經歷過什麼事情。

呵，這麼對孩子發脾氣，一點也沒有大哥的氣度呢……特別是以這種方式碰這孩子。

想到這裡，男模不由得懷疑自家哥哥似乎就快要忍不住了。原先還聽Pakin信誓旦旦，說他就算死也不會碰這孩子，但這孩子只不過是跑出了他的視線範圍，就把人家懲罰到連嘴唇都腫了。

「他怎麼說？」

這裡指的「他」，講的不是其他人，因而讓Graph把自己的嘴唇咬到發疼。

「Win哥……。」少年同樣也不知道為什麼，但他覺得Win哥能理解他此刻的心情。要強的孩子因此語氣顫抖地呼喚，試圖強忍住昨晚始終沒流下的眼淚，直至整個胸口都在發疼。

明明不想再提，但越來越劇烈的心痛，卻讓他不由自主地宣洩了出來。

「我……我沒希望了，哥……沒希望了……他說我的吻很可悲，怎樣都不會要我……哥……我操，我討厭他，討厭！」Graph語氣顫抖地說道，同時緊抓住另一個人的袖子，將自己的脆弱暴露在他眼前。

見狀，Pawit做了一個決定。

啪。

男模將那孩子的頭壓在自己的肩上，像是在安慰般的輕輕拍打，就算沒有任何話語，他也能明白那種感受。

如果這孩子決定跟我走上相同的路，希望到了那天哥不要後悔。

「呃……嗯……受……受不了了……。」

「用鼻子吸氣，連這麼簡單的親吻也不會，之後又會被他罵喔。」

「因為哥的吻感覺不像……。」

「某個惡魔的吻嗎？」

「……」

這個下午，豪宅裡沒有一位傭人敢經過游泳池旁邊的客廳。由於大老闆的弟弟有特別交代，因此儘管出現了讓不少人好奇的畫面，但基於他們一個個都很怕死，故都紛紛閃避到最遠處，而那畫面即是——Pawit 先生正在親吻 Graph 先生。

這一幕要是被屋主看到，所有傭人都無法預料老闆會做出什麼反應。

會是毫無波瀾抑或勃然大怒？不管哪種，都沒人敢去承受那些情緒。

同一時間，男模正注視著這位自家哥哥說只是臨時帶回來養的孩子那酡紅的臉蛋。帥氣的少年臉頰泛紅，潤澤的雙唇因附著在上面的透明液體而變得水亮，眼眸微紅，甚至還急促地喘息，就像個完全沒有接吻經驗的人一樣，明明都十七歲了。

見狀，Pawi 淺淺一笑，因為就連他也有了感覺。

哥的任性孩子怎麼會這麼可愛啊？

至於他為什麼會去親吻 Graph……。

『Win 哥，厲害的吻技，到底要怎麼做啊？可惡！』

『要我教你嗎？』

Pawit 問道，這孩子聞言便緊張地看了過來，原先不佳的臉色竟然變得興致勃勃又充滿好奇，他起初只是想逗弄對方，這下

也跟著認真了起來。因此，他把這個從昨天晚上就一直沒吃過任何東西的孩子先趕去填飽肚子，再讓他撥電話給差點把手機打爆了的好友，告知對方今天打算蹺課，在那之後兩個人便一起來到這間客廳，為了練習接吻。

其實Pawit看到了那孩子眼中的猶豫，可對方抬手碰觸自己破裂的嘴唇並咬緊牙槽的模樣，讓他知道，Graph正一步步踏上他的後塵。

愈是被推開，就愈會去想，為什麼我就不行？

當年被說還不了解什麼是愛，Pawit就選擇證明給對方看。Graph也一樣，既然被批評經驗不足，那假使經驗變得豐富了，某人就會感興趣了嗎？

哥究竟是想推開他，還是想把他拉進自己懷裡？

Pawit一邊這麼想，一邊以指尖摩娑少年柔軟的唇瓣。他不是那種會想吃掉孩子的人，但要是因此能讓某人願意正視自己，那他也未嘗不能跟這孩子睡睡看。

很值得一試。

撫摸著少年嘴唇的人這麼想，他輕輕撫過破裂的傷口，臉跟著往下低了一些，使得Graph頓了一下。

「哥……。」

啾。

嚇！

Graph為此渾身一震，因為男模漂亮的唇瓣就這麼往他的嘴唇貼了上來，蜻蜓點水後又稍微退開了一些，少年感到既害怕又擔憂，但卻……平靜。

Win哥的吻和Pakin哥的吻，感覺截然不同。

他從Pakin哥那感受到的，是粗暴、狂野，心被踩躪到粉

碎，但又覺得熱烈、激情，使得心臟因興奮與渴望而快速跳動。可Win哥的吻，對他來說相對柔軟、深入、溫柔。他曾經想從Pakin哥那邊得到這樣的吻，而這般的溫柔如今卻沒能激起他的興致，相反地，還讓他感到難以形容的平靜。

被傷害之後的疼痛居然就這麼減輕了。

「張嘴。」

少年曾經發誓絕不會跟其他人做這種事，除了自己一直以來暗戀的對象，可是，那些心痛、憤怒以及好勝的情感竟促使他張開了嘴，當Win哥把兩隻手貼在自己的臉頰上時，Graph的兩隻手隨即緊握住自己的衣襬。

這樣的深入接觸讓人悸動，可Graph卻只是……想知道罷了。

那可愛的模樣使得Pawit勾起了嘴角，他稍微歪著脖子，準備再次把嘴唇印上去，彷彿很清楚應該要把這孩子引導至哪個方向，熱燙的舌尖伸進了溫暖的口腔中，從上顎、貝齒，接著繞到了軟嫩的舌尖……。

「嗯……。」Graph似乎想要抵抗，可擅長激情之吻、草率之吻以及挑逗情緒之吻的那個人，卻依舊從容地去攪動他的舌尖，以勾動的方式邀請Graph慢慢地將舌頭送過來，而Graph則不是很確定地予以回應。

「唔。」

Pawit當然不會錯過這個機會，他換了一個接吻的角度，再把手伸出去，像是挑逗般的輕撫少年的背部，同時加深了這個吻的熱度。

都親成這樣，Pawit還是能感覺到對方的生澀，因此只好按部就班地來，可他勇猛的哥哥，明明獵豔無數，卻那麼的粗暴。

呵，你會後悔的，Kin。

「唔……嗯……。」少年緩緩伸出手去抓住Pawit背後的衣物，就在他快要無法呼吸的時候緊握住它，但卻沒有推開對方，他心中只想著一件事——

如果哥想要的是接吻技巧好的人，那我就做給你看！

見少年如此順從，Pawit也毫不猶豫地將比自己高一些的少年推倒在沙發上，把灼熱的氣息強塞給對方，直至他感覺少年快要受不了了才肯退開，然後重新再來一遍，但是……。

「你們在做什麼！」

凌厲的聲音從大門口傳來，使得Graph驚訝地立即回過頭，接著就看到早上才剛出門的高大男人。

那男人以森冷的眼神瞪了過來，不由得令人寒毛直豎，也因此讓少年渾身一震。即使再怎麼生氣，再怎麼不滿，再怎麼因對方所做的事而感到心痛，但由於自己已習慣比任何人都要在乎這個男人，Graph因而上氣不接下氣地這麼說道：「不……不是哥所想的那樣！」

「那我該怎麼想？」

「就是我跟Win哥……。」

「你跟Win想幹嘛都不關我的事。」

！

聽到Pakin平淡的語氣後，試圖解釋的那個人立刻冷靜了下來。男人好看的唇瓣甚至還勾起嘲諷的笑……那笑容像是在說，無論自己跟別人做了些什麼事，他都沒興趣知道。身材纖瘦的少年迅速站起身來，和那個以平靜眼神回瞪過來的壞男人面對面。

「不管我想做什麼都是我的事對吧？」

Pakin靜靜地凝視著他的眼睛，然後給出了回應。

「對。」

就在此時，Pawit清楚地看到少年的兩隻手緊握住拳頭，嘴角還勾出一抹淺笑。他回頭望向仍靜靜站在那裡的哥哥，不過這個時間點，哥哥為什麼會跑回家？

某人或許覺得愧疚，所以跑回來哄小孩，可卻先一步被挑起了怒氣。

「既然哥都這麼說了……。」

「！！！」

就在那一剎那，Pawit忍不住睜大了雙眼。一次又一次遭到傷害的那孩子，撲向了始終靜默地站在一旁的另一個人，在對方還來不及反應過來的瞬間揪住了他的衣領，緊接著將溫熱的唇快速貼了上去，讓目擊這一幕的男子差點來不及克制自己去阻止少年。

「你打算做什麼！」

少年拉下Panachai的衣領親吻對方的畫面，使得一直不為所動的那個人抓住了少年的手腕，接著把人拉向自己，然後以非常強硬的語氣質問。Graph這時則露出了像是快要哭出來的笑容。

「哥不是說，我想幹什麼都是我的事嗎？」

那模樣使得正怒火中燒的男人愣了一下，他望進那雙噙著淚水的眼眸，接著緊咬著牙。

「過來！」Pakin握住了少年的手腕，接著把人拉出客廳，Graph差一點就被這股拉力扯飛。

客廳內只剩下同樣被嚇得不輕的兩人，不過Pawit看起來似乎已冷靜了下來，身形苗條的他走過去停在了Panachai的面前，然後露出一抹壞笑。「最後，你還是沒辦法拒絕我的吻。」

他纖細的指尖貼上了被鬍鬚所覆蓋的嘴唇，從一邊摩娑到另一邊，接著露出了快意的笑容。

這男人拒絕了他好幾年，但卻從剛和他接吻過的Graph那裡，接收了他的吻。

在那之後他也跟著離開客廳，彷彿很痛快的樣子。

然而Pawit心中其實正告訴自己——

如果他能有Graph的勇氣……就好了。

「放開我，哥如果不在乎我，就放開我啊！！！」

當Pakin將Graph拖出客廳，回過神來的少年不禁開始大呼小叫，兩隻手試圖從禁錮中掙脫開來。可情況就和昨晚沒什麼不同，無論再怎麼拉、再怎麼扯，都無法掙脫如鐵鉗般的大手，Graph因此決定……。

咚！

「噢！」

少年立刻往對方的腳上踢了過去，Pakin因此叫出聲，凌厲的雙眸隨即掃過去憤怒地瞪著少年，可他所看到的卻是一張布滿淚水的臉。他曾告訴自己那有多煩人，可現在見到男孩的眼淚，怒氣卻不可思議地平復了下來。

Graph此時的眼淚並不是因為痛心，而是因為……難過。

面對那份難過，他曾告訴過自己不需要去理會，可現在卻沒辦法再像以前那樣放手了。

其實昨晚所發生的事情一直擾亂Pakin的心神，使他無法繼續平靜地坐著工作，無論他何時停下手邊必須在今天內處理完畢的文件，對方那淚眼汪汪的模樣，以及僅因一個吻就受到極大驚嚇的眼眸都會浮現眼前，最後竟使得他握緊了拳頭，憤怒地把原

子筆摔了出去，隨後就決定返家一趟。

他明明決定不碰這孩子，但現在卻違背了自己的禁令。

他媽的！明知道事情會變得複雜，為什麼就是控制不住自己？

握緊少年手腕的人這麼想，他注視著那對倔強的雙眼，一直以來不斷告訴自己那很煩人。可是男孩彷彿正在崩裂的眼神，宛如一碰就碎的玻璃，讓他不禁咬緊牙根，把這個任性的小子向後推到屋內的牆壁上，然後語氣強硬道：「Graph，我有事要跟你說。」

Pakin認為這是最好的方法了，至少是當著他的面說的。

「你回家吧！」

這句話使得聽的人訝異地睜大了雙眼，原本試圖掙脫開來的手，就這麼垂落到身側，因為Graph沒想過自己會被推開……又一次的。

Pakin哥把我當成什麼了？想要我一起住就把我帶來，覺得煩了就丟開，究竟把我當成什麼了！

少年很想問這個問題，但現在他能做到的事，就只有任憑透明的淚珠從眼眶中滑落，連抬手將它從臉上抹去的力氣都沒有，僅能像是說不出話來那般注視著對方。

那模樣差點就讓Pakin別過視線，可是，他已經下定決心了。

有時把對方留在身邊，或許比讓他面對外頭那群人更危險。

「Graph，聽我的話——」

「不聽！」

然而，正當男人準備以理性而非情緒化的方式來溝通時，這名一直以來都需要這種理性對待的少年隨即大吼，他後退了幾

步，像是害怕得想逃避，接著猛力搖頭，猶如一個內心崩潰的小孩，使得注視著他的人情不自禁地緊握住他的手腕。

「Graph──」

「聽你提到孩子，我就跑來看孩子了⋯⋯真可愛呢。」

！

接著，Pakin不由得一愣，一道熟悉的嗓音從門口處傳來。男人原本軟化下來的眼神此時閃過一道駭然的光芒，接著扭頭轉向某個笑著站在那邊的傢伙。

「媽的，Scene！」

咻。

正難過的男孩立刻跟著轉過頭，於是他總算見到了，他們一個個老是提到的男人。

高䠷男人那抹說明了心情很好的燦笑十分耀眼，他精明的眼眸興致盎然地望向這邊，同時眼底又有些玩味，彷彿看到了什麼好東西。他身形高大，打扮輕鬆，只穿了深色T恤與牛仔褲，卻十分引人注目，任誰見到他都會想回頭多看幾眼。不過，這不只是因為他長得高，或是長相英俊的緣故，重點應該是那抹笑容──那抹不管是誰，都會輕易愛上的好看笑容。

男人走了過來，宛如沒察覺到朋友與這孩子之間的異樣氛圍，甚至還開口打招呼，「過得怎樣？好久不見，結果一打來就趕著掛我電話，我都沒來得及好好聊聊呢。」

剛來的這個人，走過來站在正壓抑著憤怒情緒的朋友身邊。Pakin隨即藏起所有對那孩子的感覺，轉身重新對上了朋友的目光。

「我不像你這麼閒。」

「嘖嘖，真令人傷心，就好像被人講成是無業遊民似的。」

「如果沒有很閒，那你就快點回去工作吧。」

Scene聽了這話放聲大笑，接著搖了搖頭，彷彿對於好友的誤解感到無奈。

「嘿，我的工作是在太陽下山之後才開始，難得我特地摳掉眼屎前來拜訪，想說好朋友有難，可你卻是這樣子迎接我的嗎？Pakin先生。」心情愉悅的Scene這麼說道，不過他的視線卻瞥向了一旁的孩子，像是很感興趣一樣。

那視線使得Pakin上前擋住了Graph。

「那你有什麼事情嗎？」

「就說是來看孩子的，哦～我好像講錯了。」一見到這冷厲的精銳眼神，十分清楚好友性格的Scene雙手一攤，甚至還稍微聳了聳肩，像是在說：我不會自討沒趣地故意惹你生氣啦。

「是工作的事，我需要借助一下你的黑暗勢力，不過現在……」這個表示自己不想自討沒趣的男人推開了朋友的肩膀。

「你好，我叫做Scene喔，弟弟你叫什麼名字？」心情很好的男人就這麼靠上去對上仍噙著淚水的眼眸。他直盯著對方，眼睛愈加發亮。

有意思。

啪。

「我沒那麼多閒工夫，有事就到辦公室裡談。」

沒等尚未回過神來的少年回答問題，Pakin就抓住了朋友的肩膀，然後使勁把人帶往另一個方向，可Scene怎麼可能會錯過？

「先等一下，我都還沒打完招呼呢。」

嗖。

一隻大手伸到了少年的面前，握住了尚未回神的Graph的手

輕輕晃了晃，而後拋了個媚眼。

「拿著，隨時都可以來找我唷。」

某樣東西被迅速塞進了少年的手裡，那隻手的主人一時也沒察覺，因為一直以來試圖把對方和這孩子區隔開來的那個人，正迅速扯著對方的手臂往辦公室的方向走去。

「之後再聊。」

Scene僅說了這麼一句話，獨留下Graph一人靜靜站在原地，像個什麼都不知道的傻子，他因此緊握住拳頭，使得手裡的東西差點刮到皮膚。

「這都什麼鳥事！！！」直到找回理智，Graph這才憤怒又難過地咒罵出聲，最重要的是⋯⋯覺得委屈。

為什麼啊？不過只是有朋友來找，我就變成展示品了是吧？

才剛被趕出家門的那個人咬住了自己的嘴唇，直到發疼。疼痛才能找回理智，所以他這才感覺到自己手中握了某樣東西，然而當他低頭一看，發現是一張銀色的卡片。

「好像跟⋯⋯Win哥的一樣。」

對，他曾看過Win哥使用同樣的卡片進入夜店，這使得滿腔疑問並且難過到差點崩潰的少年，將它握得更緊。

而此時的Pakin，全然不知自己正把一個孩子推向懸崖的邊緣。

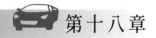

第十八章

選擇的途徑

「想清楚了嗎？Graph。」

「他已經把我趕出來了，我又怎麼可能厚著臉皮繼續住下去？」

一輛高級跑車駛了進來，停在知名政治人物的豪宅前，駕駛人一邊扭頭詢問一旁眼睛依舊通紅的少年，一邊再次確認。而這個問題使得聽的人緩緩低下了頭，以憤怒、怨懟且傷心的語氣回答，令Win忍不住嘆了一口長長的氣。

「這樣就認輸了？」

「難道還有辦法可以贏過他嗎？哥。」

「……」

始終奮發激昂的那個人竟然這麼反問，同時還露出了一抹苦笑，Pawit不禁微微搖了搖頭，把手放在令人憐愛的孩子頭上，而後輕輕搖晃。

「去休息吧，什麼時候準備好就告訴我，之後再來接你。」

「這麼做不會有幫助的，Win哥，如果他不希望我在身邊，不管怎樣他還是會把我扔出來的。」

言下之意就是，如果Pakin哥不來接他，自己又怎能厚著臉皮繼續賴在那個家裡呢？

「無論如何都很謝謝Win哥送我回來，也謝謝你教會了我很多事。」話一講完，眼睛通紅的男孩便快速地道別，接著打開車門一邊迅速走下車，一邊將背包甩到肩上，而後頭也不回地大

步走進建築物內。

　　其實每次只要這孩子表現得沒禮貌，都會讓 Pawit 感到些微不快，可這時候的他能理解對方。

　　剛才 Graph 突然拿著背包走過來請他幫忙送回家，起初他是想拒絕的，可對方那令人同情的眼神卻令他心軟，所以才決定將人送回去，完全不理會 Panachai 反對的聲音，說是希望他們先等等正在跟友人開會的大老闆。

　　任誰都會有需要先退兵重振旗鼓的時候。

　　Pawit 告訴自己，因為他相信……某樣在 Graph 體內的東西讓他相信，那不是會輕易放棄之人的眼神。

　　這時候如果詢問 Graph 有什麼感覺，少年大概會回答不知道吧？

　　不知道自己有多疼。

　　不曉得自己有多痛。

　　不清楚自己究竟哭了多久。

　　也不明白該如何贏得對方的心。

　　這些未解之事以及因被人刻薄地嘲諷經驗不足所造成的傷害，匯聚成了一股動力，使得少年下了某種決心。因此，即便隔了兩個星期才回到家中，Graph 也完全不想浪費時間去詢問父母的情況，畢竟家中的傭人也只會回答他們不在，不知道去了哪裡，或是跑去跟誰睡了。在這棟屋子裡，他在或不在，其實都無所謂。

　　因此，Graph 所做的事情就是去打開衣櫃，然後拿出許多衣物扔在床上，不過他的目的並非想要好好打扮去見重要之人，而是在挑選哪套衣服能讓他看起來最成熟，直到 Win 哥的模樣一瞬

間浮現在腦海中。

　　窄管牛仔褲、寬領長袖上衣，還有依序排列在整張床上的知名品牌飾品，再搭配上一張銀色的卡片。

　　沒錯，好奇心、想嘗試的心以及好勝心，正把Graph推向Pakin所不樂見的方向。

　　啪。

　　「我一定要知道！一定要知道哥喜歡的是怎樣的人！」少年語氣強硬道，他一把抓起所有的物品，接著走進了浴室。

　　今晚，他一定要使用這張才剛收到的卡。

＊　＊　＊

　　當時鐘的短針稍稍偏離了九這個數字，一名少年從計程車上走了下來，直直地注視著市中心這家訪客絡繹不絕的夜店。

　　特別是像這樣的週末，各式進口高級車都會不斷地轉進來停車，使得停車場變得像是一座大型的名車展示會場，但那不是來訪之人所關注的事情，他所關注的其實是這家夜店的老闆。

　　「這裡未成年禁止進入喔。」

　　然而，當Graph一靠近看門的工作人員就被攔住了，他隨即從褲子的口袋裡抽出一張卡片。

　　「如果我有這個呢？」

　　！

　　「您請進。」

　　「那是誰？之前沒見過。」

　　「對呀，可是他拿著VIP卡……那孩子是誰？」

　　Graph聽到了從後方傳來的議論聲，不過他不以為意，少年

僅迅速地通過了入口的大門，同時緊握著那張銀色的通行證，隨後環視了一下四周，全然沒注意到自己有多麼的引人注目。

此時俊俏的叛逆少年，下半身穿了一條窄管牛仔褲與一雙包裹至腳踝的黑色靴子，把腿襯得越發細長，上半身則套了件深色長袖衣，寬闊的領口露出了潔白的肩膀與極致誘人的鎖骨，另配上項鍊以及銀製的手環飾品。

時尚的外型以及迷人的氣質，再加上他手裡拿著這間夜店的VIP卡，許多雙眼睛因而鎖定在他身上。

「你好。」

「嗯？」

Graph原本欲走向Win哥曾經帶他走過的二樓，當他一聽到招呼聲，不由得回頭一看，一位身材姣好的美女正拿了兩杯飲料走來。

「第一次來嗎？還是跟誰有約？」

明知道對方未成年，不過這個美女似乎不以為意。她不停地靠近，甚至還露出了散發魅力的笑容，讓從未見識過此等場面的少年差點退後逃離，而且還更加確定了——這裡一點都不適合他。

「在追小朋友啊？」就在這時，那個美女的朋友走了過來，而後甜甜一笑，「長得這麼帥，真的會讓人想追，要跟姐姐們一起坐嗎？」

另一個人抓住了Graph的手臂，並將身體靠上來磨蹭少年。Graph見狀連忙出聲致歉。

「抱歉，我有約了。」

「跟誰有約？搞不好姐姐們認識，我們很常來呢。」一聽到這種說法，另一個正在找尋男人的女人立刻出面道。

「我是來找Scene哥的。」

兩個試圖拉著少年一同玩樂的女人聞言不由得一愣，然後迅速鬆開手，並且表現出自己什麼都不知道似的搖了搖頭，僅指向了並非所有人都能走上去的樓層，接著以不是很確定的語氣說道：「如果想見到他，得先上到那個樓層。」

「那如果我有這個……」Graph立刻亮出自己今天剛得到的卡片，女人見狀隨即睜大了雙眼，轉頭面面相覷。

「抱歉啊，我們才剛想起跟朋友有約……走吧。」

兩名女子慌忙地往另一個方向走去的模樣，讓男孩不明所以地皺起了臉。他的預感正在告訴他，跑來這個地方或許不是一件好事。然而，被某人傷害所帶來的疼痛，正將他往樓上的那個夾層直直推進。Graph對著工作人員亮出了那張卡，然後詢問了一下自己今天的目的地。

「我想要見Scene哥。」

通行證使得Graph被領到了一個更高的樓層，可他卻不知道自己這一進去，再走出來可就沒那麼容易了。

同一時間，另一名少年剛從一輛高級轎車裡走了出來，而後以自己的臉蛋作為通行證，直接走進哥哥所經營的場所消磨時間，順道向某幾位熟識的員工打招呼。

夜店才剛開張的時候，Night就被哥哥帶到這個地方，因此就算他尚未成年，但只要他一露臉，大家就會知道這個人是老闆的弟弟。而且很多人會覺得這個少年相處起來比較舒坦些。

就算他們兄弟兩人都是樂天派，可是大家都知道Scene先生的笑容比他流著同樣血脈的弟弟要可怕得多。

「要喝點什麼嗎？Night先生。」

「只要是無酒精飲料都可以，我來轉交文件給Scene哥，等一下應該就會回去了，星期一有小考。」Night和酒保熱絡地說道，同時把資料袋舉起來給對方看。

「不順道過去一下嗎？Scene先生今天有來喔，看他開店的時候就來了。」

「時間都這麼晚了，我就不過去露臉了……怕會打擾到他。」Night莞爾地說道，因為他很了解這位同父異母哥哥的性格，打算喝完飲料之後就直接回去。

「差點就和Siraphop先生的小朋友扯上關係了！」

「誰知道那個孩子會是Scene先生的人啊。」

後方傳來的對話聲讓Night瞥了過去，接著就看到兩個女人正談論著某人。

「我看他傻愣愣的像是第一次來玩，誰知道Scene先生會對那樣的孩子感興趣啦！每次看他帶的不是漂亮的，不然就是男模等級的。」

「一說到男模，我就覺得很眼熟，上一次在夜店裡鬧事的那個。當時我也在場，他是不是和那位男模一起來的孩子？」

Night聞言立刻沉默了下來，拿著杯子的手不自覺地收緊，他不禁上前去找那兩名美女，然後連忙詢問。

「不好意思，我能聽聽細節嗎？」

希望別是Graph……別是他那個自投羅網的學弟。

Scene又叫做Siraphop，是不曾從泰國首富排行榜中缺席的家族的大兒子，因此大家都以為他是個肆意妄為、傲慢、高傲、不與平民來往的那種男人，可實際上，這個男人樂天、愛笑、很善於和人打交道，對少男少女而言都很有魅力，而且……

一點也不可怕。

這是Graph自己歸結出來的結論。

他望向這家高級夜店的老闆。男人穿著一件淺色休閒襯衫，將袖子折到手肘的位置，解開了鈕扣，搭配深色牛仔褲，對方正把腿疊放在辦公桌上，像是不在乎有沒有客人在，同時手裡還拿著兩、三張正在閱讀的文件。

「好啦，總算看完了，看太多字頭會暈。」直到看完了最後一張文件，高䠷的男人將那兩、三張文件放在桌上，轉頭看向今晚的訪客，可並沒有把腿從桌上放下來，兩隻手鬆鬆地搭在胸前交握，而後露出了一抹笑容。

「弟弟有什麼事情需要哥哥效勞呢？」

「……」

Graph說不出口，他只覺得對方的笑容看起來也太過親切了一點。

「噢，不對，應該要先問，你叫什麼名字？」

「Graph……我叫做Graph。」

「嗯哼，然後呢……？」

Siraphop挑著眉，一副像是在挑釁的模樣，使得特地來見他的人握緊了拳頭。Graph很想問Win哥，這種人要怎麼把他變成Pakin哥所喜歡的人呢？

「真沒幽默感呐。」看到少年明顯表現出來的不自在，這個地方的老大這才肯把腳放下來，再將雙手一攤。

「別露出那種表情嘛，哥哥不會咬你的，過來坐這邊。」Siraphop指向了自己對面的椅子。

聽的人因而有些猶豫，可最後還是走過去和他一直很想見的那個人面對面坐著，而且老實說，他有些失望。

他以為這位Scene哥給他的感覺會像Pakin哥，可怕、冷漠、對任何人都不感興趣，以自我為中心。可是他面前的這個男人卻使他想起了那位學長……Night學長。

不愧是兄弟，連那欠揍的笑容都他媽的像。

一想到這裡，少年便不自覺地緩緩放鬆了下來。

「好啦，那麼Graph弟弟找我有什麼事嗎？還有你這麼跑來，有先跟Pakin那傢伙說了嗎？他要是知道了，我可是會被生吞活剝的啊……。」

「跟他沒關係！」

某個人的名字一出現，Graph立刻語氣強硬道，使得喋喋不休的那個人沉默了半晌，接著抬頭迎上那雙滿是憤恨的大眼，而後不禁勾起一抹淺笑，緩緩點了點頭。

「好，不提那傢伙，但我還是想不出來你找我有什麼事情，也不像是純粹來打招呼的吧。」高大的男人稍微往前傾，雖然臉上仍掛著燦笑，不過眼睛卻往Graph的眼眸深處望去。他的眼神帶著一些狡獪，然而涉世未深的孩子又怎能看得出來。

「我想跟哥見面。」

少年脫口說出了心裡話，聽的人因而露出了笑臉。

「為什麼？」

「Win哥說你能改變我。」

「……噢，我想起來了，Graph是Win上次帶來的那個人，不過那次我不在……嗯，這件事相當有趣啊。」

Pakin曾提過，Siraphop是個對這種事鼻子特別靈敏的男人。如今他正開始把各種事情在腦中拼湊起來，笑容也更加燦爛，眼睛則因少年跑到他面前的趣事而越發明亮，同時若有所思地輕輕摸著下巴。

「對，是我……我想知道 Pakin 哥喜歡的是怎樣的人。」

「不是說不想提到那個名字？」

可欠揍的那個人仍玩味地這麼說道，激得少年握緊了拳頭。

「哥可以不要來惹我嗎？如果哥不想講，那我就回去了！」

Graph 只想著要見對方，想來談話，以好友的角度來理解那個男人，除此之外並沒有多想。這與 Siraphop 的想法完全相反，男人緩緩地站起身，走向了其中一面牆，Graph 見狀，差點脫口要對方先回答問題。

咔。

唰啦。

只見 Siraphop 按了一下牆面旁的按鈕，打造得與牆壁融為一體的暗門頓時開啟，眼前隨即出現一座大型吧檯、柔軟厚實的沙發，以及其前方的超薄電視螢幕，能將整間夜店內部的畫面全部收錄在一個螢幕當中。不過，比這一切都要顯眼的……是一張床。

這張大床靠著被當成其中一面牆壁的透明玻璃，因此可以看見下方的畫面與敞亮的燈光。

「如果想談這件事，還得花很長的時間，來吧，先來喝點飲料。」

Graph 猶豫了一下，可對方輕鬆的笑容與親切的語氣，使得他緩緩起身，決定走進那扇大門內，縱使他的預感警告他別那麼做，但由於 Siraphop 就這麼敞開大門，少年因此告訴自己沒關係，如果發生任何事情，他也能及時逃跑。再說，如果找不出該用什麼方法來贏得那個男人的心，他是絕對不會回去的。

他不想繼續被 Pakin 看作只是個孩子了。

＊＊＊

「Kin是在玩扮家家酒嗎？」

同一時間，Pawit正一邊雙手環抱胸前站在門邊，一邊注視著自家那位勇猛的表哥。明明可以管理一堆人，但卻不知道該怎麼搞定一個孩子。那男人獨自一個人靜靜啜飲，但氣氛並不像他所播放的音樂那般輕鬆愉悅。相反地，假裝很放鬆的那個男人，明顯一臉心事重重的模樣。

「……」Pakin不回答問題，繼續抿著他的飲料，目光注視著平板電腦上所播放的最新一場賽車畫面。這場比賽中，他派出了Phayu才剛改裝好的超級摩托車。

那模樣使得Pawit不禁翻了個白眼。

「想要人家來的時候就把人拖來，想推卸責任的時候就拋棄人家……是這樣嗎？Pakin先生。」

「我沒空跟你閒聊，如果沒事的話就出去玩吧。」聽的人依舊一臉輕鬆地說道，不過把平板電腦抓得更緊的手卻不像那麼一回事。

「懶得去。」Pawit也回得一派輕鬆。他邁開步子走過來坐在男人旁邊的沙發椅上，再把腿一翹，兩隻手鬆鬆地在膝蓋上交握，漂亮的眼眸緊盯著沉默不語的表哥。

「我這才知道哥會拒絕吃鮮食，然後回頭去吃那些臭掉的東西。」

「……」

聽到這話的人此時抬頭對上弟弟的視線，而企圖激怒人的那位則微微一笑。

「我知道……臭掉的東西，無論白天或黑夜，爛就是爛，要

讓它繼續腐爛也不成問題。可是哥正在害怕的是，如果以錯誤的方式去觸碰鮮食，那它就會像哥所喜歡的那樣腐爛掉吧⋯⋯我認真問，哥喜歡有經驗的、會取悅人的，是因為不想惹上麻煩，還是在逃避現實？」

「如果你不是我表弟，我可能已經拿槍指著你的頭了。」Pakin依然不為所動，以平淡的語氣頂了回去。

而Pawit其實也明白，如果他的哥哥沒反應，那不管再怎麼挑釁都沒用，因此，他語氣嚴肅地這麼說道：「我來告訴你一件事吧，Kin⋯⋯。」

他漂亮的眼眸凝視著哥哥的眼睛。

「如果不需要，那就放開他，別給他希望。你一次次地讓他希望破滅，別找藉口說是為了他的安危著想，因為哥自己也很清楚，誰⋯⋯對那個孩子來說最危險。」

「所以我這不是放開他了嗎？」

Pakin一瞬間愣住了，接著對弟弟露出了笑容，而這卻差點讓Pawit搖頭。

才沒有，如果真的放手，就不會讓Graph在身邊打轉長達十年之久⋯⋯哥就只是個自私的男人。

但就在他打算說些什麼的時候⋯⋯。

鈴、鈴、鈴、鈴、鈴、鈴、鈴～～

Pakin的手機鈴聲忽地響起，他不由得瞥了螢幕一眼，是Panachai。

「怎樣？」Pakin語氣平淡地回應，下一秒卻⋯⋯。

「你說什麼！！！」

「Night先生打電話過來，說Graph先生和Scene先生待在夜店裡。」

「我操你媽！」

這個說自己已經放手的男人竟爆了粗口，使得猜出那個孩子肯定發生了什麼事的弟弟露出了一抹冷笑。

「哥自己說過要放手的。」

！

聽到這話，Pakin立刻回過頭注視著弟弟的臉，兩手緊握住拳頭，然後轉身一邊像風暴般快步離去，一邊開口叮囑仍在線的親信。

「一定要聯絡上Scene那王八蛋，告訴他，如果再不停手，我會弄死他！」

* * *

Graph從十五歲起就開始練習喝酒，由於時常蹺課和朋友暢飲，因此他的酒量並不差，對自己的酒量相當有自信，而且也知道自己的極限在哪。所以當對方把酒杯遞到他的面前時，他毫不猶豫地接過喝下，接著用一臉想得到答案的表情注視著對方。

「剛才談到哪了？噢，哥的朋友喜歡什麼樣的人是吧？」Siraphop莞爾地問道，眼睛注視著臉上寫滿對Pakin愛意的孩子。不過從自家好友的反應看來，那傢伙好像不怎麼想要呢。

如果是這麼可愛的孩子，就應該由自己接收。

「要比喻的話……大概是像Win那型的吧？」

也是，我早該知道了。

Graph隨即把臉別向了另一邊，想起了Win哥，以及那些Pakin哥感興趣的對象——優秀、自信、長相好看，而且一看就知道非常有經驗。

他不明白對方為什麼會喜歡那樣子的人，但在思考過幾次以後，他自行得到了結論。大概就是因為有經驗的話就不需要費心教導，一上床便能做得猶如乾柴烈火、酣暢淋漓。

Pakin哥喜歡的，是他再怎麼努力也無法成為的那種人，可是他想要變成那樣。

Graph愈是這麼想，手裡的飲料就喝得愈凶。讓把這一幕收進眼底的人頗為滿意，高大的身軀移過來坐在少年的身旁，他的大手不客氣地摸上了才剛進入青春期不久少年的嫩白臉頰。

「別碰我……。」

「哥的朋友喜歡厲害的人。」

在Graph喝斥之前，Siraphop卻以溫和的聲音這麼說道，使得少年的怒氣緩和了下來，男人的大手就這麼沿著細緻的皮膚往下摩娑至下巴，接著將之輕輕推高，在那之後，他嘴角勾起了一抹好看的笑容。

「Pakin那傢伙喜歡很會接吻的人。」

男人的指尖滑過來輕撫著少年的嘴唇。溫柔的撫摸使得Graph寒毛直豎，這個人的碰觸讓他的身體以迅雷不及掩耳的速度發燙起來。

他不知道自己為什麼會被牽著鼻子走，可當那隻大手滑到了脖子，Graph卻沒揮開。指尖輕輕地摩挲，叫人渾身哆嗦，呼吸也漸漸焦躁了起來，少年只注意到一件事，對方那深邃的迷人眼眸正望向自己的眼睛深處。

那雙眼睛彷彿有著誘人落入圈套的魅力，再加由上往下撫摸至腰部的那隻大手，肌膚隨即跟著輕顫，身體也因為那短短的一句話而熱了起來。

啾。

接著，大手游移到了軟嫩的臀部上，並將指尖鑽進了褲子的縫隙，使得Graph渾身一震。

這時，對方將那張英俊的臉往前傾，而後在少年的耳邊低語。

「還有⋯⋯很會做的人。」

「⋯⋯」

「想變成那樣嗎？像Win那樣，像Pakin所喜歡的那樣⋯⋯Win就是我教的，全部都是，包括初吻、第一次性愛、當身體結合在一起時那種前所未有的快樂，全都是我教他的，想變成那樣是吧？」

Graph很想搖頭，很想拒絕，可是某張狠狠傷害過他的惡魔臉孔隨即在腦中閃現。

那個說絕不可能會要他的人，那個說他沒經驗的人，那個說過就算去死也不會把他放在眼裡的人⋯⋯那個把他趕出生命裡的人。

還有什麼比這更糟的嗎？蠢Graph，沒有了，已經沒有什麼能比這還更糟的了。

「我很了解Pakin那傢伙，知道他喜歡怎樣的人，而且我⋯⋯還能把Graph變成那傢伙喜歡的那種人。」

「哥⋯⋯有辦法做到嗎？」

最後，少年語氣顫抖地問道，望向正對著他笑，而後欺身上前的那個人。

不曉得是因氣氛所致，抑或那些彷彿能洞察內心的話語使然，Graph就這麼往後躺倒在柔軟的沙發上，呼吸逐漸灼熱，默默地凝視著對方流露出欣喜笑意的雙眸。

男人的大手隨後滑進了長袖上衣裡，輕輕撫過腰部。光是那

樣，就讓Graph差點倒抽一口氣。

「更深入的我也能做。」

低沉的嗓音像是來自遠方，當少年的背部一接觸到沙發，眼睛便緩緩闔上，溫熱的嘴唇此時貼上了他的脖子，身體頓時產生一股快感，隨之跟著顫抖。

這是他應該做的事情……早就該做了……。

『我爸說你生病了，所以強迫我來探病。』

！

可在模模糊糊的意識裡，Graph卻於腦海中看到了過去的畫面。那畫面是一名長相俊俏的高挑少年正一臉不悅地站在床邊，接著將一大包小男孩被禁止食用的點心，扔在了他的大腿上。

『至於這個，是你一直吵著說想吃的東西，藏好啊，不然又要挨罵了。』

『Pakin哥，留下來陪我，哥不准回去，待到我睡著好不好……好不好、好不好嘛～』

『真要命，好啦、好啦，快睡吧，你這個任性的小鬼，趕緊入睡，我才能回家打電動。』

他的童年記憶裡沒有父親的畫面，也沒有母親的畫面，就只有這個男人的畫面。這男人雖然嘴上嫌煩，卻每次都會來看他，這男人會答應比自己小了將近十歲的小男孩的請求。

那些畫面使得淚水就要從緊閉的雙眼中湧出。

「放開我吧，哥，我要回家了。」

就在那一刻，Graph竟然推開了埋在他脖子上蹭動的男人肩膀，語氣凝重地開口，並睜開了眼睛。讓Siraphop錯愕地愣了一下。

「除了Pakin哥，我沒辦法跟別人睡。」縱使身體在發燙，

縱使身體在吶喊著自己渴求到就要受不了了，但少年卻仍語氣嚴肅地如此告訴對方，並直視著那對流露出不滿神色的眼眸。

他可以走的道路，他所做出的選擇……就算會讓自己再怎麼痛，他的終點也只有一位叫做Pakin的男人。

那些話使得Siraphop露出了冷笑。

「你知道嗎？Graph……既然決定走進這個房間了，那就意味著你不可能輕易地走出去。」

啪。

「我就要出去，你又能怎樣……啊！」

少年試圖推開對方，然後起身，可當他的腳一碰到地板，竟感覺到地板軟得像塊布丁，頓時就躺回到沙發上，就算他再怎麼推開欺身跨在自己身上的男人，也使不出半點力氣，對方甚至還把他的兩隻手壓在頭頂上方。

「那杯酒……。」

Graph懊悔地咬住自己的唇，使得提供酒的那個人笑出聲來。

「嗯，特調酒，用來招待VIP客戶……不過，你確定不跟我睡嗎？」

Siraphop語氣戲謔地問著，俊臉迎上去親吻少年的臉頰，並順勢移到嘴唇，然而Graph卻拚命別開臉閃躲。

「去死吧，幹！……呃！」

然而，就在那一刻，身形高大的男人伸出手去抓少年的褲襠，驚得少年大叫了一聲。

不是真的，不可能，我怎麼可能會有那麼強烈的慾望！

Siraphop以滿意的眼神注視少年那副受到驚嚇的模樣。

「哥來讓你……舒服一點。」

他悄聲安慰道，接著解開無力抵抗之人的褲襠，動作又緩又慢，但卻相當催情。Graph則痛恨到流出了眼淚。

　　為什麼我會碰上這種事情啊？我不要，除了Pakin哥，我不想跟任何人上床，不要！！！

　　使盡力氣試圖逃跑的少年這麼想，就在這時……。

　　砰！

　　「唉……看樣子遊戲時間結束了。」

　　兩人突然聽見了從辦公室那裡傳來的巨大聲響，房間的主人因此一邊重重地嘆了口氣，一邊注視著害怕到全身顫抖的孩子的眼睛。不過，當下該害怕的人並不是這孩子，看樣子他才是即將遭殃的那一位。

　　啪。

　　砰！

　　說時遲，那時快，Siraphop被人從後方揪住衣領、扯離沙發，緊接著被一記重拳打在了臉頰上，因而重心不穩地跌坐在地，就在他抬起頭的那一瞬間……。

　　咔啦。

　　一把槍的槍口就這麼抵在了他的額頭上，隨後傳來了一道冷厲的聲音。

　　「不准動我的人！！！」

　　此時的Pakin氣到不行，比起得知朋友對自己的弟弟做了什麼事情的時候，還更加怒不可遏。

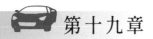# 第十九章

不該碰的人

　　此時，Siraphop個人休息室內的氛圍安靜到令人害怕。這個被稱為最危險的男人，正用槍口抵著坐在地上傢伙的太陽穴。那對流露出狠勁的凌厲雙眼死死盯著被稱為好友的那個人，冷冽到令人心裡發寒。

　　不過伸手貼在自己臉頰上並用舌頭輕輕頂著口腔的那人，卻一點也不害怕。

　　「這樣很痛欸，混蛋Pakin。」他抬起頭，帶著些許責備的語氣說道。

　　任誰都會被暴怒時的Pakin嚇到卻步，但這名樂天的男人卻沒把眼前狀況當一回事，只以另外一隻手將槍口推到旁邊。

　　「我不贊同使用暴力吶。」

　　男子莞爾道，不在意再次轉回來抵在他額頭上的槍口，以及那對說明了隨時準備好扣下扳機的凌厲眼眸，他就這麼站直了身，像是有些不高興地拍了拍身上的灰塵，彷彿比起被槍指著頭，衣服被弄皺這件事更令人不悅。

　　「你應該知道我沒心情跟你開玩笑。」Pakin語氣冷漠地說道。

　　一得知那執拗的小子給自己找了麻煩，Pakin幾乎是一路死踩油門，就為了盡快抵達這間夜店，心中除了憤怒，更多的是焦急。

　　他很清楚自己朋友的德性，如果那傢伙覺得有趣，誰會怎

樣，那傢伙從來不在意……個性就和自己一個樣。

他知道這種性格會發生什麼事，如果趕不上的話。

這樣的語氣讓聽的人愣了一下，回頭注視著那對炯亮的眼眸，接著笑出聲來。

「好，要我認真也行。」Siraphop覺得好笑地說道，臉上的笑容隨後消失不見，他接著以狡獪的眼神反問。

「你的人？哪裡有標示？」

這個問題並沒有令Pakin出現錯愕的反應。他像是早有察覺般的說道：「你早就知道這孩子是誰了吧？」

「是知道。」Siraphop緩緩地點了點頭，接著雙手一攤。

「若不是你急著闖進來，大概就會看到辦公桌上放了一份Graph弟弟的資料。」他一開始閱讀的那兩、三張資料，就是那位正蜷縮在沙發另一角少年的簡歷。

他想知道這孩子對自己那王八好友來說有多重要，竟然會把人帶回家。

「那你應該知道我現在是這孩子的監護人吧？如果他出了什麼事，倒楣的會是我！」焦急得快瘋掉的男人只能壓抑住所有的感覺，僅以冷淡的語氣森寒地說道，避免被對方抓到他的弱點。

僅須讓那傢伙知道他會這麼生氣，是因為若玩弄他監護之下的孩子，後續會衍生出其他問題，沒必要讓對方知道他有多焦急。

暴露自己的弱點無異於自我毀滅。以他的處境，必須讓人找不到弱點！

「啊哈，你現在是監護人吧？」Siraphop輕輕笑了起來，但還是配合地把雙手舉到肩膀的高度，像是臣服於手中握有武器的人，不過他的笑容、語氣以及眼神，都說明了這一次的交涉讓

他玩得十分盡興，因為他仍以戲謔的語氣繼續說了下去。

「那麼Pakin爸爸應該知道，您小小的兒子是自己走進來找我的，而且如果我沒記錯的話，我們的原則其實差不多吧，是什麼呢？噢……如果看對眼了，就會不擇手段。」房間的主人帶著狡獪的眼神說道，他往好友那雙毫無波瀾以致於讀不透的眼眸深處望去。

Pakin是那種不會被激怒的類型，噢不，應該說他是很能控制住自己的那類人……早就想看他暴走了。

「因此呢……。」

砰！

Siraphop原以為朋友不會扣下扳機，那傢伙應該不會傻到放棄他們之間共同的利益，可他完全錯了。

Pakin把槍口稍微往右偏，然後靠近對方臉部扣下扳機，讓對方可以感受到打進牆壁的子彈所散發出來的熱度。接著，始終面無表情的那個人隨即咧嘴一笑。

「我已經跟你說過了，我沒心情跟你玩。」

Pakin的眼神冰冷，彷彿能將周遭一切焚燒殆盡，再加上那嘲諷的語氣，使得Siraphop臉上的笑意逐漸消失。這一次，他吐了長長的一口氣，緩緩地搖了搖頭。

「我不過是稍微開了點玩笑，只是看這孩子在你家裡哭，所以就想認識一下。」

「那認識夠了沒？」Pakin以相同的語氣問道，可無論是誰聽了都會豎起寒毛。

Siraphop聽了則又搖了搖頭。

「就當作我今天已經玩夠了，而且我也不想要身上帶著槍孔回家。」房間的主人一邊那麼說，一邊走向房間的大門。他抬起

手指向自己剛才差點被那一拳打斷的鼻梁與通紅的鼻尖，而後露出一抹冷笑，以看上去輕鬆卻又十分不悅的模樣說道——

「這一拳我一定會找機會奉還……噢，我忘了告訴你一件事。」

在他走出房間之前，Siraphop像是想起了什麼。

「我只是開個玩笑罷了，如果我來真的，今晚你絕對找不到我。總之，房間隨你使用，我走啦……呵，Pakin爸爸。」開朗的男人最後丟下了這麼一句話，揮手道別，轉身拿走桌面上那兩、三張文件後冷靜地走出了房間。

男人精明的眼眸中，充滿了濃濃的興味。

多久沒看過這麼有趣的事啦？

Pakin的視線一直跟著對方，直至朋友走出了房間，他才冷靜地把槍收回腰間，接著……。

「到底要給我帶來多少麻煩！！！」

男子轉身朝著蜷縮在沙發上的那副身軀吼道，把少年嚇了一大跳，那反應比聽到扣下扳機的聲音還要更劇烈，然而Pakin一點也不在乎，只自顧自地朝那把人逼得從家裡衝出來的罪魁禍首發洩憤怒的情緒。

這小子從來都不知道他給自己帶來了多少麻煩。

「要是我趕不上會怎樣？你想過沒有？你是白痴嗎？你這討債的小鬼！我這樣子跑來救你都第幾次了？是想替我製造很多問題是不是！！！」男人再也不想壓抑自己的情緒了，一口氣把不滿的情緒全出在躺著緊掩著臉部的那個人身上，然後大步走過去拉扯對方的手臂。

「到底有沒有在聽？Graphic！！！」

啪。

當男人的大手一碰到自己的手臂，少年立即以自己僅存的一點力氣去拍開那隻手，可男人的手卻絲毫未動，他只好抬起頭注視著前來解救他的人，那個說過他是屬於誰的男人……那個讓他同時感到開心又難過的男人。

「是哥自己把我……趕走的……把我趕出來的人……是哥。」Graph斷斷續續地說道，他的額頭這時滲出了不少汗水。

然而，這些話卻差點讓Pakin再次對他咆哮，畢竟他會那麼做的原因，還不是為了這個少年！可是當Pakin碰觸到Graph的手臂時，發覺有異常狀況，隨即愣了一下。

少年的身體在發燙，面部潮紅，整張臉全是汗水，而且呼吸急促，胸部因而跟著劇烈地上下起伏，Pakin立刻將目光投射到一張小桌子上。

「Scene那個人渣！」

酒瓶與酒杯清楚說明了究竟發生了什麼事，火冒三丈的那個人因此沒有半點遲疑地靠了過去。

啪。

「哥！」身體突然被人抱在了懷裡，讓Graph嚇了一大跳。緊緊貼在一塊的肌膚，給他的身體帶來了極大的折磨，令他難受到試圖用兩隻手去推對方，要求對方把自己放下來。

這時的Graph真不知該高興還是該難過對方來救他，可是有一件事情他很清楚——他不希望Pakin哥討厭他。

連接吻的技巧都那麼拙劣，結果卻因藥效的關係有了反應。如果這件事被對方發現，Graph不敢想像自己會被狠戾的話語傷害到什麼程度。所以他雙手試圖推搡、拚命掙扎，努力想從那人的箝制中逃開。

「別任性！」

Pakin語氣強硬地喝斥，使得眼眶發熱的男孩抬起臉凝望對方。

「放開……我……我討人厭……。」

「……」

Pakin望向男孩的眼睛，想看進這個他多年來一直試圖推開孩子的內心深處。Graph一臉快要哭出來的表情，和當時被他趕回家的表情無異，這也讓他激動的情緒慢慢緩和了下來，因為這時他才明白，就如同Win所說的，到底是為了什麼，才會促使這孩子跑到這個地方來。

「能忍到回家嗎？」

低沉的聲音和緩了下來，聽的人也因這樣的語氣感到錯愕。

身體的灼熱，讓Graph原本試圖推開男人的手，改為用指甲刺向自己的手臂，尖銳的牙齒咬住嘴唇直至發白，呼吸也變得越發急促。

少年滿臉通紅的模樣，扭來扭去的身體，像是試圖藉著肌膚摩擦來減緩折磨的反應，再加上滾燙的呼吸……讓Pakin做了一個決定。

原本打算走出房間的男人，此時大步走向床邊。為了將這個臭屁小孩放在上頭，他把槍卸下來放在床邊的桌上，接著猛地將頭髮往上一撥，注視著努力向後試圖逃離他的那個人。

男孩那害怕被責罵的樣子既可憐又令人同情，Pakin不禁重重地嘆了口氣。

啪。

「放手……。」

「別動，我來幫你。」

他一直以來都在逃避，下定決心不去碰那孩子，結果現在還

是無法忍受看到這小子受苦。

「哥⋯⋯哥要做什麼？」

Graph語氣顫抖地問道，努力在模糊的畫面中看向那位他最想見到，同時也最不想見到的男人的臉，對方正往自己靠近，大腦因此下令要他逃離，因為他再也不想被當成丟到哪裡都可以的廉價物品了，可是⋯⋯。

啪。

不只有右手手腕被抓住，就連左手手腕也被抓個正著。

「Pakin哥！」還沒來得及反應，少年的兩隻手腕就被對方一手壓在頭頂上方。兩條腿還來不及移動，高大的身軀就這麼跨坐在他的身上，阻斷了他所有的去路。

男人凌厲的雙眼往下俯視，使得被看的那人不自覺地又咬住了嘴唇。

Graph不明白，這樣的眼神是在可憐他嗎？

「別再掙扎了，這副模樣是能幹什麼？」男人以低沉的嗓音說道，像是要對方別再折騰了。

然而，這句話卻使得身心都在承受著痛苦的少年，顫抖著聲音反駁道：「不管我是什麼模樣都不關哥的事！」

「⋯⋯」

趕來搭救的人立刻沉默了下來，注視著那囂張的孩子。明明就連掙脫都辦不到，更遑論要抵抗藥物的效用了，但這小子卻囂張地說不關他的事。

若不關他的事，他一開始就不會出現在這裡了！

這一瞬間，原本已經消下去的怒氣，又再次被煽動了起來，壓在兩隻手腕上的那隻手掌也因而更加用力，另一隻手則朝著少年平坦的小腹探去，然而當他將手一伸下去⋯⋯。

嚇！

「嗯──」

少年發出了含糊的聲音，不停地搖頭閃躲這樣的親密接觸，可做這種事的人卻完全沒有放手的意思。Pakin從原本只是想幫忙，此時竟萌生了想教訓這臭屁小子的念頭，讓對方牢牢記住，他在他的世界裡到底有多稚嫩。

像Graph這樣的孩子，從一開始就不應該走進他的世界。

只有大魚吞噬小魚的世界，可沒時間等待某個天真而且只有一張嘴厲害的人成長。

嗖。

嚇！

因此，Pakin把手伸進了柔軟的衣服底下，碰觸幾乎沒怎麼曬過太陽的細嫩白皙肌膚，修長的指尖在整片小腹上撫摩，只輕輕一勾，身下的少年便緊咬著牙，喘得胸部上下起伏，像是越發煎熬似的來回扭動腰部。

「嗯……不要……哥……呃……哈啊……哈啊……。」

男人的指尖仍不停地觸摸著細嫩的肌膚，同時把衣襬一點一點地往上拉高，可極度冷漠的凌厲雙眸依舊緊盯著那張通紅的臉蛋，深鎖的眉，緊閉到發白的嘴唇，使得整張臉變得溼潤的汗液，以及正和藥效所帶來的痛苦奮鬥的表情。

「還想讓我停下來嗎？」Pakin咧嘴一笑，光看對方的反應，就知道Graph喝下的藥量並不少，忍耐力幾乎快要到極限了。

那種藥和迷姦藥沒什麼不同。

如果這孩子離他遠遠的，就永遠不會被下這種藥，就能有正常的青少年生活，不會和他周遭的黑暗世界扯上關係。但就是因

為這孩子很任性，很囂張，很愛炫耀，始終堅持要闖進來，所以才會遇上連自己都害怕的事情。

是他的錯，但也是Graph自找的。

「……」

這個問題沒得到回答，因為Graph緊咬著牙，努力忍著不發出聲音，兩條腿還不停地互相摩擦，那使得看的人一把將衣襬拉到胸部之上，精銳的眼神隨即往下一掃，而後不得不承認一件事。

這孩子長大了。

Graph已經不再是七、八歲的孩子，身材已經長成另一個樣子，Pakin也毫不遲疑地準備傳授性愛經驗，但就因為是Graph，是他一直以來告訴自己「**這輩子絕對不碰**」的對象，所以他僅把手往上滑，然後……。

嗖。

嚇！

「唔～」

不過只是用指尖輕輕揉捏，從沒被人碰過的那個人因而發出了呻吟聲，使得想著要教訓這少年的男人毫不遲疑地低下了頭。

吸溜。

把舌尖貼在另一邊已經硬挺的淺色乳頭上刷動。

「嗯～不要……啊……不要……哈啊……Pakin哥……不要……呃……。」

當熱燙的舌尖一舔上那塊軟肉，無須刻意加工的香氣便撲鼻而來，同時男人也品嚐到了從未被其他人碰過的青春肉體的甜美滋味。

只是輕輕地吸吮，就讓Graph極力掙扎，喘息的聲音在整個

房間內迴盪，胸部也隨之劇烈起伏，使得Pakin的嘴唇往下覆蓋得更加深入。

「呃……哥……哈啊……不……呃……。」

Graph只能來回扭動，身體幾乎要爆炸了，因為光是被對方的嘴唇吸吮乳頭，下半身就變得溼溼黏黏的，他能做的就只有挺起胸部，接受從沒想過會如此強烈與熱烈的觸碰。

然而，無論他的身體大喊著有多渴望，他的心卻在流淚，因為對方以低沉的嗓音這麼說道──

「就因為你做事不經大腦，所以才會遇上這種事情，就算你再怎麼不想要，但既然被下了藥，那無論是跟誰做，都沒什麼不同！！！」

「不是……那樣……」

Graph是個十分倔強的人，就連這個時候也想回嘴，明明身體已經快沒力氣反抗了。

Pakin抬起頭，犀利的眼神對上了男孩的眼睛，眼底寫滿了對於少年不聽取教訓的不痛快，不過Graph總有自己的理由。

少年隔著淚水注視眼前那雙精銳的眼眸，斷斷續續地說道──

「就算我被下了藥……可是……可是如果不是哥……就算要我吼到……嗯啊……沒有聲音……我……也絕不可能會……同意……絕對不可能！」

縱使再怎麼被情慾的霧簾所遮蔽，依舊能清楚看見少年眼中表現出的堅定。見此，正準備教訓對方的男人明顯愣了一下。

「我絕對不可能會同意跟其他人做……哈啊……絕不可能……。」

即使快要沒力氣說話了，執拗的少年仍堅定著自己的想法。

如果不是Pakin哥，他不會同意的。

「呵，是那樣嗎？」

少年很想勾起嘴角笑自己可憐，因為不管怎樣，Pakin哥都不會相信他，絕不可能會相信他一直以來嘗試表現出來的感受。少年這時就只能注視著那張平靜到可怕的臉，正慢慢地向他靠近，帶著忐忑的心等待，覺得對方肯定又會像以前一樣傷害他的心靈。

然而⋯⋯。

「張嘴。」

令人難以置信的是，霸道的語氣竟瞬間變得溫和，可是他沒有時間去思考原因為何，因為溫熱的嘴唇已經貼上來了。

原以為會像先前一樣，是個粗暴又野蠻的吻，沒想到⋯⋯。

啾⋯⋯啾⋯⋯。

「唔啊⋯⋯嗯⋯⋯Pakin哥⋯⋯。」

這一次，形狀漂亮的嘴唇居然比之前還要溫柔地碰觸他紅腫的唇瓣，那張不知罵了他多少回的壞嘴，此時正用力地吸吮他的下唇，一股酥麻的感覺傳遍了他的四肢百骸，他的兩隻腳因而忍不住併在一起，一邊來回蹭動，一邊不自覺地雙唇微啟，接受正往內部深處探去的那股溼熱。

「嗯啊⋯⋯呃⋯⋯哈啊⋯⋯哈啊⋯⋯。」

男人的舌尖有技巧地在裡頭和軟舌勾纏，再長驅直入掃動直至濡溼，接著當Pakin整個人一壓上去，頓時變得更加火熱。他抓住少年的下巴不讓他閃躲，給予的深度灼熱接觸，差點讓Graph的身體燃燒起來。

灼燙的氣息愈是不斷地往口腔裡灌注，喘息的聲音就變得愈發明顯，少年的嘴角開始有透明的液體溢出，彷彿是不知道如何

將它們吞下去的方法，這樣的接觸既有侵略性又猛烈，可又隱約帶著一絲……撫慰。

被這個男人觸碰後，Graph的身體便軟了下去。

「呃……嗯……。」Graph的身體正在表達自己快要受不了了，他想撲向對方，想拜託對方幫他擺脫這種煎熬，可是內心卻對面前這個人的行為充滿疑惑。

啪。

「啊！！！」

不過，當對方的大手滑下去撫摸他的下體，他腦中所想的事情便即刻煙消雲散，使他不禁搖頭閃躲。

「Pakin哥……不要……。」Graph能做的反抗就只有這樣，因為他很清楚，在他的緊身牛仔褲底下……。

「這樣就射啦？」

但這不是因大個子為了將褲子從臀部上拉下來而放開原先抓在上面的手所致，其實裡面的東西都還沒掏出來，沾在褲子上的溼潤黏液卻已清楚說明了它的狀況，Graph只好以尚能自由活動的前臂緊緊遮住自己的臉。

「又想……說我……不行了……哈啊……哈啊……是不是？」Graph沮喪地以嘶啞的嗓音勉強說道，但是他怯懦得不敢直視對方冰冷的眼神，直到他聽見……。

「我都還沒開口說話呢，你這任性的小鬼。」

啪。

「嚇！呃……哥……唔……呃、呃……。」

都還沒來得及思考這番話的意思，對方的大手就直接抓住了他的玉柱，雖然他已經釋放過一次了，可是小兄弟仍硬挺得令人感到疼痛。不過就是被抓著，Graph差點就想抬起臀部，身體因

而在床墊上懸空，但當Pakin開始套弄，被服務的那一方差點沒瘋掉。

「哈啊……唔……哥……刺激……這樣……太刺激了……。」

刺激的快感衝擊著他的身體，不過就只是被大手套弄，而且對方僅以指尖揉壓龜頭，Graph就用盡全力地把頭揚起，渾身一震，用力地把空氣吸入肺部，甚至按捺不住地頂起臀部去尋求對方的大手。

吸溜。

「嚇！！！不……啊……啊、啊～」

可Pakin所製造的混亂不僅於此，因為這男人正低下頭用嘴唇含住他的乳首，接著又吸又抿，而且還輕輕啃咬，令Graph激烈掙扎，嬌媚的聲音從潤澤的嘴唇不斷溢出，也難怪……。

咕啾、咕啾。

嘩。

才擼動沒幾下，淫答答的汁水聲便清晰可聞，通紅的末端隨後再次釋放出混濁的乳白液體，把大大的手掌噴得黏糊糊的。

Graph快要哭出來了，因為他的生理需求不僅沒有減少分毫，反而還變得更加熾熱，他的身體正在大喊著需要更多，少年因此放下了遮住臉部的手，隔著淚水注視這個壞到極點的男人。這時的他，再也無法抑制自己的情慾了。

「幫……幫我……Pakin哥……呃……再……再幫我一次……不夠……唔……不夠。」

淚水沿著臉頰滑落，少年開口懇求著此時已經變了臉色的男人。

畢竟看到在床上躺平、盡顯媚態的少年，Pakin的臉色會變

也是正常的。

向來狂妄的 Graph 此刻沒了半點囂張的氣焰，在寫滿痛苦情緒的通紅臉上，只有懇求的眼神，而那裸露的身軀上，僅剩下一件被拉到胸部上方的長袖上衣。明明以前覺得對方只是個自己看不上眼的小孩子，可一看到那片酥胸上被唾液打溼的粉色乳頭，微微向上拱起的平坦小腹，以及那略顯昂揚、明顯未曾跟任何人互相磨擦過的緋紅肉柱，男人便頓時感覺到自己的慾望悄悄地被挑起，隨時都能變得像狂風暴雨那般劇烈。

再加上那副可人的潔白身軀沾滿了自身的愛液，Pakin 不禁眼睛一亮。

這副身體無論被他帶往哪個方向，都會乖乖地跟著，而且還不斷地尋求他的懷抱，把身體靠上來蹭動。少年又是哭泣，又是嬌喘，身體還抖得像隻雛鳥，不管從任何角度來看，都令人想要狠狠欺負一番，看到這景象的人，也不敢相信居然要克制自己的慾望到這種程度。

自己有多久沒碰過這麼鮮美的肉體了？

這想法使他咬緊牙槽，因為腦中正想著不像樣的事情。

啪。

「Pakin 哥……哥……呃……幫……幫我……唔～」

隨後，Graph 忽地迎上來摟住他的脖子，試圖把自己的身體靠上來磨蹭，彷彿是想藉此驅散渴望，可實際上慾望不禁沒有減少，反而變得更高漲，所以他直接用潤澤的嘴唇去親吻對方的脖子，以求取更多的觸碰，使得 Pakin 也忍不住……軟下了心。

「唔！！！」

溫熱的嘴唇貼上了潤澤的唇瓣，而這一回，沒了先前的溫柔，只有一股狂熱將 Graph 趕往情慾深淵的邊緣，教導這個只懂

打開雙腿讓另一個男人鑽入，但卻不諳方法的小雛鳥。

咚。

「哥……。」

他被男人再次推回到床上，若不是熱燙的嘴唇吻遍了他的全身，逐漸往下移至細緻白皙的小腹，然後用力吮吻，使得他被刺激到提起了臀部，Graph幾乎就要開口抗議了。

「哈啊……哈啊……Pakin哥，嗯！啊、啊……哈啊……哥，好刺激……嗯……太刺激了……唔、唔～」

當Pakin灼熱的舌尖用力抵住了漲紅且滲出汁液的龜頭，就在那一瞬間，Graph的淫叫就這麼響遍了整個空曠的房間。男人接著有技巧的舔吮，使得被下藥的那個人差點就射出第三發。少年小小的心臟猛烈跳動，兩隻手只能抓住柔軟的枕頭，臀部朝著對方拱起，彷彿想得到更多的疼愛。

不夠，這樣還不夠。

嗖。

嚇。

「哈啊！哈……呃！！！不……不要……啊、啊……嗯啊……。」

Graph叫得幾乎無法組織成句子，熱燙的口腔包覆住他脆弱的部分，快感隨之衝擊全身，嬌喘的聲音也變得更急促，雙腳則緊繃地抵住了柔軟的床墊，而他就只能拱起身體，接受大個子的熟稔的火熱接觸。

吸溜、吸溜、吸溜。

男人的嘴唇開始滑動並且更用力地吸抿，大手則撫摸對方滲出汗液的背部，撩撥著少年的性慾。

「刺激……好刺激……哥……哥……不……行了……。」

叛逆少年的臉部因下半身的需求而變得扭曲，透明的淚珠滑過臉頰，此時Pakin的大手往上滑去，同時揉捏他柔軟的乳頭，使得Graph將指尖用力刺向床墊，接著不久之後就⋯⋯。

「啊！！！」

濁白的汁液噴射在早準備好承接的溫熱口腔中，不過Pakin並未因此就停了下來。按照經驗，目前這樣還做不到一半呢。

「哥⋯⋯還不夠⋯⋯唔⋯⋯還不夠⋯⋯。」

Graph語氣含糊地開口，顫抖的手試圖去抓對方那形狀漂亮的頭，然後像是無法控制自己身體似的，再次將自己的肉棒頂入男人的口腔內。Pakin也沒多說什麼，依舊用嘴唇用力吸吮、不斷吞吐，使少年的呼吸變得更加粗重。畢竟男人深知，如何才能讓自己的做愛對象感到最舒服。

Pakin銳利的雙眸往上一抬，便發現那曾經被他恥笑說完全不行的Graph，此刻正展現出極其誘人的模樣。

這個在他身下來回扭動的少年，正因他的碰觸發出了嬌吟聲，正因他傳送到肉柱末端的快感而淫叫，使得經驗老道的男人情不自禁地把手伸了過去，緩慢地按壓少年窄小的入口。可當他一碰，對方便猛地一震。

啾⋯⋯啵⋯⋯啵⋯⋯。

「Pakin⋯⋯哥⋯⋯呃！！！」

呼喚聲讓男人一次又一次地重新將吻落在少年好看的唇瓣上，像是想封住所有會動搖他意志的叫喚聲，以防自己不自覺地跟著慾望行動。

「沒事的，不是說了會幫你嘛。」Pakin低喃道，明明自己已緊握住了拳頭。

不要違反自己下的禁令啊，你這個王八Pakin，不可以！

不停將熱度餵給小身軀的那個人這麼想，他以大手撫摩，摸遍了整個嬌軀，探索每一吋肌膚，留下痕跡表示自己是它們的主人。他盡可能地親吻每一處、每一個位置，為了釋放被下了藥的人所受到的痛苦，呻吟的聲音因而響遍了整個房間。

　　那叫聲說明了 Graph 大致學習到性愛方面的經驗了，可是教授的那個人，卻沒打算再更進一步。

　　Graph 是他禁止自己有更多接觸的對象，即便此刻的他有多麼的渴望。

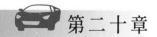

第二十章

危險訊號

　　翌日的第一道曙光已經冒出天際好一陣子了，卻仍無法照進 Siraphop 的私人休息室裡面。房裡的人早在昨晚深夜時按下了按鈕，將遮陽的窗簾放下來，覆蓋住那一大片玻璃牆。不過，他不是為了讓自己睡得舒服，而是為了讓躺在床上沒半點力氣的人能夠好好休息。

　　鏗、鏗……。

　　此時，某種物品輕輕撞擊的聲音從房間的一隅傳來，但並不是從床上，而是從沙發那一角。

　　那組大型沙發打從 Graph 進入夢鄉後，就被某人占據了。

　　男人一手拿著酒杯，另一隻手則來回推動兩枚彈殼，他每轉動一次指尖，它們就會互相撞擊，發出鏗鏗的聲響。此時周遭只有一小盞柔和的燈，打在了放飲料的桌面上。此情此景，誰見了都不免會起一身雞皮疙瘩。

　　周遭的氣氛已經夠可怕的了，但仍比不上此時正背靠著沙發、目光投射在大床上，猶如在思考什麼的 Pakin 眼神。

　　Pakin 整夜都沒闔眼，從被下藥之人沉沉睡去之後，就一直坐在這裡。

　　他正靜靜地思考著這一切。

　　這已經是他第二次違反自己的禁令了。

　　「嘖。」男子心煩地咂了一下嘴，狂妄少年的畫面鑽進了他的腦海中，那個在他懷中語無倫次的人，那個只因熱吻就抖得像

被附了身的人，那個被摸了幾下就流下眼淚的人……那個下身紅得像是不曾被人碰過的少年。

讓他這麼不爽的人，就是那個Graph啊！

而會這麼不爽的原因，是因為他親戚所講過的話，突然鑽進了他的腦中。

這小子是鮮肉……是他碰過的人當中最新鮮的一個。

鮮美得令人想一親芳澤，那少年的聲音這時在腦中響起。

訴說著除了自己以外，他不會讓任何人碰。

男人一想到這裡便緩緩搖了搖頭，嗤之以鼻。因為就算那張嘴再怎麼會講，可當身體想要、有需求的時候，還不是換成誰都一樣？可他就是無法抹去Graph當時注視他的眼神，以及啞著嗓子咬牙說只想要他的模樣。

他一直以來刻意忽視對方的情感，可是Graph也同樣不曾放棄過。

這時候，擁有舉足輕重地位的男人不由得問自己：*我應該繼續裝作沒看見，還是該接受？*

沙。

「唔～」

然而，在男人還沒為這件事情做出決定之前，身體輕微翻動的聲音以及含糊顫抖的呻吟聲便從房間的另一隅響起，他因此抬頭望去。

「醒來啦？」

「嗯——這是……嚇！」

嗖。

起初，Graph還迷迷糊糊不知身在何處，僅睜開眼睛注視著陌生的天花板，直到聽見從房間另一角傳來的低沉嗓音，纖細的

身體於是迅速坐直，像受到驚嚇般的睜大了眼睛，迅速望向隱身在黑暗中的模糊身影。

「Pakin哥……。」尚未回過神來的少年輕輕喚了一聲，可當他低頭看向自己的身體後，回籠的記憶讓他立即嚇得瞠目結舌。

昨晚……幹，糟了！

才剛想起自己被下藥的那個人，差點撲過去拉棉被，打算遮蓋住自己的下半身，而後緊張地轉向另一邊，像是感到憤怒、羞恥、困惑，以及凌駕於這些之上的……害怕。

Graph還清楚記得Pakin哥昨晚強烈的情緒……那個把子彈留在這個房間的男人。

昨天大聲吼他的男人……當時藥效還在，那現在呢？像這樣正常的情緒下，就只會被罵到痛徹心扉吧？

一思及此，少年的臉色立刻沒了血色，隨即忘了從對方那裡所感受到的熱烈激情，取而代之的是那無止境的恐懼，差點讓他退到床的一角，閉上眼睛等著即將讓他心碎的怒吼。

這下，Pakin哥可能再也不想見到你了。

少年自艾自憐地這麼告訴自己。

是他蠢，他就是一隻愚蠢的笨牛，才會想要走進來這裡，就為了知道該怎麼做Pakin哥才會喜歡他，但沒想到結果會是這樣。假如Pakin哥沒及時過來，如果Pakin哥不幫忙，那他現在……。

光想像就覺得自己很噁心。

無論如何，少年都沒萌生過和其他人上床的念頭，他只是在想，如果對別人張開腿，他大概會徹頭徹尾地唾棄自己，甚至還會為自己的愚昧無知心痛到瘋掉。

原以為是Pakin哥的朋友所以才信他，原以為是學長的哥哥所以才卸下心防。

我就像Pakin哥講的那樣愚蠢。

「把衣服穿起來。」

然而，雖然自己內心忐忑地等待，可對方的語氣卻很平靜。見對方起身將槍收回腰間，並抓起放在前方桌面上的鑰匙，在那之後就作勢要往外走，害怕被拋下的Graph差點就彈起來站直身體。

「哥要去哪？」

「先把衣服穿起來，Graphic。」Pakin非但沒回答，反而還語氣平淡地說道。

少年連忙手忙腳亂地抓起掉在床邊的衣服穿好，對方則靜靜地站在原地抱胸等待。儘管當Graph發現自己的四角褲上還沾著黏糊糊的液體時，羞恥到都快無地自容了，不過還是咬牙將它穿上，然後轉身。

「可以回去了。」

這話讓聽的人訝異地睜大了眼睛。

「回……去哪？」

哥又想把我從生命中推開了嗎？

Graph正想著最壞的一面——Pakin打算把他丟回那棟不幸的屋子裡，他無依無靠的那個家，而且如果再讓他失去Pakin哥，那他就真的孑然一身了。

少年感到害怕，害怕這一次的推開，將會是沒有轉圜餘地的最後一次。Graph的內心深處其實知道，若Pakin哥真的想剔除他，那他是絕不可能有辦法找得到對方的。

少年的想法全顯露在臉上，看的人這時沉默了半晌，而後嘆

了口氣。

「你想讓我把你送去哪？」

「……」Graph立刻安靜了下來，因為他所想的事情就快要成真了。

看到這情況，男人不禁大步走上前來。

啪。

他的大手一把抓住了少年的手臂，然後使勁地拉。

「當然是回我家，你這囂張的小鬼，不好好看著你，等一下不知道又會跑去哪裡惹事生非了……回家！」

話一講完，說話的人便大步走在前頭，讓Graph差點往前摔個狗吃屎，但雙腿隨即快步跟上，同時更惴惴不安地抬頭望向讀不出情緒的那張迷人臉龐。

Pakin哥要帶我回家。

那個有Pakin哥在的家……是嗎？

拖著人走的男人一點也沒想回頭看看對方的神色，因為他很清楚這小子會是什麼表情，應該與他好幾年前偷偷帶點心給對方那時無異。

那小子高興的表情，在他的記憶裡太過清晰了。

* * *

打從漂亮的超級跑車自夜店一路駛回豪宅的入口，Pakin就一句話也沒說。前座那隻人形娃娃見狀只好保持沉默，時而低著頭注視自己的手掌，時而不自在地動一下身體。

這是必然的，在發生了昨晚的事情之後，少年真不知道應該做出什麼樣的表情。他很高興Pakin哥趕來幫助他，可又十分擔

心讓對方見到自己那種狀態。

那種無法自救的狀態，就算被罵不自量力也不意外。

然而，儘管少年早已做好覺悟要承受身旁這男人所說出的每一個字，但直到高級跑車停好為止，Pakin卻什麼都沒講。

「跟我來，我有事跟你談。」

嚇！

Graph稍微被嚇了一跳，注視著先一步走下車的那個人，而後忍不住深吸了一口氣，壓抑住自己的憂慮，接著才一副沒精打采的模樣走下了車。

他才剛被趕出這裡不到一天的時間，這一次能回來，大概不會只在這裡待個幾分鐘，然後再次被趕出這個家吧？

「回來得比想像中還要快啊，Graph。」

接著，某個人的聲音從門口處傳來，少年因而抬起頭。Pawit正雙手抱胸，笑著站在那兒。

「Win哥。」

「不用我出馬，就有人特地跑去接你回來了呢，Graph。」Pawit帶著笑容說道，不過目光卻瞥向了停下腳步等待某個煩人小鬼的表哥。

Graph不知道該做何反應，要是朝對方露出微笑，感覺也奇怪到不行。說話的人見狀，便向他走了過來。

啪。

「哇啊！」

在毫無防備之下，這名模樣迷人的男子便用指尖勾住了他的衣領，使得原先已經相當寬鬆的衣領稍微被拉開了一些，Graph嚇得大叫了一聲，一把抓住了自己的衣服，可Win又怎麼可能會沒發現裡頭暗藏的玄坤。

「這附近有人很喜歡出爾反爾吶。」

這個人當然不是指Graph，而是指另一個僅僅注視著自家弟弟眼睛的男人。Pawit接著又轉頭去望著因受到驚嚇而臉頰通紅的少年。

「我先上去你的房間裡等著。」

話一講完，Pakin就先一步離去，直到剩下他們兩個人。

「Kin有趕上吧？」Pawit的表情立刻變得很嚴肅。

「……」Graph不知道該如何回答這個問題，只能注視著那雙充滿關懷的眼眸。

「嗯。」

過了幾秒，少年緩慢地點了點頭，Pawit這才釋然地鬆了一口氣。

「哥對你感到很抱歉，Graph，哥不該帶你去找Scene哥的──」

「那個王八Scene哥真的那麼混蛋嗎？哥？」

Pawit的話都還沒講完，Graph便馬上回嘴，因為就算說他笨、說他瘋了或是說他愚蠢都行，可是他沒想到對方會帶他去找這種爛到根本就不該接近的人渣。Pawit聽了不由得沉默了半晌，注視著滿是疑惑的雙眸，接著搖了搖頭。

「不……不是的，Scene不是什麼壞人，他就只是……很會洞悉人心，很會說服別人，然後知道該怎麼做會讓人聽從他的話，Graph大概也已經知道了……。」

「不！」就在那一瞬間，少年立刻反駁，甚至還用力搖頭。

「我是不知道他有多會說服別人之類的什麼鬼話，我的心是屬於我的，而且我很清楚自己的心需要的是什麼，不管有幾個那樣的人渣，都無法讓我聽從他的話，我只想知道一件事情，那傢

伙說自己是你的第一次，這種話哥能接受嗎？」Graph或許因被下藥的事情而氣得要死要活，可當他完全清醒過來之後，他覺得他更氣那傢伙把Win哥說成是自己的所有物。

那種說話方式，就像是把Win哥當成了娛樂用的玩物。

這些話使Pawit越發沉默，注視著某人聲稱還沒長大的孩子的眼睛。

Kin你確定嗎？這孩子不是還沒長大，而是Kin壓迫他，讓他誤以為自己太孩子氣，這孩子至少比你弟在這個年紀的時候還要成熟。

「呵，那是大人的事啦，就當作我跟Scene哥之間有好幾件協議好的事情。」Pawit接著講出的這番話，讓對方好受了一些，然後他伸手去摸了摸仍執著於某個壞男人的任性小孩。

「安全回來就好了……快去吧，Kin等很久了。」

一聽到對方那麼說，Graph頓時臉色一變，一副需要人陪的模樣，Pawit看了不禁揚起了嘴角。

啪。

「都搞成這個樣子了……應該不會比這更壞了。」

眼神魅惑的人把指尖抵在Graph的脖子上，令他起了一身雞皮疙瘩，面色通紅，某人碰過的痕跡仍在脖頸上發燙，不過他依然很配合地在Pawit輕推著背部之下走進了屋內。

直到Graph消失在屋內之後，特地等著攔截他的人不由得握緊了拳頭。

假如那個時候他有Graph現在這種堅定的眼神，某人不曉得會不會對他好一些？

「真沒意義，不是早就知道那是不可能的事了嗎？」

因為某人不像他哥會將人推開，而是將他拉到高於頭頂的位

置，像是永遠不可能會把手伸上來抓住他……那是不一樣的。

我以前為什麼會不怕Pakin哥啊！

Graph一邊這麼想，一邊注視著正站在房間角落倚著牆環抱胸前的高個子，冰冷刺骨的感覺正從背脊往上竄到脖子後方，斗大的汗珠從太陽穴的周圍滲出。他所能做的，即是靜靜地站在這間居住了一個禮拜的臥房中央。

Pakin哥現在的眼神……很可怕。

不像以往看他時那種不耐煩的眼神，而是打算決定他日後命運的那種眼神。

「坐吧。」

男人對著房間裡的沙發抬了抬下巴，Graph隨即咬牙，但還是聽從了對方的指示。

「……」

「……」

在那之後，便是片刻的沉默，但等待的人卻感覺十分漫長，雙手互相緊握，腦中拚命想著他該提什麼、該說什麼、該做什麼，然而唯一浮現在他腦中的字卻是——抱歉。

可是我沒有錯啊，是他自己把我趕出家門的，我想去哪也是我的事吧！

少年備感壓力，不禁把手握得更緊。因為他的決定，差點就讓自己萬劫不復。

「為什麼要去找Scene那混蛋？」

但在腦袋想得更複雜之前，對方就拋出這個問題打斷他，他不由得輕輕一震，神態不自然地抬起頭望向對方。這要他怎麼說出實情呢？

他要怎麼說出自己是因為想知道怎麼做才能讓Pakin哥回頭注意到他呢！

那麼丟人的話，就算要Kritithi這傢伙去死也說不出口！

「我……就是我……。」

「別跟我說不關我的事，因為昨晚更深入的事情我也都做了。」

唰！

話一說完，聽的人臉頰瞬間變得滾燙，眼睛圓睜，不敢相信自己所聽到的事情，身體同時也迅速顫動了起來，就好像想起了昨晚的接觸……炙熱又強烈的接觸，深入得恍如將他的意識和身子都融化成一灘春水。不過在模模糊糊的印象中，Graph發現那男人似乎……比平時還要溫柔。

『沒關係的，不是說了會幫你嘛。』

『噓——沒關係的，你這任性的孩子。』

那附在耳邊旖旎柔情的撫慰仍深植內心，可Graph不確定那究竟是真的，抑或只是自己的妄想。他只知道，一想到經歷過的這些種種，自己就再也不敢直視對方的眼睛。他像是抱住自己的身體那般蜷縮了起來，然後僅這麼回答——

「我不知道。」他現在什麼事情都不知道了。

「……」

Graph不知道Pakin哥臉上是什麼表情，但他是真的不敢抬起頭。

Pakin得不到想要的答案，怒火因而瞬間攀升，可是那狂妄小鬼不知所措的模樣，卻令飽含怒意注視著對方的他靜了下來，接著一整夜不斷擾亂他內心以致於輾轉難眠的畫面就這麼再次出現——少年述說著自己只屬於他一人的堅定不移的眼神。

唉。

男子將那種想法驅離，而後開口下令。

「以後不准再去見那傢伙。」

這道命令即是這一切事件的開端，那使得Graph抬起了通紅的臉，迎上對方的視線。

那發育完全成熟但卻他媽的一點都不了解他的世界的孩子，回望他的眼神，是藏著一絲茫然不解的單純眼神，他只好邁開修長的雙腿靠近，然後⋯⋯。

砰！

「嗝！」

Pakin的兩隻手猛地拍在了椅背上，Graph因而嚇得將背部往後靠在了椅背上，而這個眼神說明了不許任何人違背命令的高大男人則將身體往前傾。Graph一直很不喜歡這種眼神，噢不，應該說是厭惡才對。

「現在應該知道那傢伙有多危險了吧？」

「可他是哥的朋友。」

善辯的人果不其然立即反駁，Pakin聽了不由得咧嘴一笑。

「今天要不是我聲稱你是我的人，Scene那傢伙才不管是不是朋友。」

這句話乍聽之下沒什麼意思，可對聽的人來說，竟令他痛到難以置信，痛得像是下巴被人揍了一拳，因為Pakin哥正在說他永遠不可能成為他的人。

不，應該說是，永遠無法成為對方公布說要保護的人⋯⋯是那樣吧。

「那哥為什麼又要我回到這裡？」

沒錯，要是哥不在乎，不在意我，哥讓我回來搞屁啊？

少年的想法全寫在臉上，使得擔心到快要發瘋的人語氣強硬道：「要不然你又會去自找麻煩了！」

「可那又不關哥的事，不是嗎？」

「當然不是，要是你沒讓我擔心成這樣的話！！！」

「！！！」

對方的話一講完，Graph就像是不敢相信自己的耳朵，雙眼凝視著對方的眼睛。

什麼啊？Pakin哥說他……擔心？

說那句話的人這才意識到自己講出了什麼話，險些就抬起手用力揉自己的臉，所幸及時克制住，然後看進了眼前這孩子的眼裡。

他差點就吼出「如果你有任何閃失，我跟你爸就會衍生出很多問題」，可那雙像是快要哭出來的溼潤眼眸，以及被咬到發白的嘴唇，卻反而讓正想大吼的他不可思議地冷靜下來，接著重重地嘆了一口氣。

「Graph，像我這樣的人身邊總是危機四伏，這點你知道吧？」

「……」

雖然Graph沒回答，可這小子其實很清楚。

「如果你知道就乖乖待著，別再給我找更多的麻煩了，我會讓你回來住在這裡，至少住在同一個屋簷下，你才不會去沒事找事！」

男人那麼說道，可對於內心受挫的少年來說，就只能別開臉轉向其他地方，然後語氣強硬地回答，像是忍著不讓自己落淚。

「左一句孩子，右一句找麻煩，我在哥的眼裡就是個煩人又無趣的小孩子。」

這孩子不管再怎麼努力都入不了對方的眼。

若是在平常的時候，Pakin大概會毫不留情地回答「是」，可當他眼角瞄到那嫩白頸項上鮮明的吻痕，就只能用力地吐了口氣。

啪。

「嗝！」Graph受到驚嚇地叫出聲來，由於他的下巴突然被揚起，兩隻眼睛隨即睜得比原先還要大，因為……。

啾。

「！！！」

「當個好孩子，讓我高興一下。」

落在額頭上的觸碰就已經夠嚇人了，而附在耳邊的柔和低喃聲，更讓Graph感覺像是快要心臟病發，他只能僵直身體注視著彎下身來和自己四目相交的Pakin，那眼神不像老闆對待比較低層的員工，而是……那個Pakin哥。

那個在他小時候曾經好心待他的Pakin哥。

「聽我的話，可以嗎？」

縱使對面前這個人的態度感到困惑，可Graph能做出的反應就只有慢慢地點了點頭。

見到那麼溫順的反應，Pakin隨即站直了身體，露出有點邪惡的笑容。

「老規矩，去哪裡都要跟家裡的人報備，隨時都由司機接送，不准亂跑，不准去王八Scene的夜店，不准在晚上的時候跟著Win跑出去，不准惹事生非，還要去上學。希望這種簡單到連吸著手指頭的小孩都能做到的規定，你也能做得到，Kritithi少爺。」一得到自己想要的東西，Pakin就一口氣講完，接著往後退了開來，以心滿意足的聲音說道，使得後知後覺的那個人立刻

抬起頭來。

Pakin哥肯釋出善意，就只是為了讓他順從！

「我不是罪犯！」

「可是你剛答應要成為我的罪犯，別鬧事啦。」Pakin僅拋下了這麼一句話，接著便作勢要往外走去。

若不是他忽然停下了腳步，轉頭望向才剛答應不會任性妄為讓他頭痛的那個人，要不怎會發現對方正咬牙切齒地盯著自己看。

Pakin見狀，諷刺地笑了。

「還有……這麼容易就射了，誰會想要啊？」

「嗝！！」Graph聽了不禁抬起手摀住嘴巴，大叫了一聲，注視著頭也不回走出房間的那個人，像是沒來得及消化所有事情般睜大了眼睛，可卻又抬起另一隻手，輕輕地碰觸額頭。

溫熱唇瓣的觸感依舊殘留在那裡。

那觸感不可思議地使心臟悸動。

「我太討厭自己了。」

Graph討厭的是，只要對方稍微釋出善意，心臟跳動……就會變得不規律。

啪。

同一時間的Pakin也緊握住拳頭，一想到直勾勾注視著自己的那個人的眼神，臉上嘲諷的笑容便漸漸消失。

他又怎會不知道自己做了什麼事。

他對自己長久以來所立下的誓言，就是要斬斷那瘋小子的念想，讓對方知道，就算死也不可能如願以償，可是他卻在幾個鐘頭內違反了好幾項自己所訂下的禁令。

對那傢伙好，就只會讓事情變得更複雜，可是……。

「他碰上的事情已經夠嗆的了。」

昨天所發生的事情，早已超出那小子可以承受的範圍，再加上周遭的那些危機，所以他才會忍不住……忍不住對那孩子好，明明知道會有什麼後果。

那小子會鍥而不捨地跟著他。

「要命！」男人從喉嚨發出咒罵聲，因為明知道要將對方推到最遠的地方，可卻數不清次數地一再將人拉回來，然後情不自禁讓那小子跨越了應有的距離，而如今對方已經比從前要更靠近他了。

近到讓Pakin感受到……危險的信號。

危險到不適合把對方留在身邊，可如果讓他待在遠離自己的地方，卻更加危險。

「就只是擔心自己這麼多年來看著長大的孩子罷了。」

Pakin反反覆覆用這個理由來說服自己，雖然心中很清楚，這個理由正一次次地加速崩壞。

第二十一章

賠 禮

「Graph，這個部分要由你來報告喔。」

「嗯。」

「至於這邊的內容就由我來講。」

「嗯、嗯。」

「Graph。」

「嗯。」

「Graphic！」

「蛤！剛剛說了什麼？」

「吼，你都沒在聽嗎？」

「嗯⋯⋯。」

「Graph你仔細聽我說喔，這個報告的分數比重幾乎可以決定評量的等級，就算我幫你做成了一本，但如果你不自己上臺發表就沒意義，而且你這一學期蹺課蹺到極限了，Graph應該不希望評等低於二對吧？」

「呃⋯⋯抱歉。」

「唉——」

如果有人問，為什麼Graph才剛經歷過像是被下藥的驚悚事件之後，得被好友這般教訓個沒完？

這得回溯到中午時，他坐著思考先前所發生的事件，這時好友突然打了通電話進來，並且大聲獅吼著要他一定得出來做報告！

『Graph自己選，看是要在學校碰面或是來我家！』女孩這麼說道。

少年想起上一回差點害朋友出事，所以才會選擇星期六還來到學校。等他一抵達，就見到了在一臺亮色筆記型電腦前表情凝重的馬尾女孩。當對方一抬頭見到少年，表情立刻變得相當凶悍，接著只說了一個字：『坐。』

雖然只是假裝成情侶，可Graph居然真的害怕起這個冒牌女友，所以他就這麼坐下來看著好友把一大疊的講義遞了過來。

『這是昨天的數學講義，而且昨天還有小考，我已經跟老師說了Graph不舒服，所以你要去討一張診斷證明過來，我相信你有辦法可以弄到手，然後去求老師讓你補考吧。』

好友這般說道，聽的人只好低下頭，表情畏縮地注視著那一大疊講義。

Graph的學習能力其實並不差，可是他總喜歡蹺課，所以才會跟不上課業進度。

他高一第一學期還沒和Janjao那麼要好，所以經常跟別班同學混在一起，一塊不務正業，學習成績因此相當慘不忍睹。直到他和這位歪女姐妹感情變好，對方不僅提供愛情方面的諮詢，甚至還會化身成雷厲風行的家教老師，強迫他讀書，成績才因此提升到將近二點五級分。

直到這一學期才被責備，他也知道自己對課業不是很在意。

為什麼要在意？我爸媽也他媽的不在意，不管怎樣，反正他們等我高中一畢業就會把我送到國外，不然就是安插進私立學校。

這個想法讓Janjao發過一次火。

『就算其他人不愛惜Graph，可你也要愛惜自己啊，別人不

在乎你，可你要在乎你自己，我拜託你，至少別放棄唸書。我或許不了解你所有的問題，但是我不能這樣子把朋友丟在後頭！』

班上排名第二的人都那麼說了，他不禁感到羞愧。

如今他已經不會蹺課了，或是鬧事被停學，這都是因為有Janjao幫忙拉著他。

不過，拉他的人現在看起來氣得不輕啊。

「不是要我讀嗎？」

「可是這份報告要在這個星期一發表喔，所以……不准蹺課！」

女孩立即轉頭眼睛發亮地看了過來，特別強調不准蹺課，讓聽到這句話的人人也跟著神色一凜。

「呃……好，不蹺課。」

Graph不情願地答應，少女這時才滿意地笑了出來，然後再繞回到令她不解的事情上。

「話說回來，這麼多天你跑去哪裡了？之前還會來上學，怎麼突然就不見人影？」

最後一次和朋友碰面是在遇上那位學長的那一天，長相俊美的少年於是說不出話來。

「發生了……很多事。」

「譬如？」

被人下藥……怎麼講得出口啊！

Graph緩緩搖了搖頭，因為他也不知怎的就是不敢講給朋友聽。這一切都是他咎由自取，失去理智，情緒失控，跑到人家的夜店，蠢得不知道要瞻前顧後，甚至還喝下別人遞到手裡加了藥的酒，怎麼聽都覺得是個腦殘魯蛇，因此只好把臉別向了另一邊。

「沒事啦⋯⋯。」他臉轉了過去，剛好看到其中一個事件源頭。

「畜生，他怎麼會來啊！」Graph一和走向這裡的某人四目相交，就差點抓起包包遮住臉部，Janjao隨即也跟著轉過去看那個人。

「啊，這不是Night學長嗎？」

「你們也認識？」Graph幾乎是用竊竊私語的音量在詢問，他的朋友因而疑惑地點了點頭。

「嗯，因為我是運動會的裁判，Graph不知道Night學長是我們這一隊的代表嗎？」

畜生，這個世界也太小了吧！

聽到這話，少年露出了非常想死的表情，因為他不曉得對方那帶衰的哥哥到底有沒有跟弟弟講了什麼，再加上遠遠就看見對方那張俊臉笑得開懷，不禁使他聯想到對方的哥哥，所以手變得很癢，想就這麼出拳把對方揍得四腳朝天。

「可是我不是很喜歡那位學長。」

「嗯？為什麼？」

這一次，Graph立即回頭注視朋友的眼睛，而後才發現Janjao正微微皺著臉。

「他很喜歡問我Graph的事情。」

聽的人眉頭皺得更深。

「我認為Night學長喜歡Graph，不過我沒有把Graph的事情告訴他，不希望引起第三者的問題，光是那位Pakin哥哥的事情就已經夠麻煩了。」

蛤，喜歡我？

少年不由得一愣，注視著像是在確認自己看法般用力點了點

頭的馬尾女孩。

「嗯，每次遇上都會問，所以我才不太想和他搭話……噓，他來了。」

「你們好，Janjao學妹、Graph學弟，放假期間跑來學校做什麼呢？」

然而在這一對朋友拍檔談得更多之前，從遠處走來的那個人便帶著善意的笑容向他們打招呼，Graph因而抬起頭注視對方的眼睛，接著就看到對方那沒來由表現出友好的眼神，他不禁搖了搖頭。

「我想應該不是吧？Janjao，是妳想太多了吧？」他甚至還當著對方的面，泰然自若地和朋友談話。

「嘿，我講的是真的吶，要相信我的眼光。」

這一回，換剛來的那個人傻住了，這兩個學弟妹一見到他之後就爭論不休。

「是我打擾你們了嗎？」

Graph不是說自己喜歡男人？應該不會在跟Janjao學妹交往吧？

樂天派的學長只能這麼告訴自己，摸不著頭緒地注視著這兩個學弟妹。Graph隨即搖搖頭。

「沒有。那學長來學校做什麼？」

「過來跟老師討論下學期活動的事情，不過，你還沒回答我的問題呢。」Night反問道，目光則從頭到腳在對方身上掃視了一遍，當他見到對方安然無恙，至少目前沒事，差點就像如釋重負般鬆了口氣。因為如果昨晚被他哥吃了，今天大概就沒辦法像這樣來學校吧。

嗖。

「報告、考試、作業，還有急速下滑的成績。」聽到這問題，Graph就把它們統統拿給對方看，並且無奈至極地這麼說道，最後全部扔在桌上。

這位學生會成員跟著探頭去看。

「需要我幫你複習嗎？」

「不……。」

「好哇！」

「喂！」Graph忍不住大叫，扭頭注視那個替他回答的友人，甚至還稍微瞪了幾眼，不是說這小子想追他嗎？把這傢伙趕得遠遠的才對吧！

可女孩這時卻立刻壓低音量悄聲說話。

「Night學長可是通過奧林匹克數學競賽的人呢，學校裡面除了老師，就屬Night學長的數學最強了，而且……也能趁機觀察一下。」講最後一句話時，女孩把音量壓得更低了，講完後就抬起頭對著學長笑了笑。

「Night學長幫Graph複習也好，我才能同時做報告……讓他通過考試吧，噢不，是全力以赴吧！要拉高成績喔……Night學長絕對可以辦到的，對不對？」

馬尾女孩笑得甜美，卻讓人覺得壓迫感極強，學長因此乾笑了幾聲，然後再轉回來注視著看起來明顯不是很贊同的Graph。

「看樣子，我這是被逼迫了，Graph，那我就接著逼迫你嘍。」

Night語帶幽默地說著，笑容越發燦爛，使得一直提防對方是否知道昨晚那件事的少年，更用力收緊只解開最上面一顆鈕扣的領子，而後慢慢地點頭。

Night學長應該是不知道才對，這樣也好，不然就該死的沒

臉見人了。

　　逐漸放下心來的Graph這麼想，但全然不知被好友沒收以防分心的手機正在震動，並且還收到了一條訊息：

　　幾點結束？等一下順道過去接你。

　　「肚子超餓的，Graph，回去前要先吃點東西嗎？」

　　「聽妳這麼一說，我也餓了，想吃什麼呢？」

　　「蛋糕！」

　　「不要，太甜。」

　　「吼，Graph啊，好不好嘛～我吃蛋糕，Graph可以吃烤吐司呀，對吧？」

　　Graph被友人和學長在短短三個半鐘頭內將所有內容強行塞進腦中之後，整個體力透支，宛如喪屍一般走出了學校。Janjao接著提出了點子，希望他能點頭答應，可是她所提出來的建議，使得想吃些大餐填飽乾癟腸胃的人猛搖頭。

　　「會吃不飽。」

　　啪。

　　看吧。

　　Graph只能在心中這麼吶喊，因為女孩抓住了他的手臂，然後對著他快速眨眼，露出了討好的笑容。

　　「好不好？」

　　「少來這套。」

　　或許是因為心中一直住著一個人，臉蛋稱得上是標致的好友才無法讓他動心，可是每次只要看到這樣的笑容、這樣的眼神，他就會忍不住心軟，也就是這個原因，才讓這名不良少年一次又一次地順著好友的意思。

噢，這還不包含當Janjao使出渾身解數試圖說服他的時候。

「我知道Graph最善良了，好不好，一起去吃蛋糕？」

「唉，好吧……。」

「我也要一起去。」

就在這瞬間，一複習完課業後就立刻遭到無視的學長一邊出聲加入談話，一邊注視著兩名看起來似乎超越朋友關係的學弟妹。Graph這時看了一下他的眼睛，然後搖搖頭。

「不要，上次我跟學長在一起，後來倒了大楣。」上一次被Pakin哥親到腿軟，甚至還被罵到心都要碎了，有鑑於此，他不希望再次和另一個男人發生問題，便拉著好友的手一起前往學校前面的蛋糕店。

而這時的Janjao則眼睛發亮地看了過來，那眼神像是在問，上一次是指哪一次？為什麼她不知道有這事！

啪。

少年看似想溜走的舉動，使Night睜大了眼睛，接著衝上去摟住對方的肩膀，Graph因此迅速轉頭過來和對方四目相望。

「別這樣嘛，上一次不是還好好的？這樣好了，吃完我們一起去打保齡球。」

平頭學長的積極，讓聽的人態度軟化了下來。愈是往面前這個人的眼眸深處看去，少年就愈發覺得，對方不像他哥哥那樣表裡不一，而且上次打保齡球其實非常有趣，他的心不由得軟了下來。

Night學長和Scene哥是不同人，應該沒關係……的吧？

「那麼就學長請客吧。」

「Graph。」這答案讓身旁之人戳了戳他的手臂，Graph則對著學長露出笑容。

「那我和Janjao都要請，包含打保齡球的費用。」

「沒問題，另外附贈接送到府服務。」

對一名高三生來說多少都會有些負擔，又是請客吃蛋糕，又是請客打保齡球，這些都不是什麼小錢，可是對Siraphop先生的弟弟來說，這點錢他根本沒看在眼裡，一抹燦笑隨即浮現在Night的嘴上，他因此作勢要抓著Graph的手臂走向停在另一邊的車子。

「走吧，那就去百貨公司裡面吃蛋糕吧，我的車子停在那邊……。」

然而，當他們一轉向停車的方位，說話的那個人便把所有的話都吞了回去，因為某個他最不想扯上關係的人就站在那裡。

這個身材高挑的男人，即便身上只穿了一件白色T恤與深色牛仔褲，另外還戴了一副太陽眼鏡，也依舊無法隱藏他所散發出來的邪惡魅力。那樣的魅力充滿了危險氣息，只要轉頭對過一次眼，一股寒意就會往上竄到背脊。

那個男人正朝著這裡走來，甚至還把視線往下移，彷彿是注視著抓住Graph手臂上的那隻手。

儘管Night看不見太陽眼鏡底下的眼神，可是他也很清楚應該要鬆手，然後改成雙手合十向對方行禮。

「Pakin哥好。」

「嗯。」Pakin平淡地應答道，而後轉頭去看某個已經愣住的人。

「為什麼不回我訊息？」

「蛤？呃，訊……訊息？等等。」話一說完，還摸不著頭緒的Graph就沿著褲子的口袋拍了幾下。當他被那雙眼睛一盯，就變得更加緊張了。

「Graph，冷靜點。」

就在那一刻，Janjao連忙將手伸進自己的短褲口袋裡，然後把手機歸還給它的主人，主人則趕緊將它接過來點閱查看，這時才發現某人在好幾個鐘頭前所發來的訊息，心臟不由得漏跳了半拍。

Pakin哥不喜歡等待，可是我卻讓他等了不知道幾個鐘頭。

因昨晚才發生的事情而擔心至極的少年，點閱訊息的手在顫抖，然而他卻沒發現，對方那對凌厲的眼眸並沒有看向他，沒有看向手機，而是看向了Janjao——拿著任性小鬼的手機遞還給對方的女孩。

啪。

女孩因而躲到了好友的身後，甚至還抓住了少年背後的衣服，像是敵不過面前這男人的目光，就算它們隱藏在太陽眼鏡之下。

「呃，Pakin哥好。」

一聽到招呼聲，高大男人就把太陽眼鏡往下挪，在那之後，露出一抹笑。

「你好，上一次對妳很抱歉，Graph給妳帶來麻煩了。」

「呃，不會。」雖然記不得是哪一次，不過女孩依然先給出了回應，而她所知道的事情是，朋友的這個男人只有表面在笑，眼睛卻沒有分毫笑意。

那笑容，使得嚴肅到近乎凶狠的臉看起來友善多了，卻無法改變這男人周遭的氛圍。

「喂，我哪有帶來什麼麻煩！」這話讓當事人一邊忍不住大聲嚷嚷，一邊暗自感到不快，因為Pakin哥這個狠心人居然對著他的朋友展顏，但卻一次也沒對他笑過。

他的聲音僅讓高個子將太陽眼鏡夾在自己的領口上，接著簡單地說道：「可以回去了。」

「可是我……。」

咻。

Pakin轉過來對上Graph的眼睛，抗議的話語因而統統被吞了回去，而且男人的長腿甚至還往前跨了一步，身體因此幾乎快要貼在一起了，少年為此渾身一震，因為對方那雙銳利的眼眸正說著……不高興。

不高興的那個人，傾下身來附在少年耳邊低語。

「你今早才剛承諾過會當個好孩子。」

今早雖然才被親吻過額頭，可那舉動依舊使得少年的臉愈來愈燙，試著壓抑想伸出去觸摸自己滾燙額頭的手，他能做的就只有往後退，然後把替Janjao提的包包放回她手裡。

「星期一見。」

「不准蹺課喔，Graph。」

「嗯，謝啦，等星期一再補償妳蛋糕的事情」

「沒關係啦，你走吧。」

真的打從心裡害怕Graph那位Pakin哥哥的眼神啊。

帶著這想法的女孩，輕輕推了一把朋友的肩膀，因為她不知怎的就是覺得毛骨悚然。

這時Pakin先一步往時髦的超級跑車走去，可在經過Night面前之際，輕得猶如呢喃一般卻充滿壓迫感的低沉嗓音響起，使得那名高三生只能雙腳僵硬地站在原地。

「感覺你們兄弟最近很閒啊。」

如果很閒，需要搞點事情給你做嗎？

那是看向這裡的目光所傳達的意思，Night見狀就只能陪

笑。

「最近我忙著考試的事情。」Night說完便往後退了幾步，注視著身材更高大的男人嘴角勾起了一抹笑容。

Pakin隨即抓住Graph的手臂往漂亮的跑車走去，Graph只好連忙跟上。

直到好幾千萬的超級跑車呼嘯駛離，Night這才如釋重負地嘆了一口氣，然後轉頭望向一旁撫著胸口，神色和他相似的少女。

「怎麼樣？Janjao要跟學長一起去吃蛋糕嗎？」

接著他以笑容作為先鋒，讓這名月光仙子看了一下那抹笑容，而後準備做出回應，可是……。

「妳這Janjao！」

「San哥！」

一輛摩托車騎過來停在了道路的對面，上頭的騎士正大聲吆喝，女孩聞聲回頭，這才看見她那位愁眉苦臉、保護欲過剩的二哥，她隨後沉默地盯了一會Night學長的臉，接著朝他露出了燦笑，滿心歡喜地開口。

「不好意思嘍，我哥來接我了。」她一說完，便迅速跑過去找那位非常愛吃醋的哥哥，像是一點也不在意自己才剛拋下一名背景相當優秀的男生。

看到這一幕的人完全笑不出來，只能望著那輛摩托車的後方，然後垂下脖子。

「又沒戲唱了，每次都失敗，唉。」

最後他只能對自己嘟噥幾句，因為看樣子，月亮美少女打算無視夜間少年，而且是一點希望都不給的那種。

＊＊＊

Graph不知道自己是不是一廂情願，不過他覺得Pakin哥看起來……似乎變得更和善了。

不是吧，應該是更無視我了才對。

打從自夜店接他回家後，少年總覺得自己察覺到了某些變化，比較明顯的地方，是對方不罵他、不說他，言語之間不再讓他心痛不已——因為男人根本就不和他說話。就連從學校接他回家的時候，一路上也只有車上音響設備傳來的震耳樂聲，一到了晚餐時間又搞失蹤，等到隔天一早的餐桌上也不見人影，而且已經有兩、三天沒見到人了，讓Graph不知該高興還是難過。

這樣子即便兩人住在同一個屋簷下，但和分隔兩地又有什麼不同？

「唉。」

對著教科書一臉陰沉的少年只好把臉頰貼上客廳的桌面上，而後重重地嘆了一口氣。

一定是在躲我！

唰、唰、唰、唰。

「可惡！」

他一想到這裡就忍不住用力地抓自己的頭，甚至還繼續趴著，這使得剛回到家的人不禁順道過去關切。

「怎麼啦？Graph。」

「Win哥。」少年扭頭對上那對畫上了細緻眼線的漂亮眼眸，接著開口詢問：「今天有工作嗎？」

現在Graph多少知道Win哥會接一些泰國國內的平面拍攝工作。

「嗯，臨時急件。學生時期的朋友說來不及找到男模，得知我回國了，所以就找我幫忙……平常我是不接沒事先談妥的工作的。」Pawit一邊將披在身上的漂亮衣物脫下來扔在椅背上，一邊走上前查看。

「你是有考試嗎？」

「嗯，煩死了。」穿著學生制服的孩子說道。

「但似乎不只煩這件事吧？」男模一屁股坐在了沙發上，語帶笑意地問道，這使得聽的人沉默了片刻。

「哥知道Pakin哥跑去哪裡了嗎？」

這問題讓Pawit轉過來注視了一下少年的臉，隨後笑了笑。

這孩子終於察覺到哥在躲他了。

這位弟弟覺得好笑地這麼想，他又怎麼可能不知道，他哥早上十點離開家門，凌晨四點之後才進家門，如果和高中生的作息時間表一比對，再怎樣都不可能碰到面。

「不知道。」可Pawit仍然這麼答道。

任性的孩子聽了不由得撇嘴，努力將注意力轉回到被好友強塞過來的講義上。

鈴、鈴、鈴、鈴、鈴～～

就在這時電話鈴聲響起，Pawit因而低頭看了一眼，接著一愣。

「我等一下再過來。」男模一邊說，一邊拿起手機貼耳，那之後就像在避諱什麼似地走出了客廳。

執拗的孩子就只是跟著看了過去，接著嘆了好長一口氣。現在，他囂張的氣焰全沒了，只剩下不曉得接下來該如何是好的疲態。

啪。

「全都消失了。」

Graph稍微拉開了自己的領口，低頭注視著曾經烙印在身上的愛慾痕跡，可現在都消失了，變回了白淨的皮膚，像是沒留下任何東西證明好幾天前的夜裡，某個人抱著他、安慰他、幫助他，甚至做了少年做夢也沒想到會替他做的事情。

像Pakin哥這樣的男人耶，竟然會用……嘴巴……幫我。

唰。

就在那一秒，少年潔白的臉頰頓時變了色，因為他愈是去想，那天晚上模糊的畫面就愈是在他的腦中閃現，使得正在解題的手停頓了下來，甚至不自覺地上移，緊緊捏住自己的肘關節。

他還記得，Pakin哥的唇很燙，因此無論碰觸到了哪裡，身體都會跟著瞬間發燙，再加上對方的大掌心在他肌膚上的碰觸……細長的舌頭……溫熱的大手……在他身上四處愛撫的那份強硬，在這些之上的是對方的眼神……那是他從沒見過的眼神。

不是那種感到厭煩或是可憐他的眼神，而是Graph第一次感受到，Pakin哥不再把他當作孩子看待的眼神……是嗎？

那樣的眼神，只要在漆黑的夜裡一想起，他就得替自己釋放出來。

「就只有我自己一個人在發花痴。」

當對方只把他看作是麻煩製造者時，大概就只有這個傻Graph讓自己的感覺愈陷愈深……愈陷愈深……。

Graph現在終於明白，他只肯跟Pakin哥一個人上床。

想法怎麼跟個純情的少女一樣，太可悲了。

「那想不想讓某人也一起被迷惑呢？」

啾。

「幹！」正當Graph拿自己的頭去撞桌子邊緣的時候，一道

聲音便從頭頂上方響起，他因而嚇得把臉往上一抬，隨後更是被嚇到睜大了雙眼，因為那個站在門邊和Win哥一起的傢伙就是⋯⋯對他下藥的那個王八蛋啊！

「哈哈哈！才幾天沒見，講話變粗俗了。」

啪。

「嘖！」

那個妖孽夜店老闆一說完，Graph就抄起後方的靠枕，使盡全力丟了出去，讓樂天的男人大叫了一聲，差點來不及閃避。可Graph似乎還不解氣，因為他就這麼衝了上去，一副想幹架的模樣，而且一想到那男人先前對他做過什麼事情，便不由得氣到面紅脖子粗。

咻。

「Graph，停手！！！」

可在拳頭揮出去欲將打在對方身上之前，Pawit竟然跳出來擋在了他倆中間，甚至還大聲喝止，使得Graph不禁愣了愣，回頭不解地注視著Win哥，然後這才看到了和某人相似的冷冽眼神——那看過來的眼神像是在說，如果再不住手，就別怪他不客氣了。

「是他先對我出手的！」

任性的孩子忍不住開口告狀，Pawit這才緩緩地搖了搖頭。

「對Scene哥動粗並不會讓情況變得更好。」

啪。

「對呀，Win很清楚該怎麼做才好⋯⋯對吧？美人？」

話一說完，Siraphop便狀似親暱地把手搭在了男模的肩上，而且不僅於此，甚至還低下頭廝磨男模細白的臉頰，像是不在意別人的眼光，可連Pawit自己也沒推開對方的意思，僅僅嘆了口

氣。

「別鬧了Scene哥，等一下Kin回來，我是不會幫你的。」

Siraphop聽了這話，稍微看了一下Pawit的眼睛，接著露出了一個大大的笑容。

「好、好、好，先把要事談完，因為我……也非常想要吃掉你。」

不只嘴上說說，這名家世顯赫的帥哥還把鼻尖埋在男模嫩白的脖子上磨蹭，把總是那樣芬芳的體香深深吸入肺中。這使得少年的臉部漲得更紅了，不知是在替對方感到難為情，或是氣那傢伙一副自己是主人那般隨意輕薄Win哥的身體！

「我就直說了，我是來道歉的，也希望Graph可以稍微原諒我最近一次的娛樂。」

「娛樂！」當那傢伙一開口，Graph就很想往那個語氣中帶著戲謔的男人臉上揮拳，因為他覺得這一點也不有趣。

Siraphop見狀，把手抬到肩膀的高度，讓人看見他手裡拿了一個長長的袋子。

「別這樣嘛，上次只是開了個小玩笑，想看看Pakin那傢伙的反應，而且也如願以償看到了，就因為Graph讓我看到了好東西，所以今天特地也帶了好東西來賠罪。」高個子一邊說著，一邊遞出手裡的袋子。

Graph戒備地注視對方，甚至還往後退了幾步。

啪。

「先收下來打開看看。」

Pawit竟然搶過那個袋子遞到他面前，他不得已只好迎上了對方的眼睛，直至見到Win哥對著他點了點頭，任性的少年這才肯接過那份賠禮，看看那傢伙又打算玩什麼惡劣把戲，結果當他

一拿出來……。

「酒。」

「白蘭地才對，上等的喔！這一支非常難找，才剛拿到兩支，特別是 On the rocks（註）的喝法，會讓它的味道變得濃郁芳醇，完全與它的價格相符。」

高級夜店的老闆那麼說著，可這名只喝過紅酒和沒幾樣市售酒類的十七歲少年卻蓋上了禮盒，收進袋子裡，然後語氣強悍地說道：「把你的東西帶回去。」

以為我會笨到再上第二次當嗎？上一次差點就被這傢伙給吃了呢！

「不會喝？」Siraphop 見狀挑高了眉，以一副欠揍的模樣問道。

他這樣子看得 Graph 很想拿酒瓶去砸他的頭，不過又及時想起這傢伙剛才說過這支酒非常難找，其實他也知道，有些酒的價值高到就算有錢也很難買得到。

「Scene 哥，如果你再繼續這樣胡鬧，我就要上樓洗澡睡覺了。」

不過，經男模這麼一打斷，那位打算帶著朋友弟弟一起享樂的男人不禁笑了起來，然後直接把話講完。

「好啦，這酒不是要給 Graph 的……而是要麻煩你轉交給 Pakin 那傢伙。」

某個男人的名字突然出現在他們的對話中，令 Graph 不由得一愣，他注視著對方的眼睛，然後這才發現這個老是笑盈盈的男人有一雙陰險深沉的眼睛，猶如一條蛇。

（註）在點酒類飲品的時候，意指「加入冰塊」。

這個人嘴上在笑，可是眼神卻像是在看熱鬧。

「好東西，酒精含量高，任誰酒量再好，也會一喝就倒。」Siraphop以狡獪的語氣說道，然後再次轉回來對上男模的眼睛。

「這樣子向Graph賠罪，Win原諒哥哥了沒？」

這是他們兩個人今晚簡單的協議，假如Siraphop肯幫助Graph，Pawit就願意和他共度一宿春宵。

對於這項協議Siraphop沒意見，因為上次的衝突告訴他，如果不是太蠢，就別再跟Graph這孩子扯上關係，但這不包含跟圈外觀眾一同享樂呀！而他也有意找機會報復對方幾天前在他臉上留下的那一拳。

如果那傢伙只因區區一個孩子就跳腳，那他很樂意幫忙潑一鍋熱水，讓那傢伙掙扎得更厲害。

好玩到等不及要看戲了呢。

「Win哥，這話是什麼意思？」就只有Graph還沒意會過來。

Pakin的弟弟這時露出了一抹冷笑，然後語氣平淡地說道：「有的時候，我們不能跟忍耐力高的人正面迎擊啊，Graph。」

這話讓Siraphop吹了一記口哨，因為這男人自己也很清楚，能跟他好友對抗的人並不多，其中一個是他，另外一個就是……那傢伙的弟弟。

呵呵，這次絕對會很好玩，臭Pakin。

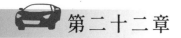

第二十二章

斷片，有理

磅。

「不好意思要麻煩你來接送。」

「不用客氣，這本來就是我的職責。」

Pakin一走上停靠在前方的高級車，從後方建築物傳出來的震耳樂聲就立刻靜止，彷彿被隔絕在另一個世界。他一臉無奈地對著凌晨兩點前來接送的司機那麼說道，Panachai也語氣平淡地應聲，然後開上幾乎沒有車輛往來的道路。

「那Win呢？」

「今天Win先生完成工作之後，就去接Graph先生了。」

「是那樣嗎？」

對話好像就這麼打住了，Pakin應聲的當下，同時回想起過去這幾天。

他懶得再去應付那個任性的小鬼，那小子會讓他想起自己違反了訂好的規矩。

不只一次，而是兩次。

注意危險的警示聲大作，使他連忙抽身，而大量的工作正是相當好用的藉口，他不只有從父親那邊繼承的事業，他自己的賽場工作也不算少，最重要的是，去年就開始著手籌備的大型活動快要成型了。

法治外的這場競賽，將會有大筆資金四處流動，而且他現在也剛和兩、三家贊助商達成協議，所以理當是忙到無暇顧及其他

事才對，可是他卻想起了，那個魅力比想像中還要來勢洶洶的臭屁小鬼。

從沒想過會有人來打那孩子的主意，而且那孩子的身邊竟然圍繞著男男女女，更令他感到不快的是，其中一個還是好友的弟弟。

麻煩、混亂，怎樣都無所謂，可偏偏和那個人渣Scene扯上關係。

那個混蛋好友有一陣子沒出現在他面前了，可幾天前卻突然出現在家中，令Pakin感到不甚放心。

那傢伙或許純粹是去找Pawit，不過他很清楚那傢伙是什麼德性——那王八一旦咬住了就不會鬆口。

Graph那孩子的事情也是一樣。

「除了那天，Scene那傢伙還有再跑到家裡來嗎？」

「沒有了，只有Win先生昨晚跑去找他。」

Pakin轉頭望向後照鏡，原本想注視親信的眼睛，可Panachai居然一直盯著眼前的道路，這位老闆的嘴角因而揚起，在那之後便語氣平淡地回應。

「怎麼不阻止他？」

「……我沒資格阻止Win先生。」

他器重的手下這麼說道，可是Pakin又怎會不知道這輛高級跑車的速度加快了一些，這說明司機的情緒有了一些波動，不過既然當事人長期以來一直假裝沒看見，那他也就不把這事放在心上。Pakin把視線轉向空蕩蕩的道路，突然很想將心愛的超跑開來飆速，藉此驅散這幾天始終揮之不去的煩躁感。

畢竟他自己也喝了不少。

「Graph先生這陣子有小考，看他每天都在讀書。」

「安安靜靜的也好。」聽的人明白手下這是刻意在轉移話題，想讓事件的矛頭盡量遠離自己，在那之後司機的下一句話讓Pakin不禁愣了一下。

「Kaew嬸說Graph先生每晚都在等Pakin先生回家。」

啪。

男子寬大的掌心不自覺地交握在一起，他隨後鬆開手，搖搖頭，然後笑著嘲諷。

「跟我無關。」

「嗯，跟Pakin先生無關。」

Panachai的複述僅讓聽的人譏諷一笑，沒說任何話，可是那凌厲的目光卻瞬間有了一絲動搖。

他的動搖，全因想起了曾在他身下不斷扭動的白皙身軀。

那白皙的身軀纖細，卻不乾瘦，揉捏的時候，摟抱的時候，交纏的時候，也能感覺到肉體的豐腴，令他情不自禁地留下好幾處宣示所有權的痕跡，再加上那未經加工的淡淡體香，每當傾身廝磨時，總是芬芳撲鼻，就連從那副身軀裡流洩出來的淫穢氣息，也純淨得想讓人親手摧毀。

那孩子長大了，而Pakin也不否認……看起來十分可口。

他或許不是很在乎對象是男是女，可是能讓他看上眼的，通常是一看到臉就能察覺到暗藏在深處的熾熱，這種人一旦上了床，毋須任何花言巧語就能互相挑起慾望，激盪出值得回味的美好性愛，而不是一味地顧忌對方，以致於沒了興致。

Graph就屬後者。

那孩子甚至連接吻都不會。

一想到這裡，男人彷彿嘲弄般勾起了嘴角，為了隱藏身體逐漸察覺到的熾熱。當Graph不斷央求要釋放的畫面浮現在腦海

中，Pakin這時清楚知道該怎麼做才能驅散這些畫面。

乾脆直接吃了那孩子吧……胡亂想什麼啊！

男人立刻甩開這種想法，因為只要他理智尚存，他就絕不會跟Graph上床給自己找麻煩……絕對不會。

「終於回來了，陪我喝幾杯吧。」

才剛回到家的人愣了一下，因為他的表弟不但還沒睡，手裡甚至還拿著酒杯走到門口迎接，不過其視線卻投向了他那才剛下了車的好下屬。Pakin犀利的眼眸頓時流露出了然於心的眼神，然後以低沉的嗓音從容地開口。

「要喝一些嗎？Chai。」

「不了，我明天早上還有工作。」

「老闆都沒工作了，為什麼手下會有工作呢？」Pawit立刻打岔道，使得長相凶惡的高大男子轉過頭來與他四目相對。

「有些工作不需要老闆親手處理，只要一、兩名手下打點就夠了。」

這個答案令Pawit翻了個白眼，然後以對方聽得見的音量嘟噥。

「這藉口也太爛了……那Kin呢？陪我喝幾杯吧。」說完，Pawit就轉向輕笑出聲的哥哥。

「是出了什麼問題？」

「呵，我可以自己處理。」Pawit輕鬆地說道，視線卻瞥向了另一個男人，他接著把酒杯遞給了熟識的親戚，然後才轉身進屋。

男模無奈地開口：「那些愛忌妒的傢伙，嚼舌根說我出賣身體才換得到工作，剛好被我聽到，所以就回嘴說，光憑我爸的權

力，就能弄出一堆事讓那些嘴巴不乾淨的傢伙掙扎到死。」

待 Pawit 走向二樓能看到泳池景象的吧檯後，Pakin 笑了笑。

「怎麼沒補上一句，話太多小心頭被打出洞來。」

「呵，如果是由 Kin 來處理，他們大概比較希望其他地方被打洞，渴望到身體顫抖。」

聽了這話的 Pakin 大笑，若說這種行徑也算是對那些人的「懲戒」，那倒也沒錯。他接著又問道：「怎麼突然想找我喝酒？」

這問題讓聽的人匸斜著瞟了一眼，然後姿態勾人地聳了聳肩。

「因為 Kin 一臉『**想喝**』的表情。」

被弟弟看穿心思的男人瞇起了眼。而發話的人則繼續開口。

「看你工作壓力大，所以邀你來放鬆一下，反正今天是星期五，因為有時候……可能不是因為工作的事情壓力大。」Pawit 模稜兩可地說道，隨後又說了下去。

「已經滿一個星期了。」

聽的人自己心裡明白對方指的是什麼。他把那小子從好友夜店裡救出來已經滿一個星期了，迷人的俊臉因而勾起一抹壞笑。

他知道，對方正試圖挑起他的情緒，既然有人下戰帖，他當然要欣然接受了，因為像 Pakin 這種人非常有自信，無論是心中的什麼都好，任誰都無法使他流露出來。

「好啊，很久沒喝了，我也想知道經過這麼多年，你到底有沒有一點長進？」

「哥可別看輕在那邊每天都喝的人好嗎？」

「等著瞧。」

Pakin 那麼說道，既然有人想一起喝，他也就不辜負別人的

一番盛情了。

　　Pawit這才滿意地勾起了嘴角，因為他也很想知道，某人極力誇口能放倒野生大象的飲料功效，究竟有多厲害？能否摺倒邪惡的撒旦，讓小小的天使釋放出真實的情緒？

　　就怕扒掉撒旦的外皮之後，會見到撒旦之王。

　　他的任務就是把人灌醉，至於將人喚醒的那個人的職責是……。

　　那小子有辦法虎口餘生嗎？

　　Pawit也忍不住想著，Graph的努力會不會付諸東流？

＊ ＊ ＊

　　「好啦，剩下的就照著我講過的方式處理吧。」

　　「我……能做到嗎？」

　　此時此刻的Kritithi少爺正一臉侷促不安地站在豪宅屋主的臥房裡，這時他以相當惶恐不安的表情望向床上的男人。高大的男人已經脫去了深色皮衣，僅剩下解開扣子露出胸膛的襯衫，迷人又叫人畏懼的那張臉微微泛紅，這表示對方喝下了不少酒精，可威嚴卻一點也沒有減少，他因此別過眼，看向男人現正被牢牢捆住的兩隻手腕。

　　綁人的那位也並非其他外人，正是人家的弟弟。

　　過去的這一個鐘頭裡，Graph忐忑不安地待在自己的臥房裡等待，直到Pawit打電話過來叫他前往二樓的吧檯。當他抵達之後，發現大個子已醉倒在沙發上，因此得一起幫忙把人攙扶到寬敞的臥室，然而等到把人帶到這裡，兩人早已氣喘吁吁，酩酊之人不時發出囈語聲，甚至還不耐煩地揮手驅趕。

直到將大個子放倒在床，Pawit隨即露出了壞笑，毫不遲疑地上前以絲質領帶將哥哥的手腕綁在床頭，在那之後，回頭對著Graph簡單交代了幾句，可卻讓聽的人臉色發白。

　　見到那模樣，Pawit就只說了這麼一句話——

　　「接下來就看Graph的了，自己做決定。」雖然下了重本灌醉哥哥，以致於自己差點也走不動，不過他還是那麼說。

　　這一切全看這位少年打算怎麼做，是要向前走，還是繼續停留在原地。

　　這個問題讓聽的人轉過去看向床上的男人，利牙緊咬住唇，像是想讓自己冷靜下來。

　　要是什麼都不做，以後肯定會後悔的，奮力一搏他媽的難道不是更好嗎？

　　心中只裝了這個壞男人的少年這麼告訴自己，原先猶豫不決的眼神變得堅定，他無法忍受繼續被混蛋Pakin哥這樣子閃躲了。

　　「我會做的。」

　　「有照我說的做準備了對吧？」

　　結果，反而是下一個問題讓Graph傻住了。他面色緊張地轉頭望向Pawit，淨白臉蛋像是相當害臊地逐漸漲紅，因為對方所說的事情是指——準備好自己的身體。

　　其實Pawit甚至還主動說要幫忙，但因少年沒那麼開放，所以不禁大聲拒絕，接著就花了很長一段時間在做準備。他試著告訴自己這件事很正常，可當被這麼刨根究底地追問，他便從臉紅到了耳根子，一邊連忙轉移話題，一邊向對方努了努下巴。

　　「這個樣子醒得過來嗎？哥，我看，應該會直接昏睡到早上吧？」

這一回Pawit咧嘴燦笑，那抹笑容暗藏陰謀。這時他走上前拍拍少年的肩膀，接著輕聲低語道：「我已經問過了，Kin只要一喝醉……會比平常更容易被弄醒呢。」

「……」

聽的人不由得一愣，因為他立刻理解了這段話裡的含意。

若不是曾和Pakin哥上過床的人，Win哥是能問誰？

這個想法讓少年胸腔裡的那塊肉猶如被火焚燒，妒意在體內爆發，等到耳朵聽見房門關上的聲音，他不禁吸了一口又深又長的氣——為了冷靜下來應付接下來即將發生的事情。

在那之後，少年從褲子的口袋裡掏出一小包藥物。

『Scene送的禮物……如果不想太痛的話，就用上它吧。』

不難猜出是催情的藥物。

Graph靜靜地盯著它看，然後把它扔到床邊，甚至還搖了搖頭。

不想再來一次了，他不想因為藥物的關係跟Pakin哥發生關係，所有的疼痛、所有的痛苦、所有的需求，他都想刻印在這副身軀上、這顆心上，像是一直都很清楚自己是個沒有希望的人一樣，但就只求這麼一次，讓他跟隨自己的心意，在對方無法逃避的情況下。

還能有比現在更好的情況嗎？

帶著這種想法的人爬上了大床，腦中想起了比自己更有經驗之人所教過的每一件事。

『每個男人都一樣，要弄醒，最簡單的方式就是……那裡呀，Graph。』

Win哥這麼告訴他，Graph為此吞了一口唾沫，注視著即便已經醉到不省人事的大個子，也無法藏得住他所散發出來的危險

氣息，而那張猶如雕刻出來的面容，此時竟像是正引誘人類主動靠過去的邪惡路西法。

「都走到這個地步了，我是不會退縮的！」Graph就這麼低吼一聲，爬過去坐在對方的大腿上，接著往那張粗獷的臉龐顫顫巍巍地伸出手。

Pakin哥的臉是溫的，噢不，應該說是熱的才對，Graph用手背輕輕蹭動男人的下巴，碰觸短短的鬍碴，再移到曾經吻過一個又一個對象的唇瓣，這樣就能讓他起了一身雞皮疙瘩，完全毋須仰賴藥物。光是想像這張嘴在身上到處親吻，留下大量愛的紅痕，身體就滾燙得像是發燒的人一樣。

啾。

在慾望的驅使下，Graph低下頭去親吻那張好看的嘴，他就像隻小小的幼犬用舌頭去舔拭，當下心臟則噗通、噗通地劇烈跳動。

興奮的感覺正重新在喉嚨裡醞釀，兩隻手這時解開對方上衣的鈕扣，隨後露出了健壯的胸膛。

Pakin的身材果然稱得上是真男人，彷彿大個子很清楚該怎麼把這副身軀的魅力發揮得淋漓盡致。

Pakin哥的肌肉既漂亮又緊實，無論是胸膛、小腹以及手臂肌肉，都像是經常在運動的人，使得被這副身軀擁抱過的人會不由自主地迷戀上他，以致於難以自拔。Graph這時候逐一往下看去，從漂亮的肌肉線條一路看到了肚臍，而後又看到了消失在褲子底下的深色毛髮。

僅僅只是注視，身體就滾燙到忍不住握緊了拳頭。

他不是同性戀，只是無法抵擋Pakin哥的魅力罷了。

Graph很確定自己對其他男性的身體絕對沒有這方面的感

覺，可是這個男人卻不一樣，這使得對自己沒什麼自信的他，在本能的驅使下，竟彎下身去廝磨對方的脖子，以舌尖去品嚐沾染上了香水味以及汗味的皮膚，然而那卻是比催情藥還要更誘人的氣味。

哼嗯。

少年深深吸了一口氣，迷戀地將體味大量吸入，舌尖則沿著頸項舔拭，一路滑到了胸膛，雖然動作有些青澀，像是不曾這樣子碰觸別人，但卻讓他感受到經由這股炙熱傳送到下半身的需求。

在那之後，Graph就愈發急切地用力吸氣，當舌尖舔到了胸部上的深色乳粒，即便只是輕輕一吸，他卻忽地全身發燙，呼吸也變得更加急促，慾望也被撩撥得顯露出來，直到軟熱的舌尖滑過了胸部，經過漂亮的肌肉線條，他這才驚覺，感覺居然這麼棒。

原來Pakin哥是這樣的滋味？

香甜得像是在引誘他上前，接著再加入了令人上癮的苦味，就像滋味絕佳的美酒。

這感覺令他欲罷不能，當他把手緩緩伸過去解開對方的褲頭，然後將它拉開來露出了深色的四角褲，裡頭的某樣東西也隨之愈來愈清晰，但卻不是往好的方向發展。

「怎麼會這樣？」

他自己才是，不過只是在強健的身軀上摩挲，下半身就腫脹到疼痛，可為什麼Pakin哥卻無動於衷？這令他不禁開始懷疑起另一個哥哥所說過的話。

不是說喝醉的時候最容易被叫醒嗎？

「因為你很沒用。」

嚇啊！

就在那一瞬間，原本以為已經醉到不省人事、待事後或許才會恢復意識的人，竟然開口說話了，這把Graph嚇了好一大跳，他心驚膽戰地抬起頭迎上對方的眼睛，這時才發現，Pakin哥正張開眼睛注視著他。

這男人稍微動了動自己的手腕，瞥了一眼被綑綁的手，接著將視線往下投向跨坐在自己身上的少年，好看的嘴唇勾出一抹嘲諷的笑容。

「這就是你和Win一起想出來的計畫嗎？」

「哥是怎麼知道的！」少年語氣顫抖地問道。因酒精作用雙眼通紅的男人，回答這個問題時，感覺倒是相當清醒。

「酒啊……Win不喝白蘭地，為什麼會找來那種東西擺在家裡？最重要的是，我能記住味道……看來是Scene那傢伙給的。」

聽的人不禁睜大了雙眼，彷彿不敢相信對方是怎麼知道的，這時候Pakin不禁露出了嘲諷的笑容。

「被人牽著鼻子走了。」

僅憑著酒精濃度接近百分之六十的白蘭地香甜但醇厚的氣味，大致就能讓他猜出個所以然來。

會讚賞這款滋味酒類的人，就屬Scene那傢伙，他一喝進嘴裡，就感覺像是朋友傳訊息過來告知他，有人正打算透過灌醉他的手段謀劃進行某件事。

既然有人希望他喝醉，Pakin就假裝喝醉遂了對方的心願。

雖然它讓人暈得真的差點就要睡著了，可是他的警報訊號卻從不曾失靈，光是一聽到這兩個人的談話，他就能拼湊出事件的始末，因此他等著看這執拗的小子打算怎麼做……這是多好的藉

口啊，讓他能靜靜地觀賞這樁他試圖從心中屏除的趣事。

既然血液裡摻雜著酒精，那像他這樣的人會犯什麼錯，大概就是做出自己不允許發生的事。

啾。

「唔！」

「呵，已經變成這樣了嗎？」

說時遲，那時快，男人隨即舉起膝蓋去蹭動對方的褲襠，把Graph嚇了一大跳。少年緊緊咬住自己的嘴唇，五官因性的刺激而逐漸扭曲，他因此試圖將那隻腳往下壓，可是面對身形高大的人，他又怎麼可能辦得到？

Pakin抬起一邊的膝蓋，對著發燙的褲襠又是蹭動，又是磨擦，感受到已經品嚐過滋味的那份熾熱硬挺。

「可憐吶。」

帶著壞笑的酒醉之人，彷彿在看一隻小小的獵物，而不像是在看一個跨坐在自己身上的獵食者，他將目光停留在執拗小子明顯將褲襠撐起的腫脹部位。

「那哥呢！」

「我怎麼了……我對你這種小鬼提不起興致的。」

Pakin這時說出殘忍的話語，使聽的人緊咬住自己的嘴，可慾望成功地衝進了他的內心，Graph這時動手將對方的褲子拉到了腳邊，緊接著一把抓住了溫熱的肉柱。

「哥也一樣有感覺啊！」少年不服輸地一邊喊，一邊觸摸著不斷脹大的炙硬部位，可那位壞心的成年人態度卻依舊沉著。

「我會對你這種小鬼有感覺？」

喀。

聽的人咬緊牙關，把對方的深色四角褲拉開來，露出了尚未

完全脹大的硬熱肉棒，彷彿是在幫它的主人一同嘲笑他的無能，他只好把臉往下一低。

吸溜。

Pakin稍微抽動了一下，但也就那樣，他凌厲的眼眸仍注視著正試著用舌尖沿著柱體舔拭的少年，對方又吸又含，挑撥他的情慾，使之高漲，可卻沒人比他更清楚知道，自己也在壓抑著情慾，為了……引誘另一個人。

他從不曾讓別人占上位，只有他料理別人的分！！！

信心滿滿的壞男人依然躺著不動，注視著十七歲少年好看的臉，對方正用顏色鮮紅的舌頭沿著肉棒的柱體舔拭，時不時吸吮弧形缺口，接著再逐步往下玩弄兩邊的圓球，這使他忍不住悶哼了一聲，卻還是遊刃有餘地說道：「就只有這樣？」

縱使碩大的性器快要完全勃起，可是它的主人依然講著那種話，這讓聽的人張開了嘴巴，然後將滾燙的部位一邊含進了嘴裡，一邊照著Win哥說的那樣，賣力地又吸又抿，不過這卻完全無法讓Graph建立自信心，畢竟對方一直強調他很沒用。

啾、唔……唔……。

「唔！！」

明明整個房間都是吸吮滾燙肉棒的聲音，可發出呻吟聲的人卻是少年，因為男人把長腿舉起，然後在少年的雙腿間蹭動，往深處磨擦，這使得Graph紅了臉，脹痛到不行，很想全部釋放出來。

啪。

不只是想想，少年這時脫掉了自己的睡褲，露出了這幾年才剛發育完全、色澤好看的玉柱，讓它出來呼吸一下外頭的空氣。

「這樣就受不了了？」

「呃⋯⋯哥也一樣，我還不是把哥弄得這麼大了！！！」

「就憑你這樣的小孩子？」

雖然炎熱的肉棒被少年挑逗得腫脹到不行，但自制力很好的人依舊語氣嘲諷地那麼說道，這使得對方緊咬著嘴，一邊深深地喘粗氣，一邊移過去跨坐在粗大的慾根上。

「我會證明自己不是小孩子！」Graph語氣強硬地說道。

而煽動的那個人，心知肚明情況肯定會變成這樣。他現在想解放想到快瘋了，那有什麼方法能勝過由對方主動來料理自己呢？

Pakin不擔心自己被綁著，相反地，這是個很好的藉口，而且真的挺令人興奮的。

想吃就能吃到，這是你自找的，Graph。

壞心的男人這麼告訴自己，接著眼睛不由得一亮，因為Graph正一邊從睡衣的口袋裡拿出一瓶潤滑液，一邊在他身上張開雙腿，並深吸了一口氣。肆意妄為的少年隨後將潤滑液塗抹在他的性器以及自己的手指頭上，然後⋯⋯。

咕唧。

「啊！！！」Graph刺激得叫出聲來，儘管身體因性慾而敏感度倍增，再加上他舔過了巨大的肉棒，全身因而變得滾燙，可當他的手指快速地埋進自己的身體裡面，呻吟聲便忍不住溢出，他的上半身往前一傾，幾乎是貼著男人寬大的胸膛。

這比他之前在清洗或是擴張時還要更酥麻，但同時也刺激到不行。

「不會做就停下來。」

「我！可！以！」Graph吼道，他緊緊閉著雙眼，喘著粗氣，將整根手指塞了進去，而後一邊開始緩緩移動，一邊對著男

人寬大的胸膛呼出熱氣，令對方感到銷魂。

可Pakin嘴上卻說得輕鬆，「就只有這樣？」

Graph咬著牙，淚眼汪汪地注視著男人，這使得被綁住的人有些不想再等了。

「把衣服脫了。」

被酒精催化得醉醺醺的人命令道，少年一開始還有些一頭霧水，但仍然用單手解開了自己的睡衣，直至單薄的胸部展露在眼前，高大的男人接著講了一個字。

「彎！」

「我不……。」

「彎下來！」

少年立刻彎下身，在那之後……。

吸溜。

「嗯啊！啊哈，唔……呃！」

淡色的乳頭不過被舌尖舔拭，Graph就把胸部往前頂，快速地喘著氣，喝醉的那個人這時毫不猶豫地輕輕咬它，啃得像是知道自己給對方帶來多大的歡愉，軟熱的舌尖則到處舔弄，直到變得溼淋淋的。

「呃，哥……Pakin哥……」

猶如被烈火灼燒的那股熾熱又回來了，少年這時將第三根手指塞進了窄穴，輕輕動了一下，這時候他感覺到了即將要爆發的慾望，再加上對方愈是在他的乳頭上滑動舌尖，他更感覺自己就快要射了。

吸溜——

「小孩子！」

雖然壞壞的俊臉像是滿足地伸出舌頭舔著自己的嘴，可是那

眼神卻像是邪惡的撒旦，和話裡帶著一絲嘲諷的那張嘴一樣邪惡。Graph為此從窄小的甬道裡抽出了自己的手指，然後抓住了滾燙的肉刃，抵住了自己的穴口，接著語氣強硬道——

「哥會為自己講過的那句話感到後悔！！！」

「你可以試試看。」

一被對方挑釁，Graph就把自己的身體往下壓，而後⋯⋯。

嚇啊！

Graph整個身體猛地一震，原本熾熱的肉棒還在穴口磨蹭，可當身體一往下壓，他便意識到這事比預想中還困難，起先身體刺激得像是快要燒焦了，可過了一會又變成了疼痛感，讓他不得已只好抓住對方的肩膀，一邊捏到連自己的身體都僵硬了，一邊用力地吸氣。

不可能，不可能，進不去。

這些話鑽進了他的腦海中，就算再怎麼努力想把滾燙的肉棒塞進體內，還出了一身汗，可這件事卻只讓他感覺到疼痛，身體為此提出了抗議，絕對做不到。此外，再加上那些輕視的話語，使得一直在努力的少年⋯⋯。

「嗚⋯⋯。」

「呵，這樣就哭了。」

喉嚨裡傳出了啜泣聲，Graph直接趴在了寬闊的胸膛上，不斷抽氣，身體也跟著晃動。Pakin聽了不禁語氣冷冷地回應。

「嗚⋯⋯我就是個小孩子⋯⋯我他媽的就是沒用⋯⋯對，我很爛，這樣哥滿意了嗎？滿意了是嗎！！！」

趴著面部朝下的人這時噙著淚水抬起臉來，即便沒淚流滿面，卻也淚眼婆娑，而且吼出來的聲音，也像是再也無法忍耐似的。

「我就是一無是處，就算我努力到死，在哥的眼裡也永遠沒有用！！！」

少年的語氣既失望又難過，使得原本打算什麼也不做的男人咬緊牙關。

「鬆開我的手。」

Pakin的語氣突然變得強硬，使得正任由眼淚滴在男人胸膛上的那個人抬起頭。

「我叫你現在馬上鬆開我的手！！！」

嚇！

Graph很害怕對方投射過來的凌厲眼神，然而他明明就覺得自己不怕對方，卻還是服軟地伸手過去，膽怯地解開了領帶。他明白自己的心都碎了，知道自己輸給了對方，這顆心再也不可能獲勝了。

看來是沒希望了，傻Graph。

啪。

砰！

「！！！」

可是，等著像往常一樣聽見怒吼聲的人卻突然嚇了一大跳，因為當Pakin的一隻手獲得自由之後，他的身體隨即被拋到了床的中央，男人這時將他白皙的雙腿打開，平日裡看人頗為不耐煩的眼神，頓時像是升起了慾火。

「是你自找的，Graph。」

因為是你讓我失去耐心的。

插入。

「啊！！！！呃……哥……哥……我……痛……好痛……嗯啊……啊……。」

突然間，滾燙的凶器就這麼插入了少年的體內，令人措手不及，Graph因而發出了呻吟聲，試圖挪動臀部逃避，可是刺痛感卻緩慢地鑽入身體，邪惡的撒旦則舔了舔嘴唇。

「有沒有人提醒過你？只要我一喝醉……就會化身為不折不扣的撒旦。」

「沒……嗯啊……哥……不要……先不要……。」

雖然另一隻手還被綁在床頭，可Pakin依舊一邊將凶器破入灼熱的穴口，直至完全沒入，一邊注視著激烈掙扎、淚流滿面的少年，他傾身封住了對方的嘴，如飢似渴般的又吸又舔，而Graph就只能啜泣，並以雙手摟住男人的脖子。

「嗯啊……啊、啊……。」

啾。

正當Graph張嘴接受這股能減輕疼痛的狂熱，使之化為春情蕩漾，Pakin也伸手去解開綁在另一隻手上的領帶，接著緩緩地抽送，想讓少年先適應一下。Graph因痛苦而扭曲的面容這時轉成了銷魂的酥爽，身材相對嬌小的他隨後不停地來回掙扎。

「從現在開始才是來真的。」男人聲音沙啞地說道，注視著睜開朦朧雙眼望著他的容顏。

那樣的表情，越發使得想得到什麼就一定要得到，而且也如願得到自己這一個禮拜渴求之物的男人，一把抱住對方的雙腿搭在自己的肩上。

「呃啊！！！啊、哈啊……哥……Pakin哥……太……太……太用力了……呃……這樣太刺激……哥……啊……。」

巨大的男根這時抽了出來，然後又整根頂了進去，令Graph抖著身體叫出聲來，兩隻手用力戳在床單上，感受被哺餵熱烈的性愛滋味後所帶來的歡愉。然而事情不只有這樣。

抽插、抽插、抽插、抽插。

炙硬的肉棒這才開始重重地進出衝撞，並交替著在窄小的腸道裡翻攪，使得Graph在它每一次進入時都忍不住顫慄，刺痛的感覺變成了快感，嘲弄鄙夷的聲音則化為一道灼人的烈焰，火熱的嘴這時像是飢渴難耐地吸吞，下半身則以熱烈的節奏在擺動。

「Pakin哥哥……唔……嗯啊……哥……我……太刺激了……啊哈……那個地方……不要一直弄那裡，不要……嗯啊！」

Graph叫得幾乎要喘不過氣來，當Pakin找到了他敏感的那個點，接著用力反覆刺激，故意研磨並猛力撞擊，少年的兩隻手因此緊緊戳入枕頭，雙腳則僵直地搭在對方寬厚的肩上。

啪。

「還不夠！」Pakin低吼了一聲，將少年翻成側躺的姿勢，接著從後方插入，他把對方白嫩的腿分得更開，滾燙的火炬隨後很有技巧地抽送，既熱烈又凶猛。

嘎吱、嘎吱、嘎吱、嘎吱。

即便他的床是用上等木頭所製作的，但仍因床上之人猛烈地不停抽送而不斷晃動，震動聲在空氣中與淫叫聲和抽插的水聲交融在一起。

「哥……嗯啊……啊……。」

「很棒！Graph，就是那樣。」溫熱窄小的肉徑這時強烈地收縮，令醉酒之人因此滿意地發出了低吼聲，身體為此推送得愈加劇烈，使得肉體撞擊的啪啪聲響遍了整個房間。

房間裡的溫度正不斷攀升，這時候的Graph就快要受不了了，性愛所帶來的快感將他推向如夢的彼岸，身體因而忍不住抽搐，臀部則貼著滾燙的熱棒擺動。

「我要射了……我……哥……我受不了了……哈啊……還要

……呃呃呃……呃！！！！」

嘩。

少年的身體一陣抽搐，就和他愈來愈急促的喘息聲一樣。不久之後Graph渾身顫抖地媚叫，接著在寬大的床墊上將混濁的淫水統統釋放出來，甚至完全不需要去碰觸前面的性器。

啪。

「Pakin哥……先不要……呃嗯～」

就在這時，位在後方的男人托起少年的臉，要他回過頭來接收熱吻，不僅如此，男人的下半身還非常迅速地抽送，少年當下感覺到那副被汗水濕溼的強健體魄仍在後方研磨。

「啊！！！」

當嘴巴一獲得自由，Graph就猛地吸入了一口氣，注視著把牙咬到緊繃的男人，他眼中宛如有一團熊熊烈火，然後以像是在低吼般的嗓音說道——

「都是你的錯，害我忍不住！！！」

抽插、抽插、抽插、抽插。

「啊！！！啊，Pakin哥……等一下……呃……太刺激了……我……呃！！！」

沒時間讓Graph反駁，因為一直以來對Graph收起爪牙的邪惡撒旦，此時被喚出了真正的自己，而且看樣子果然像Win說的那樣——是撒旦之王。

第二十三章

發燒

啪、啪、啪、啪。

嘎吱、嘎吱、嘎吱、嘎吱、嘎吱。

「呃⋯⋯啊⋯⋯啊哈⋯⋯我⋯⋯我不行了⋯⋯哥⋯⋯不⋯⋯。」

此時，屋主的臥室內依舊火熱得和一個多鐘頭前沒兩樣，枕頭和被子凌亂，可床上的人仍不肯停下已經進行好長一段時間的熱烈活動，緊抓著床單的少年於是忍不住媚叫著求饒，壞壞的帥氣男人則不然，他照樣激情地把分身塞入窄小的肉徑裡。

強烈的力道使得肉體撞擊的聲音響遍整間臥房，Graph的頭跟著晃動，床也咭吱咯吱地發出了聲響，清楚說明了它的狀況。然而，就算少年呻吟到嗓子沙啞，高大的男人還是沒想過要停下來。

「呃⋯⋯呼啊⋯⋯哈啊⋯⋯還不夠。」

沙啞的嗓音低沉地吼道，Pakin正在收成所有的快樂，把分身塞進溫熱窄小的腸道裡，然後感受著滾燙、溼潤，以及令人欲罷不能的強烈收縮力道。

還不夠、還不夠，而且短時間內看來是無法滿足了。

啪。

「呃啊～～」

一想到這裡，大個子就拔出了自己的肉棒，然後把背對著他的少年翻過來仰躺，兩隻手抓住對方的腳底將雙腿大開，緊接著

又插入，把肉棒頂進去研磨溼潤柔軟的腸壁。

「啊……夠……夠……夠了……嗯啊……好刺激……哥……我……不行了……。」

即使令人差點升天的酥爽快感讓整副身體無法招架，可Graph依然抖著聲音嬌吟，急速喘得胸口劇烈起伏，像個抵死纏綿了一個多鐘頭的人那般熱汗淋漓，白皙的手這時伸過來抓住對方擺動的臀部，似乎是想抵制力道，可大個子卻完全沒有手下留情的意思。

慾火高漲的炯炯目光，這時候緊盯著這副已經承受他好一陣子的潔白身軀，整個房間因而充斥著精液的味道，可卻絲毫未減濃烈的情慾，相反地，這樣的味道反而更能喚起野性的本能。

而且愈看，Pakin就愈無法克制自己。

任性的Graph臣服於他身下，面部酡紅、嘴唇腫脹、眼眸含淚的畫面，再加上其纖細嬌軀上還被烙上了大量的性愛痕跡，雙手刺進柔軟的枕頭裡，身體隨著猛烈撞擊力道而擺動，嘴上明明說著不要、說著已經夠了，但蜜臀卻夾得很緊，而且還舒服地拱起來接受巨大肉棒的每一次衝撞，所以他也很難就此打住。

啪。

「呃！！！好深……這個姿勢……好深……我快要不行了……。」

抽插、抽插、抽插、抽插、抽插。

「很棒……就是這樣，再用力一點，Graph。」

Pakin把平躺在床上的嬌軀抱起來摟進懷裡，讓這對方跨坐在自己身上，兩隻手隨後抓住了豐滿的臀肉，愛不釋手地揉弄，少年就只好上下擺動身體，使得整個房間都能聽見臀肉撞擊大腿的巨響。雖然沒有旖旎的風情，但由於許久未品嚐到純潔的滋

味，邪惡的撒旦因此滿足地舔了舔嘴唇。

「嗯～～」

他接著迎上去親吻，和汗水沿著臉龐流下的少年舌頭交纏。Graph緊抓著他寬闊的肩膀，嘴裡不停發出呻吟聲，任由透明的液體滑落濡溼下巴，嫩白的臀部則一刻也沒停止地收縮吞吐著他的性器。

這時的Graph已經刺激到快要窒息，刺激到幾乎來不及換氣，再加上他們性愛的姿勢，使得熱燙的肉棒埋得比原來還要深入，與裡面的肉粒摩擦擠壓，讓他就快要高潮了，因而忍不住把手伸向敏感的肉柱以相同的頻率套弄，喘息的聲音隨之在整個房間裡迴蕩。

「Pakin哥……親我……呃……親我……。」

就在這時，接吻的聲音，以及因汗水與Graph釋放第三回的精液而變得溼滑的肌膚碰撞聲，全交融在一塊，這兩個人的情緒為此越發亢奮。Graph這時稍微和對方拉開了一些距離，臉朝下埋在男人寬厚的肩上，眼睛睜得更大，身體繃得很緊，像是受不了了。

「我快要高潮了，唔、唔、唔……嗯啊……我要高潮了……要高潮了……要射了……啊……哈啊……。」

咕唧、咕唧、咕唧、咕唧、咕唧。

看到這個情況，Pakin就靠上來加重手部擼動的力道，直至漲紅的龜頭上下忽隱忽現，溫熱的唇瓣這時迎上去和身體僵硬並且猛力吸氣的任性少年親嘴，在那之後少年便釋放出今天第四次的滾燙混濁黏液。

「呼哈、呼哈……呵……哈啊……。」

Graph為此身體不斷顫抖，甚至還癱軟下來依偎在Pakin的

懷中，整個人精疲力竭。溫熱的小穴則隨著少年噴薄而出的力道快速絞纏，收縮到令Pakin也跟著咬緊牙槽，一把壓下少年的臀部使之包覆他滾燙的肉刃，直至整根沒入。

「哥，我受不了了⋯⋯受不了了⋯⋯啊⋯⋯。」

即便Graph已經射了四次，可Pakin卻連一次都還沒釋放出來。叫到沒了聲音的人突然全身一震，咬著牙微微把臉往上揚起，因為男人炙硬的部位正遲緩地朝內部推送，接著慢慢加重力道，在體內進行刺激，讓少年的身體整個變得越發火熱。可是，經歷了一個多鐘頭的運動所帶來的疲憊感，也讓Graph快要承受不住了。

「可是我還沒射出來。」Pakin一邊強硬地吼道，一邊將Graph推倒躺平。

「我受不了了⋯⋯嘿⋯⋯啊哈⋯⋯受不了了⋯⋯真的⋯⋯哥⋯⋯嗯啊⋯⋯呃夠⋯⋯夠了⋯⋯啊哈。」Graph一隻手抵住男人的胳膊，可是他一點力氣也沒有，能做的就只剩張開雙腿，承受著抽出去又重新插進來的粗硬性器，另一隻手則試圖推搡男人寬大的肩膀。矇矓的眼眸像是懇求般的注視著對方，奮力搖頭。

砰！！！

嚇！

這小小的反抗讓Pakin出手打在了床頭上，嚇得疲憊之人震了一下，抬頭望向一部分被黑影所隱蔽的迷人臉龐，接著便瞧見了一張充滿慾望、布滿汗水的臉，和那道清楚說明了它有多熱烈的灼灼目光，耳邊則聽著男人發出的低沉喘息聲，以及從喉嚨裡發出的吼聲。

「記好了，別在我喝醉的時候跟我開玩笑。」

Pakin本來就覺得很悶了，這時再加上醉意，這下誰也阻止

不了他了。

「我沒開過玩笑，嘿呃……哈啊、哈啊，我從沒跟哥開過玩笑……。」Graph聲音微弱地一邊答道，一邊靠上來摟住對方的脖子，抬起腿纏繞在咬緊牙槽之人的腰上，閉上了眼睛，因為情慾已經攀升到了極限，情況就和馳騁的下半身差不多。

「就做吧……就算把我幹到死……啊哈……我也不會認輸……絕不……。」Graph邊說邊喘，明明意識已經變得模糊了，兩隻手依舊緊緊地抱住對方的脖子，將臉抬起。

這時候的Pakin也將手牢牢按在牆上，感覺到懷中之人的疲憊，可他還是停不下來。

「啊，哥……別一直頂那……那裡……不可以……哈啊、哈啊……。」Graph渾身顫慄，叫得聲音都啞了，肉徑這時也用力地絞纏。

「我受不了了……受不了了……呃……受……嗯啊……。」少年的聲音顫抖、逐漸變得微弱。身體就快要撐不住了，再加上一整天所積累的壓力、內心所承受的壓迫感，以及體力耗盡後的疲憊，因此……。

咚。

長時間承受對方需求的Graph再也無法保持清醒，整個身子一軟，直接往床的方向倒去。

啪。

Pakin及時接住了眼前纖細的身軀，將情慾的氣味深深吸入肺中，繼續又急速抽插了片刻。

「Graph，嗯啊……呵啊……再一下下……再一下……嗯……呃嗯～～」

大個子從喉嚨裡發出了低吼聲，身體抽搐了幾下，將所有愛

慾的濁液全澆灌在窄小的肉穴裡，大手這時仍使勁地抵著床頭。

唰。

他過了好一陣子才放下手來抵住床沿，深深地喘了一段時間，然後才睜開眼睛注視著倒在他懷中已經失去意識的少年，這時才緩緩地把分身抽了出來。

「呼、呼、呼……哈啊……老子這下清醒了。」

Pakin翻身下來倚靠床板，抬頭凝望著天花板，將呼吸調勻，而後才傾身拿起香菸點燃。

「有多久沒幹這麼長時間了？」

就像他所說的，每次都已經覺得很憋了，卻還是無法持續超過一個鐘頭，因為如果喝得很醉，頂多只會做到不想做為止，可是和Graph做，不知道為什麼就是不想停下來，不想休息，想要弄到對方高潮，想把對方吃乾抹淨。也或許，是為了滿足身體這一整個禮拜的渴望。

一想到這裡，男人不禁轉頭看向身旁這副狼狽的身軀。

「咻——」他把菸填滿了整個肺，而後在菸灰缸裡把火捻熄，接著把身體探過去查看少年的情況，這才看見了被淚水打溼的臉蛋，隨即抬起指尖替對方拭去淚水。

Graph此時的情況甚至比被輪姦還要悽慘。

Pakin再度嘆了一口氣，他輕柔地把對方移到床中央躺下，然後才仔細檢查傷處。這一看，讓他不禁用力抓起自己的頭髮。

「我操！！！」

儘管從小到大一直覺得這小子很煩人，但他也從沒想過要藉著酒意把這小子修理成這副悽慘的模樣。原本以為只要慾望能夠滿足，之後就能重新恢復平靜的生活，可實際上一切都不過只是藉口，是他自己想做，才對Graph出了手。也因此，如今才會感

到這麼愧疚。

沒錯，這小子流血了。

Pakin緩慢地搖了搖頭，然後從床上爬了起來。他並沒有走遠，僅前往浴室，拿條沾了水的毛巾以及溼紙巾回來替對方擦拭身體。先是粗略地清潔一番，將腫得最厲害的部位加強清潔，等男孩身體變得稍微乾淨了，再拿出被子蓋上。

他沒有壞到操完Graph之後，放著任由對方自生自滅。

反正從小就在照顧他了。

「我沒想過要把你傷得這麼慘。」Pakin一邊以低沉的嗓音自言自語，一邊把手搭在沒了血色的額頭上輕撫，凝視著即便已經失去了意識，看上去卻依然相當痛苦的臉蛋，最後他上前依附在少年的耳邊低喃。

「對不起。」

這句對不起不知是因自己為了滿足生理需求，誘導對方順著自己的慾望行動而感到抱歉，或者是因自己讓他像這樣一再地感到心痛。

＊＊＊

Pakin才睡不到幾個鐘頭，就感覺到好像有一團火球正壓在他的身上，它很燙，令人感到窒息與難受，因而把他從睡夢中喚醒。起初他很不高興有人抱著他，甚至還將自己埋入他的身側，可是比一般人高出許多的體溫，使他睜開了眼睛並轉身望去。

這執拗的少年彷彿很冷似的全身打顫，不過他赤裸的身體，卻燙得像火一樣。

嗖。

「Graph！」Pakin立即坐起身來，伸手去碰觸少年的肩頭，然後不得不皺起一張臉。

咻。

毋須多加思考，Pakin一把拉開被子，看向那具身軀蒼白，可是臉蛋卻紅得像是發燒的病人，不管碰哪裡都覺得燙，使他忍不住咒罵出聲。

「操他媽的！！！」

Graph的身體已經不是很健康了，每次只要做什麼事情太過操勞就會發燒，只要身體承受太大的負擔就會不舒服，而他昨晚所做的事情，遠超出這小子身體所能負荷的程度——當酒意一消退，Pakin就完全恢復了意識，並回想起自己都幹了什麼好事。

「唔……嗯啊……。」

眼前之人搖著頭且身體抖得更加劇烈的模樣，使看的人一把抓起了柔軟的棉被包裹住這副嬌軀，接著下床去拿起市內電話。

「打電話叫醫師過來，還有，大嬸妳現在馬上到房間來！」

砰。

話筒被用力掛上，Pakin隨後舉起手胡亂抓頭，抬起頭望向天花板，因為從他一睜開眼，麻煩事就接二連三地等著他。

沒錯，他早就想著直接推倒Graph算了，但又不能不去思考隨之而來的後果。由於昨天喝得有點醉，因此情緒便凌駕於理智之上，而那個麻煩正渾身顫抖地躺在他的床上，在一看到房間就知道發生了什麼事情的情況之下。

「哥……嗯……哥……。」因發燒折磨而變得混沌之人，幾乎發不出聲音地呻吟，叫喚Pakin回過頭看他。

「又給我製造麻煩了。」雖然嘴上講著惡毒的話，可這人倒也沒壞到放著這孩子不管，他先是轉身隨意抓起褲子穿上，然後

爬上床側躺下來。

啪。

接著他把病人一把擁入懷中，另一隻手則輕柔地撫摸著對方的頭。

「別因為這點事就死掉啊。」

從來沒人因為跟他做愛就死掉的，而且Pakin也不希望這小子成為首例。

***

「等一下房間交給我處理就好，妳先去等醫師過來，醫師一到就立刻把他帶到樓上。」

「好的、好的，Kaew嬸。」

今早，Pawit就在深深的憂慮中早早醒了過來，他不曉得昨晚是否成功，可接著眼前的狀況卻令他不禁感到訝異，因為家裡的人正慌忙地奔波，特別是Kaew嬸，看起來比其他人都還要勞碌，忙得團團轉，他不由得走上前去疑惑地詢問。

「這一大早的，是在忙什麼啊？」

聽到這話的人回頭一看，然後勉強擠出笑容。

「Pakin先生吩咐我去看醫師來了沒，因為Graph先生正在發高燒，而且情況……非常不樂觀。」從一大早就被使喚的這個家裡的老人家輕聲說道，特別是當她一想起躺在床上的少年情況——他不僅全身是汗，連身體也非常燙。然而事情還不只這樣，因為當她一走進屋主的臥房一看，就能猜出昨晚發生了什麼事。

她大概知道Pakin先生做了某件事情，但她沒想到那件事竟

是把一隻幼犬送到獅子嘴邊。

很不樂觀的意思，或許能解讀成 Graph 並非健康的狀態。

「很不樂觀？」Pawit 隨即皺起眉頭。

聽的人僅露出了一抹淡笑，然後將屋主的吩咐傳達給他。

「Pakin 先生目前不准任何人進去探望 Graph 先生，那我就先去幫 Graph 先生擦身體了。」

Kaew 嬸已經往二樓走去，Pawit 這時沉默了半晌，眼中的憂色僅停留了片刻，嘴角接著勾勒出一抹笑容。

他大概猜得出來 Graph 是怎麼一回事了，不過比較令人在意的事情是——不讓任何人進去探望。

這可以解讀成兩種情況：不想讓人發現自己犯下的過錯，或者是不想讓人見到那孩子此時……此時全身上下都是另一個人留下的痕跡。

「我認為 Win 先生不應該進去干涉這件事。」

！

不過，他的笑容隨後逐漸淡去，因為他的身後忽地傳來一道帶有責備意味的低沉嗓音，他沒辦法只好回頭望去。

此時的 Panachai 臉上露出了不贊同的表情，而他的身後還站了一位面帶笑容的家族御用醫師。

「醫師叔叔好。」不過 Pawit 不以為意，轉身向醫師打了聲招呼。

「那叔叔就先進去看看病人，少爺急著吩咐我要快一點。」年事已高的醫師這麼說道，隨後跟著家中的女傭走上了二樓，留下另外兩個人靜靜地注視著對方。

在那之後，長相凶狠的男子再次開口：「這件事是 Graph 先生和我老闆的事情。」

「講完了沒？」

說話的人立刻靜了下來，對方不僅打斷了他的話，甚至還對他露出了淺淺的笑容，兩隻手接著抬起來環抱胸前。他只好再次強調，彷彿面前這個人不過是個孩子罷了。

「無論Win先生再怎麼努力想幫忙，但做決定的人是我老闆。」

「說完了吧……今天我有工作。」Pawit只說了這句話，接著上樓走回房間，打算裝扮好之後就出門，可當他一聽見身後傳來了渾厚又強硬的嗓音，腳步不由得一頓。

「Win先生沒辦法改變任何事。」

Pawit停頓了那麼一瞬間，接著繼續邁開步伐，彷彿一點也不在乎對方的警告，而他那張漂亮臉蛋上的笑容，已經全部消失了。

對，我再也改變不了我和你的事了，但是我還是能幫助Graph別走上跟我一樣的路，難道不是嗎？

他或許從一開始就選錯了路……這條路愈走，就離這個男人愈遠。

「叔叔已經幫他打過針了，等一下會開些處方藥，要依照指示把藥吃完，這段期間就觀察一下情況，如果燒得比現在更厲害，就要帶去醫院了。」

Pakin正雙手環胸靠在床邊，靜靜地聽著從父輩那代就一直負責照顧他們家族的醫師說明。床上的病人這時候已經被擦拭得相當整潔，身上穿了一套新的睡衣，而且注射過藥物之後看起來平靜多了。

「這孩子平常就很不愛吃藥，看這情況大概很難把他叫起來

吃藥吧？」Pakin一邊說，一邊朝正被Kaew嬪悉心擦去汗水的那個人抬了抬下巴。

醫師這時轉頭過來對上了他的眼睛，接著笑了笑。

「如果沒辦法吃藥，就只能用塞劑了。可是叔叔認為，病人現在的狀態不適合使用塞劑……能不縫就已經算很好了。」

「……」

聽的人馬上沉默了下來，因為他昨晚其實就已經知道那窄小的肉穴腫成了什麼樣子，而且還腫得很嚴重，非常幸運沒有撕裂開來，不然就要送去醫院了。當他尊敬的醫師叔叔檢查狀況之後也忍不住稍微搖了搖頭，他便清楚意識到這件事。

那模樣說明了他昨晚終究化身成一隻多麼殘暴的惡魔。

「至於藥物的部分，如果病人不吃就用餵的。」

「餵？」Pakin跟著複述了一遍，而後注視著醫師嘆了好長的一口氣。

「既然弄成這樣，就要知道怎麼照顧，沒被控告性侵未成年就已經很好了。」

「是那孩子自己送上門的。」

「所以像Pakin這樣的人也曾想過要回應這孩子嗎……這孩子還是政治人物的兒子呢。」

聽的人不禁嘆了口氣，若不是因為他從小就尊敬這位長輩，不然他早已反嗆回去，讓對方瑟瑟發抖了，然而此時的他只能不情願地點點頭。

對方也知道他不喜歡麻煩事。

「說來也好笑，當這個家族的醫師好幾十年了，這才第一次碰上這種案例，平常你不是不會把孩子帶回家裡的嗎？而且還這麼急著把我叫來。」

當對方以好奇的眼神看過來時，Pakin隨即揮手表示沒什麼好在意的。

「暫時接過來照顧的。」

對方先是露出了笑容，然後才起身。

「那就好好地照顧吧。」醫師也知道不能再繼續追問了，對這個家族的事情知道得愈深入，他便愈曉得不多言即是讓生活保持安寧的最佳方法。

「對了，你爸爸什麼時候會回泰國？」

Pakin盯著對方的臉看了一會，而後咧嘴一笑。

「什麼時候回來，我不知道，但我希望這孩子的事情不會傳入我爸耳裡。」

Graph總是給他帶來麻煩與混亂。

Pakin過慣了自由自在的生活，從青少年時期一直到出社會的年紀。他的爸爸這時已退居幕後，成為資深顧問，甚至還跑到歐洲投資新的事業，但實際上仍是許多項事業的幕後管理者。縱使他不曾懼怕過自己的父親，不過他自己也很清楚，有些事情就不應該逾越，其中也包括⋯⋯這孩子。

如果讓他知道我上了這孩子⋯⋯呵，可能會馬上趕回泰國吧。

「叔叔會盡可能閉嘴保持沉默的。」

聽的人僅露出了一抹冷笑恐嚇一下對方，接著才肯送對方一程，過程中醫師又再次強調了一遍。

「讓病人一定要按時把藥吃完喔！如果情況惡化就打電話給我，不然就是送去醫院，特別是之前已經有過進出醫院的就醫紀錄了。」

Panachai從開車到醫院載人直到接回這裡的這段期間，有向

醫師提到過就醫紀錄。

「謝謝叔叔特地跑這一趟。」

Pakin沒回應對方，只說了這麼一句話，這使得正準備要走下樓梯的人，再次回過頭看了一眼。

「叔叔知道不應該說，但既然把這孩子弄得這麼嚴重……就要好好照顧啦。」

少年身上大大小小的傷痕，清楚說明了昨晚所發生的事情，可Pakin只是冷笑，不回應，也不拒絕。醫師明白此時已經沒自己的事了，道別後便走向Panachai已事先等在那裡的樓下。

手下的視線這時往上投向了老闆。面對這個問題，Pakin沉默了片刻，接著揮了揮手，示意他直接取消今天的工作。

一臉凶樣的男子隨即低下頭回應，接著跟上去護送這名家族的御用醫師。

砰。

「Pakin先生想讓我們把Graph先生移回房間嗎？」

當他一回到臥房，Kaew嬸隨即開口問道，房間的主人因而轉向了那名病人，發現對方即便因藥效關係已經舒服多了，但呼吸看起來仍相當急促，而且還因發燒的關係變得渾身發燙。

留在這裡又會礙著他。

「不用。」

「那Pakin先生……。」

這孩子到底是對這個家的所有人下了什麼迷藥？

Kaew嬸的目光充滿了希望他能親自照顧這固執小鬼的期待，這使得察覺到這種感受的人冷冷一笑。

「之後我會去睡其他房間。」

「……好。」Kaew嬸以失望的眼神注視著他，不過才一瞬

間，就又禮貌地回應。

「那今晚我就睡樓上守著Graph先生。」

「嗯。」Pakin這時像是不在意地應了一聲，接著轉身走進浴室裡洗漱一番，畢竟從他醒來之後，就一直忙著處理那孩子的事情。

Kaew嬤見狀忍不住嘆了口氣，上前輕撫這令人萬分同情的少年的頭髮，而後又輕輕嘆了口氣。

「我們的Graph少爺呀，千萬別討厭Pakin先生喔，雖然他是個無禮又蠻橫的人，可是他從沒真的對你狠下心呢。」這一雙守護的眼眸，從Graph小的時候就一直看著他追在他們家少爺的身後，直到他長成了少年郎，還是非常固執地跟著這個男人。

砰。

嚇！

Kaew嬤這時嚇得渾身一震，因為浴室的門突然被打開來，在那之後，那個無禮又蠻橫的男人語氣平淡地這麼說道：「大嬤有什麼事情就先去忙吧，今天我沒事，等一下由我來照顧這傢伙。」

老人家聽了高興得露出一抹大大的笑容，不停地點頭，接著迅速地撤離房間，深怕被對方發現自己太過明顯的欣喜笑容。

Pakin注視著對方的背影，直至她消失在房間外，這才緩緩走向那個睡到不省人事的少年，大手隨即輕輕敲了敲少年的額頭。

「快點好起來，在我被更多人當成是凶手之前。」

雖然聽起來像是在推卸責任，不希望在別人眼裡被當成壞人，可是男人說話的語氣，卻比平常要來得溫柔。

那樣的語氣，使得病人彷彿沒了惡夢的侵擾，沉沉地睡去。

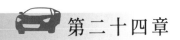

第二十四章

餵

「Pakin哥，所以這個星期的比賽活動打算怎麼辦？」

「照常舉行，不過你告訴他們，我可能不會去。」

「那Chai哥會下來嗎？」

「嗯，到時候派他過去支援。」

「那應該就沒問題了。」

Pakin正在房間的陽臺上和專屬技師講電話，兩隻手臂則隨興地倚著陽臺扶手。自己固定舉辦的非法車賽，每一次都能令人熱血沸騰，胸腔裡的興奮感因而逐漸攀升，再加上一想到法律或任何人都拿他沒轍，興奮之情就愈是難以抑制，但那股渴望後來又轉成了惱人的沉澱物，直戳他的內心。

至於原因，其實不遠也不近，正是躺在不遠處那個不省人事的執拗小鬼。

沒興致去賽場了。

一想到這裡，Pakin便轉身望向他剛才開啟的陽臺大門，而後搖了搖頭。

擔心什麼？一下就好起來了。

就算那麼想，可他又怎會不知道等Graph一恢復健康，便會有一堆事情等著他去處理。

無可避免的，是他們今後的關係。

「唉，我不應該喝醉的。」

「哥剛說了什麼？」

「沒事，就那麼辦，如果有什麼問題，就直接告訴Chai吧。」不小心脫口說出內心話，高個子於是微微搖了搖頭，與另一端的人敷衍帶過，便結束了通話。他兩隻手輕輕握著手機，稍微低著頭。

「唉──」一大口氣就這麼吐了出來。

他現在已經不會否認自己想和Graph上床，沒錯，他是想要的，最充足的證據正靜靜地躺在他的床上。可當理智完全恢復後，Pakin也清楚知道，他只是拿酒精當藉口，給自己製造了這些麻煩事。

Graph和別人不同，光是他的身分，就和別人完全不一樣。

Graph不是那種隨隨便便就能帶上床的玩咖型男孩，不是那種能讓他為所欲為的路邊少年，不是那種拿錢一砸就能了事的對象。這小子是誰……是爸爸朋友的兒子……噢不，是最惹不起的知名政治人物重要的兒子。

除此之外，那孩子……從個子在自己腰部那麼高時，他就一直看到大。

我就和那些跟自己姪子上床的禽獸親戚沒什麼不同。

Pakin再次嘆了口氣，然後將這件事從腦中屏除。

不是不想去思考解決問題的方法，但現在先讓那個小麻煩好起來之後再說吧。

突～

就在這一刻，一輛造型時髦的跑車駛入他的視線中。這輛跑車是他在弟弟回到泰國時才剛送出去的禮物。

他所謂的「送」，就是將車鑰匙直接留在對方的房間裡。

就算沒開口告知，這兩位感情很好的親戚就是有辦法理解對方。畢竟Pakin不是會一一說明的那種人。

然而這個時候，如同親弟弟一般，但卻和別人聯手給他製造麻煩的親戚，正從車上走了下來，摘下臉上的太陽眼鏡，接著抬起頭與他四目相望。

Pawit的手往上一指，示意要上樓，這一邊的人因而點了點頭，站直了身體，接著轉身走進房間。

「唔……嗯……。」

某人嘶啞的呻吟聲引起了他的注意，他因此轉向了另一邊，臥室裡的大床。

「嗯？」結果眼前所看到的畫面，使得大個子從喉嚨裡發出了聲音，大步走過去靠在床邊。

少年蒼白的臉上滲出了汗水，甚至皺起了眉頭，彷彿深陷在惡夢當中，他乾燥的嘴唇緊閉，柔軟棉被底下的身軀稍微翻動了一下，看起來似乎非常痛苦。Pakin見狀便坐上床，伸出手去碰觸少年的額頭。

咻。

他凌厲的眼眸立即看向了時鐘，然後才發現這孩子的吃藥時間到了。

「Graph，醒來，坐起來吃藥。」Pakin輕輕晃了晃少年的手臂，但對方除了因發燒而導致的身體顫抖之外，沒有半點反應，Pakin那對凌厲的雙眼於是變得更亮了一些。

「Graph ！」大手這時晃動得比剛才更用力，並用手背輕輕拍打少年慘白的臉頰。

「Graph，快點醒來。」

「啊……嗯……」

這一回，因發燒而冷得顫抖的人，睜開了通紅的眼睛，可看起來像是意識不清，Pakin因此決定將那孱弱的身軀拉起來摟進

懷裡，另一隻手則將桌上的藥物和水杯拿在手中。

「把藥吃了。」

咻。

可是，少年並沒有聽話地把藥吃下去，反而蜷縮在溫暖的懷抱中，並牢牢抓住對方的衣襟，溫熱的鼻息則噴在了寬厚的胸膛上，Pakin因此感受到了身體的顫慄，對方宛如掉出巢外的雛鳥，使得他沒注意到敲門的聲音。

「Graph！張嘴……要瘋了！」Pakin忙著照顧吃藥有困難的孩子，卻又因移動的力道而使得手裡的杯水灑在了身上，氣急敗壞的他為此低聲咒罵。

一聽到咒罵聲，剛走進來的人不由得出聲詢問。

「怎麼了？Graph情況如何……。」Pawit馬上走上前來靠在床邊，當他一看到出乎意料的畫面，不禁沉默了片刻。

哥哥對著一名病人臭臉皺眉的畫面。

「這傢伙不肯吃藥，不只這樣，他甚至不肯醒來。」Pakin的語氣變得更加凝重，並將水杯遞給了自己的弟弟，要他拿在手上。他用雙手攙扶虛弱的身體小心翼翼地躺下來，在那之後就用手背拍打那張蒼白的臉頰。

「Graph，我叫你起來吃藥。」

比起好好叫對方起床，男人似乎更想抓住這執拗的孩子用力搖晃，這景象讓Pawit稍微沉默了片刻，而後露出了一抹壞笑。

「看他這副模樣，就算叫到死都不會起來的。」

「那要我怎麼做？」雖然Pakin很習慣Graph生病，但卻從未有過像這次的情況。

差別在哪……差別在這傢伙正發著燒，全身還因過激的性事而變得傷痕累累啊！

若是在平常，他的手段或許會更過分一些，但這一次男人也明白，自己就是讓情況變得這麼嚴重的主因。

　　Pakin並沒有因為Graph不肯醒來吃藥就狠心將人丟出屋外，這使得Pawit露出了笑容，然後……。

　　啪……咕嘟、咕嘟、咕嘟。

　　男模一把將藥物丟進自己的嘴裡，同時又喝了好幾口水。

　　啪。

　　「呃……。」

　　不等哥哥出聲反對，Pawit迅速彎下身用自己的嘴去封住病人的嘴，另一隻手則輕輕捏住對方的下巴，讓藥物和水流進病人的口腔裡。少年為此稍微掙扎了一下，試圖別過臉閃躲，但Pawit偏不讓他躲，試著用舌頭讓藥物以及水流入喉嚨。

　　啪。

　　「咳、咳、咳、咳、咳──」

　　就在那一瞬間，看到這一幕的人隨即抓住了親戚弟弟的後領，使勁拉扯，Pawit這才向後退開了一些。Graph頓時被噎得厲害，咳得連身體都跟著晃動，把藥物和水都吐了出來。

　　「小心別把這小子噎死了！」Pakin用凌厲到令人害怕的眼神直瞪著Pawit。但他自己也不明白胸中的怒氣究竟是因為不滿弟弟用嘴巴餵藥給Graph，或是不高興看到病人被嗆得臉色從慘白轉為深紅。

　　那眼神使得被瞪的那個人自動彎下身去撿拾藥丸，然後語氣平淡地說道：「如果不想讓我餵，哥就必須自己餵，畢竟一直高燒不退，就只能送去醫院了……哥自己選吧。」

　　說完後，Pawit轉頭對上哥哥稍微瞇起的眼睛。

　　兩道目光交鋒，像是誰也不讓誰那般。

啪。

Pakin這時勾起一抹譏諷的笑容，一把將新的藥丸丟進了自己的嘴裡，接著用嘴巴親餵那固執的小鬼。

這舉動讓Pawit不禁暗自偷笑。

哥可能沒有自覺，可是哥正表現出自己對那孩子的「占有欲」呢。

＊＊＊

『今天老爺不在家，Graph弟弟就跟姐姐待在一起吧。』

『那爸爸和媽媽會幾點回來？』

『姐姐也不知道耶，老爺沒說。』

『不知道、不知道、不知道、不知道，問什麼都說不知道！！！』

在多數孩子的記憶中，大概都有著與父母親聚在一起，幸福快樂的家庭畫面。可是對Graph而言，在他模糊的童年記憶中，只有無數名保母輪番來照顧自己的印象。

空蕩蕩的餐桌上，就只有一位需要被關愛的男孩，獨自一人孤零零地坐在那兒。男孩得不到滿足，於是大吵大鬧、蠻橫撒潑，可卻一次也沒能得到自己所需要的。

餐桌依舊空蕩蕩，父母仍然有一大堆工作要忙。他還是得孤單一個人，生活在父母所提供的金山銀山之中。

小男孩Graph什麼都不缺，唯獨缺乏……溫暖。

小男孩把玩偶扔向保母的畫面清晰地出現在眼前，那孩子吵鬧著要和媽媽說話，可卻一次也沒能如願，使得站在一旁看著那些畫面的少年忍不住別開了臉。

Graph只知道自己現在很冷，而且在發抖，他需要溫暖，可那該死的記憶卻回溯到他最不想看到的畫面。

那畫面說明了他不過只是一個沒人愛的問題兒童。

不，就連他最希望能夠愛他的那個人……。

『可以別跟著我嗎？想去哪玩就快點去。』

忽然間，很想聽見的某人聲音隨即響起，Graph立刻轉過頭，接著看見了一名面容俊俏的高䠷少年——這人似乎從青少年時期就帶著一股壞勁。少年正煩躁地揮手驅起一名拿著遊戲機跟在自己身後的七歲小男孩。

『一起來玩吧。』小男孩邀請道。

『不玩，離遠一點啦！煩死了，為什麼老子一定得來這臭小子的家裡啊！』

可少年卻只是敷衍，甚至還從褲子的口袋裡掏出香菸準備點上。

『我要打小報告。』

少年立即回頭望向那雙發亮的眼睛，夾著香菸的手霎時一頓。

『打什麼小報告？』

『我會說你不聽我的話，在這裡的每個人都要聽我的話！！！』

小男孩並非要控訴對方抽菸，而是要控訴對方不肯順著自己的意。聽的人不禁一愣，然後笑出聲來。

『怕死了。』

『如果怕死就要聽我的話，我爸說每個人都要聽我的話！』

一見到對方不肯照自己的意思去做，小男孩Graph提高了音量，表現得像個任性妄為的孩子，將遊戲機摔在對方的腳上。對

方目光炯炯地注視著他，可是才一會，就放聲大笑。

『可偏偏對我不管用。』

『……』

聽到這話，小小的男孩默默地站著，兩手緊握住拳頭，然後最能達到效果的方法於是誕生──一顆顆滑過臉龐的斗大淚水，再搭配上嚎啕的哭聲，使得雖然被威脅唬得一愣，但看起來仍滿不在乎的那一方不知該如何是好，收起香菸之後差點沒來得及衝上前去。

『好啦、好啦，別哭了，你這個瘋小子別再哭了，不然整個屋子裡的人都會跑過來的！』

就那樣，才使得任性妄為的小孩破涕為笑。

那段記憶，其他人可能會說一點也不特別，可是對於看著那畫面的人來說，卻比任何一切都要來得有意義。Graph於是慢慢地走向前，想要去碰觸那個正手忙腳亂安慰著孩童的少年，想要去觸摸那份在那些感覺無依無靠的日子裡，過來拯救他的那份溫暖。

「Pakin哥……。」

啪。

『你還要擾亂我的生活多久！！！』

就在那一刻，Graph感覺到手腕被人使勁拉扯，他只好回過頭張望，接著看到了同一個男人──原先那個少年如今已長成了人人誇讚、年少有為的男人，那人有著一對明亮的眼眸，並且視他猶如……想棄置擺脫的物品。

再也回不去了，那個願意安慰七歲小男孩的Pakin哥哥。

『你已經不是小孩子了，Graph，別再跟著我了！』

『我想做什麼是我的事！』

少年大吼著反駁，試圖從箝制中逃脫，可是手腕卻被捏得生疼，而那雙充滿威勢的眼眸則像是在注視著千足蟲或是蚯蚓。

『你聽好了，自從你闖進我的生命中，我的生活就變得一塌糊塗！！！』

『……』

Graph講不出話來，身體像是被抽光了力氣，只能望著對方那雙完全沒反射出他身影的眼睛，身體彷彿從高處墜落，掉進無止境的山谷深淵，心臟像是被用力撕裂開來，身體也痛得令人快要窒息。

『夠、夠了，我不行了……不……。』

那之後，叫聲就變了調，變得既沙啞又含糊，這時候Graph感覺到自己像是深陷在床裡，有一個男人跨坐在他的身上，那人正在他的身上反覆推送，並用低沉的嗓音說出了讓他整顆心疼痛不已的事情。

『你不過就只是個發洩性慾的工具。』

『不……不……我不想要這個樣子……不要……。』

在一片黑暗之中，Graph所見到的不只是邪惡魔鬼跨坐在自己身上的臉，他還看到了爸爸、媽媽、保母、家中傭人的畫面，他們所有人，沒有一個是愛他的。

一個也沒有。

完全沒有人愛我，沒有……。

「……f……Graph……。」

「嗯……呃……。」

「我不是叫你醒來了嗎？Graphic ！！！」

哇啊！！！

就在那時，自己彷彿被人從大型浴缸裡拉了上來，浮出水

面，Graph睜大了雙眼，任由淚水滑落臉頰，像個無法呼吸的人一樣張嘴將空氣吸入，呼吸顫顫巍巍，全身上下冒出了冷汗，渾身既疲弱又疼痛，使他幾乎不敢移動身體。

「呼、呼⋯⋯呼⋯⋯。」

Graph呼吸急促得猶如跑了很長一段距離，將他喚醒的男人隨即探頭查看。

「做惡夢了嗎？」

「Pakin⋯⋯哥？」

Graph隔著一層淚幕看了過去，是他平常所看到的某人神色不悅的俊臉，而那張臉現在竟然軟化了下來，其中似乎還帶著幾分關切——大概是他在自作多情吧。

可是，那隻通常會扯著他、將他扔向遠處的大手，竟然抬起來動作輕柔地替他把汗溼的頭髮往上撥。

「不然你以為會是誰？」

Graph聽了這話原本很想笑，可是最後卻⋯⋯哭了。

Pakin哥不像惡夢中的那樣。

唯一一個讓他無論如何都不希望被討厭的對象，就是Pakin哥。

啪。

少年的雙手抓住了男人T恤的衣襬，一副像是想撲上來尋求溫暖的模樣，使Pakin語氣變得更加溫柔。

「為什麼哭了⋯⋯哪裡痛嗎？」看到男孩的眼淚，Pakin不由得以軟化下來的語氣問道。他任由那小子抓住自己的衣服，沒有將那兩隻手拉開。畢竟那小子的後穴傷得很嚴重，不痛才怪。

可是Graph只說：「不知道⋯⋯我不知道。」

他不知道自己哪裡痛，但是一醒來就見到Pakin哥仍然待在

自己的身邊，內心便舒坦了。

「呃，那就算了，不過你一定要吃飯、吃藥，我已經吩咐Kaew嬸端上來了。」Pakin那麼說道，當下準備從床上起身。

啪。

「哥要去哪裡？」

「那是我的事。」

「我不准哥走。」

明知道身體使不上力，明知道聲音沙啞得不像原來的自己，Graph依舊執拗地拉著男人不放。

已經一整天都放下工作不管，還陪著病懨懨躺著並且不時會突然囈語呢喃的孩子，Pakin不禁想知道這小子究竟夢到了什麼。

或許是看到我變成惡魔把他四分五裂了吧？

Pakin其實心知肚明，知道自己對這孩子有多壞，如果這小子在惡夢裡見到他，也不是什麼怪事。

！

「怎麼啦？」

然而，昏睡了一整天，這才剛甦醒過來的少年卻愣住了，抓住他衣服的手頓時垂落到身側，使得大個子不禁開口問道。

「……」

病人沒給出回答，繼續保持沉默，男人因而以手背輕拍少年的臉頰。

「喂，你怎麼了？有意識的話就回答，能說話就開口。」守著昏迷不醒的病人一整天，Pakin如今也有點煩躁。因為這一整天下來，他就只能從昏睡的人偶爾細微的反應上去猜測對方的情況，可當少年一甦醒過來，非但沒有把話說清楚，還一言不發。

「Graph。」

忽然間，因發燒而蒼白的面容竟慢慢漲紅，少年同時抓起床單試圖遮掩住自己的面容。

並非因疼痛而擔心沒了形象，而是因為⋯⋯。

「痛⋯⋯。」

Graph不僅聲音虛弱，就連面部也變得扭曲，兩隻手則緊抓住棉被的邊角。聽到這細弱聲音的Pakin瞇起了眼睛。

痛。一個字就說明了一切。

「哪裡？」

不知為何，明明就知道是哪邊痛的Pakin竟繼續問了下去。

從來沒見過這種情況，搗蛋的孩子居然變成了一隻幼犬，紅著臉想要躲進被子裡。

是好看，好笑，或者是令人憐愛？嗯⋯⋯不知道。

守著病人的Pakin在心中暗自發笑。坦白說，他真沒看過有人因性愛而表現得如此清純，更何況還是平日裡一副囂張樣，可是現在卻囂張不起來的這小子。像這樣試著把身體和臉埋進床裡的模樣，使得那一絲微微的憐愛在Pakin麻痺的心中萌芽。

這小子⋯⋯真可愛。

「⋯⋯」那小子這時像是快要哭出來一樣，淚眼婆娑地看了過來。

「啊？哪裡痛？說啊？還是要請醫師過來檢查⋯⋯。」

「不用！！！」Graph立刻大叫，然後又因疼痛感而皺起了臉。他望進對方的眼眸深處，接著看到了自己不曾見過的景象。

那對同樣令人讀不透是否在嘲諷的炯亮雙眸。

Pakin哥很可惡，明明就知道我哪裡疼，卻還故意那麼問！

「不知道啦！！！別管我了！」接著，才剛恢復意識的那個

人於是聲音沙啞地這麼說道，而後將臉藏在棉被底下。明明痛楚正在襲擊自己的下半身，那個地方腫脹到疼痛不已，讓他一動也不敢動。再加上因發燒的緣故身體忽冷忽熱，流了一身汗，誰還能保持理智和正發出同情笑聲的冷血惡魔鬥嘴啦？

昨晚 Win 哥幫忙將人灌醉，然後我……發生了什麼事情？

在一團謎霧籠罩之下，Graph 隱隱約約記得……嘶啞的呻吟聲，滾燙的呼吸，纏綿的身軀，以及……失去的意識。

記不起來了，在那之後發生了什麼事？

篤、篤、篤。

這或許是不讓病人多想的好時機，因為 Kaew 嬸敲響了大門，而後端了一碗熱湯走進房內。

「Graph 先生，吃點東西吧，等一下才能吃藥。」

「我不餓。」

病人發出聲音這麼說道，死活不肯將頭露出來，這使得老人家面露難色，與那位厭倦照顧病患的人唇角僅勾起一抹笑意的反應不同。

啪。

「可是你必須得吃！！！」

棉被倏地被人掀了開來，隨後傳來了明顯是命令的低沉嗓音。因病痛而變得通紅的雙眸掃了過去，Graph 仍堅持道：「不吃……不餓。」

任性的孩子這麼說著，不過聽的人並不在乎那些話。Pakin 直接出手去拉扯不停扭動掙扎，但卻沒半點抵抗力氣的虛弱病體，讓 Graph 起身靠坐在床上。Graph 身體顫抖，臉上毫無血色，重新被包裹在一大床棉被底下，意識模模糊糊地聽著男人的命令。

「吃下去！」

「我不──」

「你是打算好好地吃，還是想要我把你丟回去給你爸，自己選。」

「……」

這下，病人連反駁的力氣都沒了。Kaew嬸把熱湯遞到他的嘴邊，即使喉嚨裡全是苦澀，即使覺得完全沒有食慾，但由於從昨晚就沒吃過任何東西，Graph也只能倚靠在Pakin的胸前，張嘴一口一口地把溫潤的湯喝了下去。

在屋主壓迫的注視之下，男孩將一整碗湯全都喝完了。

「吃吧。」

要他吃東西已經夠艱難的了，輪到藥物就更加難以下嚥。

「不吃，之後就會自己好起來。」

喝了熱湯果腹之後，有吃藥障礙的少年用比較有精神的聲音說道。不過聽的人卻無意理會那番回答，因為他剛才講的並不是敘述句，而是命令。他一邊接過女管家已斟滿水並插上了吸管的杯子，一邊把藥遞到病人的面前。

「我叫你把它吃下去。」

「不要。」

頑固的孩子就和以前一樣，死命堅持自己的想法，甚至還試圖躲到棉被底下，像是希望這瘋狂的頭痛症狀能盡快消退。

「Graph先生，您就吃吧，醫師囑咐要將藥物全部吃完。」

「醫師？」Graph聲音微弱地複述，老人家聽了便應聲。

「對，醫師早上來檢查過了。」

一聽到這話，Graph頓時睜大了雙眼，身體抖得更厲害了，因為醫師檢查過，就代表肯定是知道了。

咻。

「我不吃，我要睡覺！！！」

一想到醫師肯定知道了昨晚發生的事，油然而生的羞憤感便讓Graph不由得把自己縮成了一團，不敢面對任何人。而耐性極低的那個人見狀，想當然耳……。

Pakin抬起手示意Kaew嬸坐回原處，犀利的眼神透出一股邪惡，大手從盤子上抓起藥丸直接扔進了自己的嘴裡。

啪。

「！！！」

「呃，放開……唔！！！」

就在那一瞬間，身體被翻回來然後拚命想掙脫的Graph突然靜止不動，因為溫熱的嘴唇就這麼迅速地貼了上來。

難以置信，Pakin哥會用這種方法，而且還是在別人面前那麼做。

「呃啊……不要……嗯～」

透明的液體溢出，滑落到下巴，Graph拚命想別過臉閃躲，可就是敵不過像鐵鉗一樣固定住下巴的力道，結果那厭惡至極的藥丸便這麼在他無法阻止的情況下通過喉嚨。特別是在身體仍然疼痛、意識依舊模糊、發燒症狀還持續侵擾的情況下，Graph只能緊緊抓住對方寬闊的肩膀。

男孩死命想掙脫的舉動，再加上那好看的清純模樣，竟然令Pakin不想放開了。

Graph張嘴呼吸的那一剎那，Pakin便趁勢探入舌尖。並不是在餵藥，而是在……掠奪。

掠奪無力反擊的少年的熾熱軟舌，與之緊密交纏，用力吸啜，在感受到懷中之人的疲軟乏力後，把那具纖細的身軀更往懷

裡帶。溫熱的嘴吮吸著乾燥的唇瓣，銳利的牙齒輕輕啃咬，那之後再以舌尖掃蕩每一個角落，使得原本帶有教訓意味的溼吻變得逐漸火熱。

「哈啊……呼……唔……。」透明的液體滲了出來，與對方的唾液混和在一起，Graph感覺到體內的滾燙，整副身軀軟軟地癱倒在床上。

病人顫顫巍巍地喘息，眼睛微睜向上一看，接著就看見邪惡的路西法正以手背擦過嘴唇。

「如果你下次再任性不吃藥，我就不只是在Kaew嬸面前餵藥了，我會把家裡的所有人都叫過來看。」

壞心人如是說，可Graph沒有力氣反駁、沒有力氣制止，甚至連羞赧地拉起棉被遮住臉部的力氣都沒有，他只能睜大雙眼，望進了過去這十年來始終不肯碰他的人的雙眸。現在的Pakin哥不僅碰了他，而且還是以他不敢想像的方式。

「大嬸可以回去工作了。」

「好，好的、好的、好的，那我走了。」老人家也跟著嚇了一大跳，隨後匆匆忙忙地走了出去，因為她同樣沒料到這位年輕老闆會這麼做。

不過最感到意外的那個人其實是Graph。

Graph只知道，Pakin哥這一次的吻，和先前經歷過的吻相比，甜美得無與倫比。

嘴角正勾起笑意的人此時退了開來，接著拿起自己的工作文件，重新坐回到他的床邊。

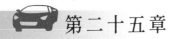

第二十五章

有吃藥障礙的孩子

　　如果要在生重病以致於失去意識與完全康復之間做選擇，Kritithi先生會發自內心地選──就讓老子繼續生病吧！！！

　　「痛的地方好了嗎？」

　　「什……什麼痛的地方？」

　　當他一睜眼醒來，就看見房間內唯一一個正在移動的生命體。是一名身上僅穿了一件運動褲，露出了充滿男性魅力的寬厚胸膛與肌肉的男人。這人一聽到從床上傳來的移動聲便立刻轉身，接著走上前。Graph最不想回答的那個問題竟然就這麼被提起。

　　是在痛個鬼啦，要不是……。

　　仍在發著燒，但覺得已經比昨天好上許多的少年，只能對著自己嘟噥，因為當身體狀況開始好轉，前些日子所發生的種種畫面，就這麼令人猝不及防地鑽回到腦海中。

　　是的，他和Pakin哥已經發生過關係了，因此，「痛的地方好了嗎？」這個問題指的就只有一件事。

　　臀部深處仍未痊癒的裂傷，痛到每次挪動身體都會讓他皺起臉來。

　　那很疼，是他這輩子從沒經歷過的痛，痛到即便咬唇，都還能感受到肉穴的撕裂感。幸好他現在才恢復意識，試想若是在火辣事件才剛發生的當下便清醒過來，絕對會痛到讓人受不了。

　　不過，就算Graph側著身體，可繞過來拿衣服的房間主人還

是看見了他的神色。

就連坐起身都得咬牙硬撐的人眉頭深鎖，整張臉冒出了冷汗，抓著棉被的兩隻手微微顫抖，甚至還嚙著淚水。

「唉～」

果不其然，Pakin毫不給面子地嘆氣，越發使得Graph委屈地緊咬著牙。

「燒退了嗎？」男人見狀只好轉移話題，並順手將毛巾扔進籃子裡。在那之後快步走到床邊，幫那個不敢移動身體的人將棉被一把拉到了下巴處。

「哥這是在關心我嗎？」由於回嘴回得太習慣了，嗓音沙啞的少年因而這麼回答，令聽的人不禁翻了個白眼。

都不舒服了，嘴還這麼硬。

「不是，只是懶得幫你收屍。」

才講了這麼一句話，那個愛頂嘴的小屁孩便淚眼汪汪地看了過來，表情彷彿快哭出來似的，同時也像是想噴一些惡毒的話讓Pakin發怒。

然而即便Pakin早已習慣，可是一看到Graph渾身尷尬的模樣，例如把棉被當成護身符一樣緊緊抱著，以及連臉都不敢完全露出來的行為，他還是忍不住覺得滑稽。

呃，或許再加上那麼一點點同情。

高個子稍微搖了搖頭，接著繼續說了下去。

「明知道我會這麼回答，下次就別再問了……總之，我不會讓你這麼輕易死掉的。」他一講完就坐到了床邊，凝視著一張臉忽紅忽白、害羞得不敢正視他眼睛的少年。愛頂嘴的少年閉上了嘴，甚至還露出了令人憐愛的表情，那模樣令他感到相當滿意。

他在想什麼呢？這小子怎麼就這麼可愛？

Pakin緩緩地搖了搖頭，然後……。

啪！

「別碰我！」

男人的大手一放在少年的額頭上，Graph便渾身一震，不自覺地使勁拍開對方的手，接著臉色發白，因為他看到男人凌厲的雙眸微微一沉，發出了憤怒的凶光。但他這麼做不是出自於嫌惡，而是在害臊。

一想到那個晚上的事情，Graph就不知道要將臉往哪裡擺了。

不光是綁住了Pakin哥的手，老子還自己爬上去，主動親他、舔他，而且還操他媽的在Pakin哥面前哭了，甚至要死要活地哭著求他！！！

啪。

「以為自己是哪個國家的王子嗎？為什麼不讓我碰？」就在那一刻，被拍開的那隻手就直接往肩頭一抓，然後使勁一捏，男人那令人畏懼的臉隨即靠了上來，像是正壓抑住怒氣般的低吼。

昨晚這小子還在我身下浪叫，現在卻表現得像是沒被人碰過一樣。

微微感到不快的大個子還沒來得及質疑自己，竟然會不爽這小子不肯讓他表現出所有權。因此，他所做的事情就是固定住對方的肩膀，然後伸出另一隻手貼在對方的額頭上。

「還在發燒。」已慣於替這孩子測量體溫的人說道，接著再將手貼在自己的額頭上，像是頗為不滿地眉頭深鎖。

「放開我……。」

「為什麼要我放開？」

才剛有些平復下來的情緒又重新被挑起，少年那想遠遠逃離

的模樣，讓他低沉的嗓音又強硬了起來。

Graph緩緩抬起頭，對上了他的眼睛，微微咬唇，聲音沙啞地說道——

「好痛⋯⋯。」

Pakin這才注意到自己抓著男孩肩膀的手勁過大，只得連忙鬆手。

他望進男孩的雙眸，那裡頭摻雜著害臊、委屈、甚至有點憤怒的情緒，但凌駕於那一切之上的卻是⋯⋯脆弱。

本來就夠體弱多病了，身上還受了傷，再加上那顆心⋯⋯也強壯不到哪去。

男孩的心，明顯不知道這段關係從今以後該用什麼方式繼續下去。

柔弱的男孩咬著牙，語氣強硬地開口：「量好體溫之後就放開我啊！」

或許是同情這孩子生病，或許是因自己就是造成他不舒服的罪魁禍首而感到歉疚，又或許是因跟這個看了十年的小子上了床而感到羞愧。原本一被忤逆就會火冒三丈的人，竟叫人難以置信地冷靜了下來。光看到少年病弱蒼白的臉蛋，微小的同情心便油然而生。

因此，這個權力大到能呼風喚雨的人所做的事，就是鬆手讓對方能躺下來休息，把手放在少年的頭上停頓了一下子，然後才慢慢起身。

「醒來了就好。等一下我讓人把飯端上來，要全部吃完，然後把藥也吃了。」他的大手像是在安慰般，再次撫了一下少年的頭。

Pakin從未生過病，但他看過無數次Graph生病時的情形，

自然能體會到那種狀態下身心一定很煎熬，也難怪他對待病人比平常還要和善。

「需要什麼就直接告訴Kaew嬸。」Pakin今天還有個約會，所以打算後續讓Kaew嬸接手。不過縱使沒有約會，他也不想再花更多時間坐在這裡守著這個任性的孩子。

這小子的情況看起來比昨天要好，自己應該不用再愧疚下去了，雖然有些不滿這小子的反應，不過有精神終歸是個好現象。

Graph不再喊他，那正是他所需要的。

但是……。

「Pakin哥！」

床上之人此時竟出聲叫喚，甚至還猛然坐起身，他只好回頭注視著對方的眼睛，然後挑高了眉毛，意指有需要什麼東西嗎？

「……」

出聲呼喚的人仍一語不發，只低下頭，緊緊咬著牙，雙手把棉被抓得更緊，把男人搞得有些不高興。

「怎樣？我得快點去洗澡了。」

「我……」執拗的孩子臉逐漸漲紅。「……尿……」

「什麼？」

叛逆的臭小子從額頭到脖子都變得通紅，男人見狀眉頭鎖得更深。

「有什麼事就快點說，我不想浪費時間——」

「我尿急！！！」

「嗯？」他話都還沒講完，少年便大吼出聲，整張臉因羞愧而漲得滿面通紅。

男人眉頭皺得更緊，勉強從喉嚨裡擠出聲音，像是在問：告訴我做什麼？

少年極力忍住羞恥，好不容易才聲若蚊蚋般地開口。

「我很痛……站不起來。」

「……」

「幫幫我……好嗎？」

Pakin聞言不禁沉默。畢竟他聽出來，病人的語氣中帶有一絲央求。

他之前去醫院接送時也曾看過一次Graph這種求人的模樣，當時還以為這小子生病了，可這一次他大概是真的病得很嚴重，所以才會發出這種像是在撒嬌的聲音，讓他忍不住笑出聲。

「Pakin哥，我不覺得好笑！」

雖然Graph試著擺出強硬的姿態，但對Pakin來說，這就是一整個早上最好笑的事了。

這個臭屁小孩低著頭，下巴抵著胸部，整張臉還紅到了耳根。

一想到這裡，壞心的男人便大步朝少年走了過去，然後……。

啪。

「嚇，放我下來！！！」

「你不是要上廁所？」

大個子一把將纖細的身軀抱起，使Graph忍不住放聲大叫，雙手抵著男人赤裸的肩膀試圖將人推開。那寬厚的胸膛令他回想起昨晚的情事，再加上男人今早運動所流下的汗水，讓他不得不奮力向後拉開距離。

Graph死命掙扎的模樣，讓抱他的人倏地皺起眉。

「如果再亂動，我一定會把你扔出去。」

冷漠的語氣說明男人開始有些不悅，病人幾乎是立刻安分了

下來，回過頭忐忑地注視著對方。畢竟要是真被扔下去，肯定會一路痛到背脊。這時，懷裡抱著任性孩子的那一位也沒再說話，只徑直走向洗手間，最後將人放了在馬桶蓋上。

「看什麼？還不快點解決？這樣我才能快點把你帶回去，然後好好洗個澡。」

「那哥就先出去啊。」少年馬上回嘴，抬頭注視著正把手抬起來抱在胸前的人，那雙凌厲的眼睛正閃過一抹惡意的光。

一看就知道這小子是害羞了，可他又何必聽從這小子所說的話呢？

「是在害羞什麼？一副像是沒被看過一樣。」Pakin的嘴角上揚，視線跟著往下一瞥，看得少年緊咬著牙，從齒縫中擠出話來。

「哥先出去。」

不只是不想被看見自己正在小解的模樣，Graph也不想讓對方見到自己狼狽起身彎著背的樣子。

媽的整個屁股都在發抖，連被抱過來都痛，如果自己站起來，真不敢想像會是什麼畫面，可是⋯⋯。

「有事拜託長輩是這種態度嗎？Kritithi。」

這個該死的臭Pakin哥正在玩我，看我虛弱成這樣很好玩嗎！！！

心中很想就這麼吼回去，可自己會從睡夢中醒來就是因為尿急啊！從不曾向任何人低頭的叛逆少年因此低下了頭，下巴抵在胸前，微弱地懇求。

「我⋯⋯拜託。」

「我沒聽見。」

男人雙手環抱在胸前，一臉欠揍的模樣，開口求人的少年因

而把指甲更用力地刺向掌心。

等老子好了，一定要報復回來！

「拜託你。」

「沒聽見。」

「我拜託你！！」

「我沒聽見……」

「我拜託你！！！快點出去！我快要忍不住了，拜託、拜託、拜託、拜託、拜託、拜託，滿意了嗎！！！」最後，Graph還是忍不住大聲咆哮，他抬起了頭，心痛又憤怒得快要流出眼淚，滿心想鬧事找罵。當他抬起頭的瞬間，此時剛好……。

啪。

「呵，就這麼簡單，試著好好拜託人家，讓自己習慣。」

就在這時，男人將大手放在了少年的頭上，然後輕輕一推，以低沉的嗓音憐愛地說道。不過，比這些要令人怦然心動的是那抹笑容……跟平常氣得想殺了他的表情截然不同，男人如今笑的十分愉悅。

那是Graph從未見過的笑容。

是讓小小的心臟劇烈跳動的笑容。

是讓他完全忘了自己有多難過的笑容，而笑容的主人就這麼走了出去，獨留下一味低著頭，喃喃自語的少年。

「哥真的太壞了。」

壞到讓他疼得差點死掉，卻又令他開心到難以自抑。

他是否能夠期望，往後情況會有改善……？

我能抱有期待嗎？Pakin哥？

＊＊＊

「……一跟他說我看見了，Graph先生就一直回嘴。」

「昨天我也抓到一次，他一樣不肯承認。」

「為什麼Graph先生會這麼固執啊？」

「唉～」

才剛從房間裡走出來的Pakin不由得腳步一頓，停在了走道的角落。他聽見了兩名女性談話的聲音，而她們對話中提及的那人，讓他很想抬起手按摩太陽穴。因為每次只要一碰上這小子的事情，所有人都會被折騰得雞飛狗跳。

昨天他有些必須及時處理的工作，等一切都處理完畢，幾乎已是黎明時分，所以Pakin就沒有繞過去查看某個霸占他臥房之人的情況，而是選擇到其他房間休息，可誰會想到他一覺醒來，首先聽到的竟是那孩子的名字。

「發生什麼事了？」

「啊，Pakin先生。」

儘管懶得去干涉，可無論如何他都還是那孩子的監護人，長腿因而邁了出去，語氣平淡地問道，使得兩名正端著餐盤的女傭稍微震了一下，差點沒來得及回過頭來。

「那小子沒去學校？」

「對，Kaew嬸說看起來還不太行，我看Chai先生還打電話向學校老師請了假。」

這裡提到的「那小子」指的應該就只有一個人，女傭因而連忙回答問題，可聽的人似乎不怎麼意外。

都被搞成這樣了，如果還能生龍活虎地跑去學校，那就太厲害了。

「然後發生了什麼事？」

「呃……。」

可是，當他一問到她們正談論到一半的事情，對方就變得支吾其詞，驚慌地面面相覷。Pakin這時點了點頭，示意她們把話說出來。

其中一名女傭見狀率先開口。

「Graph先生不肯吃藥。」

「嗯？」聽到這句話，男人稍微瞇起了眼睛，但卻使得對方暗自一震，急得連忙報告。

「而且還不是普通的拒絕吃藥，Graph先生把藥藏起來了，起初沒來得及懷疑，但昨晚在倒廚餘的時候，我們發現有藥物留在殘餘的稀飯碗底，到了早上，就發現Graph先生偷偷把藥吐出來，然後像這樣藏在橘子皮底下。」不光說而已，女傭還指向了橘子皮。

Pakin仔細一看，便發現好幾顆藥丸和橘子籽混在一塊，一同被藏在衛生紙當中。

見狀，Pakin忍不住用力吐了一口氣。

「重新拿一包藥過來。」

「蛤？」

「拿到房間來給我。」

Pakin只說了這麼一句話，隨後轉身大步走回自己的臥房。那裡住著一個明明已是垂死狀態，卻依舊不肯吃藥的超任性小鬼，讓男人很想把他當成七歲小孩……抓起來讓他趴著，然後狠狠地抽打他的屁股。

帶著這個想法的人打開門進入自己的臥房，而後大步走過去靠在上頭躺了一具蒼白纖軀的床邊。

「Graph。」

「嗯……呃……。」因剛吃過早午餐而正昏昏欲睡的人，緩緩睜開了眼睛，然後當他一看見是哪個人站在旁邊時……。

啊！

某人正雙手抱胸，一臉責備地看了過來。

「哥……哥有事嗎？為什麼跑進來了？」

Graph今天的情況已經好了不少，好到能察覺自己究竟消瘦到什麼程度。對一個十年來總是努力在另一人面前展現自己美好一面的青少年而言，被男人這樣直勾勾地盯著看，還是令他不由得想遮掩自己。

「你都幹了什麼好事？」

「我什麼都沒幹啊……。」

如果不算上和Win哥聯手灌醉Pakin哥的事情的話。不過Pakin哥也該死地沒喝醉，而且還……。

試著不去回想那晚情事的男孩，低下頭躲避對方的目光，因為如果真的追究起來，他也很怕對方會拿這件事情來責備自己。

Graph害怕自己的努力會功虧一簣，所以一直避免談到那晚的事，試圖逃避現實。但Pakin哥看起來就是想談……不得已，他只好緊緊抓住床單。

是要我說什麼啦？哥要對我負責……這樣也太可悲了，蠢Graph。

「我吩咐過吃完飯後要吃藥對吧？」

聞言，正在胡思亂想的男孩不由得渾身一震。他先是驚恐地抬起頭來，在發現對方想談的其實是別的事之後，便不由自主地鬆了一口氣。

「對，哥吩咐過要我吃飯，還有吃……。」

！

難道已經被發現了？

男孩瞥了眼Pakin像正克制住脾氣的發亮瞳眸，頓時又彷彿心虛似地縮了回來。

「我都已經照著哥的意思做了，還要我怎麼樣？」

「呵。」

啊！

Graph很確定自己之前沒怕過Pakin哥，但後來的這星期，自從接觸過他那猶如烈焰般熾熱的情緒之後，僅一對上目光，聽見那像是洞悉一切的笑聲，少年便會怕得低下頭。那詭異的舉動，簡直就像打破盤子之後不敢告訴任何人的孩子。

「我的吩咐是……。」

「吃飯然後……吃藥。」Graph說完後一邊暗自吞了口唾沫，一邊安慰著自己：又怎樣？吃不下就是吃不下。

篤、篤、篤。

就在那一瞬間，敲門聲忽地響起，女傭緩步走了進來。房屋的主人對來人則是連一個眼神都欠奉，僅牢牢地盯著躺在床上的病人。

「新的藥拿來了。」

「拿給那小子。」

在那之後，好幾顆形狀圓滾的不共戴天之敵，就這麼被放在了男孩的大腿上，另外還附上了一杯水。

「我已經吃過藥了，為什麼還要再吃一次？」任性的孩子先發制人地說道。

聽到這話，男人就只是喚了一句：「Kritithi。」

那聲音果然低得可怕。

Pakin若是對著Pawit自稱是哥，那就表示他的忍耐力已達

到極限，而當他用真名來稱呼Graph，其實也是同一個意思。

名字的主人於是深深吸了一口氣，像這麼多年來一直做的一樣，不斷地告訴自己Pakin哥並不可怕。

「我不吃！」

一看就知道都已經向老闆告狀了吧？那我偏要堅持打死都不吃那些東西。

有吃藥障礙的人那副執拗的模樣，讓男人微微勾起唇角。

「我已經警告過你了，如果你不肯乖乖吃，我會怎麼餵？」

唰。

Graph想起上次餵藥時的情景，頓時感覺到一股熱氣倏地往臉上衝去，但卻還是回嘴。

「哥不敢的，哥就只是在恐嚇我。」一直試圖避開他的人，想也知道不會在這個家的所有人面前親他。

Pakin哥絕不可能在眾人面前跟自己做出任何逾越的行為，那無疑是作繭自縛。

窸窣。

結果，男人就這麼爬上了柔軟的床，然後欺身向前。

啪。

男人的大手緊緊捏住了少年的下巴，凌厲的眼眸瞪了過來，用蘊含危險氛圍的低沉嗓音再次強調。「我叫你吃藥。」

「我……我不吃！」即便已經開始感到害怕，但Graph仍舊固執不從，讓出言威嚇的那一位怒不可遏。

「我不喜歡有人違抗我的命令。」

「不管我違不違抗，反正哥也從沒喜歡過我。」

健康狀況才稍有起色，嘴就刁蠻起來了，Graph倔強地回嘴，聽的人為此沉默了一會，接著回頭轉向那位站在一旁睜大眼

晴注視著這一幕的女傭。

「把屋子裡的所有人都給我叫過來。」

「呃……是、是。」

「啊！！！」聞言，Graph立刻大叫了一聲，迅速轉頭去看那個僅勾起一抹壞笑的男人。

「很想讓我接下你的挑戰是吧……好啊，這一次我就接了。」Pakin把臉往前傾，凌厲的眼睛對上了驚恐的眸子，接著悄聲低語。

「既然你想在整棟屋子裡的所有人面前被我親，那就成全你。」

「哥……哥不是說我技巧很爛嗎！！！」

聽的人語氣顫抖地回嘴，那抹壞笑的英俊主人此時大聲說道──

「所以我這不是要教你了嗎？」

男人的眼神說明了這不是恐嚇，而是來真的。

這次的實踐，是為了教這個不知天高地厚的小子記住，不應該挑戰像他這樣的人。最重要的是，不應該惹他生氣。

一見到那種眼神，少年就……。

啪……咕嘟、咕嘟、咕嘟。

他一把抓起藥丸，迅速塞進嘴裡，差點連水都來不及喝。Pakin這才鬆開了捏在手中的下巴，直到Graph以古怪的表情喝完一整杯水為止。

「早這樣不就好了？」

這話讓少年以憤恨的眼神瞪視對方，可他能做的，就只有把頭轉向床邊的桌子，重新斟上一杯水，緊接著一口氣將它喝光。

「可惡，好像黏在喉嚨上了。」身材纖細的人一邊咒罵，一

邊掐住自己的脖子，就好像有藥丸卡在那兒似的。

「你是小孩子嗎？不過吃個藥而已。」

「哥又不是我，哥是不會懂的，從小的時候就一直、一直、一直在吃藥，為什麼長大之後還是得繼續吃那種東西啊！」

或許是小時候常被強迫吃藥留下了陰影，長大之後的Graph總是能躲就躲，再加上每次吞下那玩意兒的時候，都會覺得有異物卡在喉嚨上，常讓他忍不住感到厭煩。

就算別人說是他想太多，可他就是討厭吃藥，而且更討厭的是強迫他吃藥的人。

這個人正抬起手，然後……。

啪。

啊！

沿著他的喉嚨輕輕撫摸。

「吞下去了沒？」

「不……不知道。」

誰會知道啊？Pakin哥正在撫摸我的喉嚨！！！

Graph的臉為此瞬間發燙，藥物卡在喉嚨裡的想法頓時煙消雲散，當大手沿著喉嚨輕撫，滑過喉結，然後再滑上來重新往下移動，像是非常輕柔地想把藥物推下去。坦白說，真他媽的讓人猝不及防。

不過Pakin看起來似乎也不打算讓他有心理準備，因為這個只短暫對他釋出善意的人正開口吩咐道：「如果再有人跑來告訴我，說你又表現得像個吸手指的小孩那樣不肯吃藥，那下次就……。」

Pakin將手收了回來，話只說到了這邊，但那對沉下來的眼眸清楚說明了他絕對不會再容忍這種荒謬的事情，使得病人不由

得一陣發寒。

只要不被抓到就好了對吧？

或許是少年的神情表現得太過明顯，Pakin因而搖了搖頭。

「看你什麼時候好起來，想要什麼東西，可以答應給你一樣。」

「我已經不是小孩子了！」

「意思是說你不要嘍？」銳利的眼神掃了過來。

「要！」雖然很不服氣被當成了小孩子，但誰又能拒絕這樣的提議？此時的Graph睜大了雙眼，像是不敢相信自己的耳朵那般，注視著這個說要答應他一個要求的人，乾燥的嘴唇甚至勾出了一抹開心的笑容。

不只嘴上，連眼睛都在笑，看得出即便是這種孩子氣的提議，也能讓Graph高興不已。

那眼神令Pakin心軟了下來，然後情不自禁地伸出手去觸碰對方的頭髮。

「所以把藥吃了，然後趕快好起來，好嗎？」

聽到這話的男孩，抬起頭迎上了男人銳利的雙眸。胸腔裡的那塊肉，因男人堪稱溫柔的神情而劇烈跳動，可就在他準備要回答的那一瞬間⋯⋯。

篤、篤、篤。

開啟狀態的大門此時被敲響，男孩也跟著轉頭探望。

屋子裡大部分的人都因老闆的命令而跑過來這裡，Pakin不由得輕輕地推了推執拗小鬼的頭，接著筆直地走向門邊。

「有什麼吩咐嗎？Pakin先生。」女管家不解地問道，甚至還擔心起房裡的孩子是否發生了什麼事情。

然而老闆卻以平靜的語氣回答，音量則足以讓所有人，包含

房間裡的那個人，都能聽見。

　　「我只是想告訴所有人，如果有人逮到 Graph 不肯吃藥，就來向我報告，我會頒發特別獎勵，可要是有人順著那小子的意思狼狽為奸……我就會替他準備畢生難忘的懲罰。」

　　他嘴上是對所有傭人講的，但視線卻投向了女管家──另一名帶頭祖護那小子的人。Kaew 嬸見狀只好垂下了眼簾。

　　「懂了嗎？」

　　「懂了。」

　　「就這樣，回去工作了。」

　　「吼～哥怎麼可以下這種命令！！！」

　　Pakin 不理會少年的抗議聲，僅對著其他人點了點頭。

　　鈴～～

　　手機突然發出了嘈雜的聲響，使得所有人驚詫地面面相覷，拿著手機的那個人這時一臉慌張地連忙上前向老闆報告。

　　「不是的，這是 Graph 先生的手機，剛好我聽到聲音，所以特地拿來給 Graph 先生，結果它就正好響起。」說完便急忙把手機交給瞥了一眼螢幕的老闆。

　　是 Janjao。

　　「有事就去忙吧。」大老闆一邊發話，一邊接過手機，然後關上了房門。可他非但沒有將手機交還給它的主人，反而還按下了接聽鍵。

　　「喂。」接著他舉起手機，貼在自己耳邊。

　　「Graph！老師說你生病了，有沒有怎樣！發生了什麼事？啊，我都要嚇死了，每次你想蹺課，通常會直接蹺掉，可這次老師突然在自習時間說你不舒服，監護人打電話來請假，那現在怎麼樣了？是不是又發燒了？還是……。」

「我不是Graph。」

「……」

Pakin相當不高興，因為他聽到「又發燒了」這句話。這代表除了自己之外，電話另一端的女孩也知道房間裡這個任性小鬼有多麼容易生病。他應答的聲音也因此變得頗為平淡冷靜。

「呃，你是……Pakin哥嗎？」

「嗯。」

「Graph的手機為什麼會在哥那裡？啊，不對、不對，我並不是想打聽什麼消息，就是……呃，對了、對了，Graph身體不舒服，有沒有怎樣？」

男人十分確信那乾淨的嗓音聽起來明顯很緊張，可當他聽見對方後來所說的話，就拋開了這種想法。

「只是有點發燒而已，再過幾天就能回學校了。」Pakin仍以毫無感情的聲音說道。他其實對女孩子反而更常展現魅力，而且會對Janjao這種長相的女孩特別憐香惜玉。然而，他現在卻完全沒有心情施展自己的魅力，只想快點切斷通話。

「呃，我可以和Graph說說話嗎？」

高個子稍微瞥了一眼房門，接著又勾起唇角。

「現在不方便，等再過兩、三天Graph大概就能照常回學校了，如果沒發生什麼意外的話，那我就先掛電話了……。」

「等一下！！！」

「嗯？」男人的濃眉向上揚起，顯然已經開始有些不高興。

「就是……就是……呃……噢，對，對、對、對，我剛好有一份很重要的講義要交給Graph，這事關他的成績評等啊！真的非常重要，重要到一定得在今天拿給Graph，現在必須馬上拿給他！！」

「呵。」

一聽完對方的話，Pakin立刻從喉嚨裡發出笑聲。或許是感受到這一端所營造出來的壓抑氣氛，找了一堆藉口的人隨即安靜下來。然而，Pakin其實可以直接切斷通話的，可現在這個握有大權的男人不由得想看看，這孩子究竟想拿什麼雕蟲小技來衝撞他？

衝撞？對一個十七歲的孩子使用這個詞，看起來就像是大人把一個孩子欺負得太過火了，應該這麼說，這個孩子到底想耍什麼把戲來逗我一同玩樂呢？

「那哥就派人去拿……Janjao妹妹那份極重要的文件吧。」

「不……不用，不可以呀，不能只拿講義！！我還要解釋工作內容給Graph聽，沒錯、沒錯，還要解釋給他聽，不然Graph一定不會做的……是真的。」

可能是感受到話筒裡傳來的壓迫感，電話另一頭的聲音愈來愈怯懦，使得Pakin隨即開口。

「那哥就派人去把Janjao接過來探望Graph吧，哥希望妳說的那個工作真有那麼重要……嗯？」

這句話的語調聽起來頗溫暖、充滿善意，可是字字句句卻都藏著壓迫感，讓小女孩一瞬間為之沉默。隨後，Pakin先是聽見深吸了一口氣的聲音，然後是Janjao語氣堅定的回答。

「對，它真的非常重要，那我四點半的時候在學校前面等喔，非常謝謝Pakin哥。」

語畢，電話便掛斷了。Pakin這時緩緩地把手機放了下來，眼裡充滿煩躁。

這孩子知道他不高興了，卻還是堅持要惹惱他……都一樣，不管是Graph那小子，或是那傢伙的朋友，都讓他感到不爽，因

此想著要教訓一下這小妮子，讓對方知道他是什麼角色，之後才不敢再忤逆他的意思。

「也好，我也想知道她到底想搞什麼鬼。」

Pakin或許忘了，像他這種人其實根本沒必要去理會一個女高中生，但就因為這孩子與那個叛逆的臭小子有關係，所以他才不得不親自摻和進來……就像現在這樣。

＊＊＊

「蠢蛋Janjao，妳這明顯是在自尋死路啊！」

同一時間，在城市的另一端，這名叫做Janjao的女孩正握著手機用力甩動，彷彿那是自己的脖子一樣，兩隻腳也奮力地在原地踩踏，像是很想踐踏自己，然後罵自己──瘋了不成！

沒錯，她這是瘋了嗎？竟然敢挑釁那個帥到掉渣的黑道老大路西法！

「完了，死定了，多管閒事給自己惹上麻煩，可我就很想知道Graph為什麼會不舒服啊？而且手機還在Pakin哥手上，噢～真不該因為擔心朋友，就這麼衝過去的，白痴Janjao、白痴Janjao！白痴Janjao！！！」

馬尾女孩對著天地哀鳴，如果能直接疊腿側坐在地^{（註）}放聲大哭，她可能早就那麼做了，可既然已經決定好要為了朋友勇闖黑道老巢，甚至還裝腔作勢地安排好這場約會，那她就只能深深地吸一口長長的氣，強壓下手部顫抖的徵狀，繼續打電話找某個

（註）「疊腿側坐」是泰國傳統的一種坐姿，出現在聽和尚佈道誦經、接受長輩祝福等情境中。過去是為了和一般粗鄙下人的蹲姿作區別，是一種「有教養之人」的文雅坐姿。

人。

「Chin哥！」

沒錯，哥哥的好朋友，這名不知為何跟凶狠黑幫相當熟識的男子。

「Chin哥，Janjao臨終前有事相告⋯⋯萬一我遇上了什麼不測，麻煩Chin哥轉告San哥，請找那個叫做Pakin的人報仇，我即將要闖進黑道大哥的家了。」

「喂、喂、喂，等一下，這話什麼意思？」

儘管哥哥的朋友一頭霧水地詢問，但Janjao依舊不敢親自告訴哥哥——因為不僅會被制止，哥哥大概還會飆車過來把她接回家——所以才會聲音微弱地嘟嘟嚷嚷。

「我正要去探望朋友，他身體不舒服，然後Graph現在人在那個Pakin哥家裡，可是坦白說呐，Chin哥，我感覺自己好像是要去赴死⋯⋯。」

「那要帶著學長去當擋箭牌嗎？」

「！

正當女孩使出渾身解數想說服哥哥的朋友，她坐上陌生人的車其實不危險時，某人的聲音卻忽地從後方響起，她立即回過頭，接著不禁挑高了眉毛。

「Night學長。」

帥氣的學長正對她露出一抹燦爛的笑容，甚至還提出了想法。

「我知道Pakin哥家在哪裡，也可以帶Janjao學妹去探望Graph，雖然Janjao學妹對我不是很放心，但也好過坐上陌生人的車子⋯⋯對不對？」

Night學長像個標準的好好學長那般衝著她笑，使得即將坐

上陌生人車子的女孩明白，不管對方是即將被派遣過來的司機，或者是同校學長，都不是正確的選擇。她不禁深吸了一口氣，然後對著電話另一端還在線的人開口。

「Chin哥，我想，我已經找到解決問題的辦法了，那就先這樣喔。」

話一講完，她就轉頭對上帥氣學長的眼睛。

「至少，我認識Night學長也有一年了……」

這個回答就表示答應了，這使得聽的人無論是嘴上或者是眼睛，都笑得十分燦爛，不過女孩卻暗自感到有些愧疚，因為……。

才不是呢，其實應該說──至少我還有一道擋箭牌才對吧！如果這個蠢Janjao會死，那Night學長會先死在前頭吧！！！

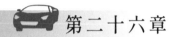

第二十六章

直闖黑道老巢

吼～蠢Janjao妳死定了啦，跑來黑道的家裡，就碰上黑道直接等在家門前截殺了嗎？Janjao可不敵對方啊！

女孩不禁感到一陣恐慌，因為當她一下了學長的車，放眼望去所看到的第一個畫面便是……大魔王。

切，怎麼就不是大魔王了？誰叫Pakin哥站在通往屋子的樓梯最上層？剛好就在兩扇敞開的大門處，背景是一棟大豪宅的奢華客廳，當她的視線再次移回到那具高䠷的身材上，發現對方僅穿著一般的休閒服飾，那張凶狠帥臉雖帶著一抹彷彿竭誠歡迎她的燦笑，但卻散發出籠罩整個周遭的暗黑氣場，讓她幾乎不敢邁出步伐。

這真不是什麼中二的奇幻故事，她篤定誰看了都會那麼想啊！

「呃啊！腳別抖，妳這個肉腳Janjao！」

馬尾女孩低聲背誦擊退惡鬼的咒語，使得跟在她身後的少年險些爆笑出聲，若不是因為他也完完全全有同感的話。

那位笑容滿面的Pakin哥簡直恐怖到令人不想上前面對。

這不是自尋死路嗎？蠢Night，但來都來了，既然想要帥，那就盡力而為。

「等一下由學長出面。」

Night像是想給對方信心般這麼說道。

在那之後，想在殷殷期盼的少女面前耍帥的那個人，深深吸

了一口氣，然後率先走在前頭，直接走上去找屋主。但說真的，他其實也很怕死。

這根本就是自殺任務嘛！

「Pakin哥好。」

「我有邀請你來嗎？」

我他媽的能跟我哥告狀嗎！

光憑屋主的第一句招呼，就讓聽的人很想直接轉身回去，可是……。

啪。

「Night學長加油。」

害怕被哥哥朋友殺掉的少年於是鼓起勇氣，因為有隻小小、軟軟、白白的纖纖細手伸過來抓住了他的學生制服衣襬，再加上學妹的嬌小身軀靠上來躲到他的後方，然後身體極靠近地悄聲說——加油。

就這樣。

「Graph是我很重要的學弟，知道他生病，怎麼能不來探望呢？」

Night說話的音量大了起來，眼睛對上透出了凶光的犀利眼眸，一副毫不畏懼的模樣——或者應該說是恐懼感少了一點，因為少女柔軟的身軀往他身上又更靠近了一些。

「學弟……很重要的。」

就在Pakin複述的時候，舉起手環抱胸前。這動作看似簡單，卻莫名令人感覺備受威脅。

「對，重要的學弟。」

「呵。」

啊！

Night早就知道哥哥的這位朋友很可怕，但實際上看到那冰冷的眼神以及嘲諷的笑容，比起聽到其他人的口述更能讓他明白，千萬別與這個男人為敵。

「呃，Pakin哥，你好。」

不過，在Night因這股壓迫感而窒息死亡之前，躲在後方的女孩此時露出臉來，然後戰戰兢兢地抬起手合十，使得男人冷峻的眼眸立刻變了樣，從原本的冷肅變得迷人，讓Janjao也跟著心花怒放。

「妳好，來探望Graph的對吧？等一下哥讓人帶妳上去房間。」

「啊，真的嗎？非常感謝你。」

虧我還怕得要死，其實Graph的Pakin哥哥也挺好心的嘛。

女孩邊想邊露出燦笑，鬆手放開了已經沒有利用價值的擋箭牌，作勢要上前去找朋友，可若不是因為……。

「不過……。」面前這個人像是才剛想起了什麼，突然開口這麼說道，接著又是一笑。

「哥想知道Janjao妹妹所說的極重要的工作是什麼？可以說給哥哥聽嗎？」

那笑容令人不禁寒毛直豎……那是一抹了然於心的笑容。

然而，Pakin不只了然於心，察覺之後還繼續拐彎抹角讓人難堪。他走上前居高臨下，露出笑容，可卻散發出極具壓迫感的氣場，因而令人感覺像是被輾平在地，這使得Janjao毫不遲疑地再次抓住了學長的衣襬，垂下眼簾，就像是小雛鳥對上了一條蛇。

「呃……。」她一邊支吾其詞，一邊扯著Night學長的衣襬。

不是說要替我去死（？）嗎？快幫幫忙啊！

「啊，先等等，就是先等等……啊——我等一下再跟Graph一次講完比較好，嘿嘿。」

「也跟哥哥講講嘛……。」

高大的男人這時語氣和緩地說著，他的長腿只要再往前邁出一步，就要貼上那名幾乎把身體藏在少年背後的少女了，那張邪惡的帥臉隨後往下一傾，迷人的眼眸瞬時對上少女的眼睛，可卻讓被注視的那個人手心冒汗。

這分明是要將人逼到死路！

「呃，就是……。」

「我覺得哥……。」

「我正在跟Janjao妹妹說話，Scene那傢伙沒教過自己的弟弟什麼是禮貌嗎？」

靜默……無聲。

這一回，就連自發上前的擋箭牌也說不出話了，儘管剛剛因女孩把身體靠了上來而收到了滿滿的鼓舞，可一遇到這種情況，他還是只能像無力反擊那般低下頭閃躲。

這時，Janjao自己也雙手顫抖，絞盡腦汁急著想出有什麼重要大事可以拿來當藉口。

現在到底有哪些重要的事情？化學科目的實驗結果總結，不行啊，行不通……要準備英語項目的報告，不好，Graph的英語好得要命……有關泰國傳統樂器的報告，不行、不行，怎麼聽都覺得不像樣……還剩什麼啊，蠢Janjao，現在到底有什麼是生死攸關的工作啊？隨便扯一個好嗎？噢～那位哥哥如果說要看資料呢？這難道不是在自殺嗎！

如果Janjao的大腦是機器，那它現在可能再過幾秒鐘就要爆

炸了吧。

「還想說是誰咧？原來是 Graph 的女朋友。」

咻。

「咦！」

就在 Janjao 以為死亡將要來臨之際，某人的聲音突然從後方響起，使得所有目光投射了過去，接著就看到一位身材苗條、有著迷人臉蛋的男子，此時正饒富興味地看著事件發生。

「女朋友？」Pakin 也跟著重複了一遍，銳利的眼眸微微瞇起來注視著自家弟弟。

「嗯哼，上一次我去學校接 Graph，看到他跟這位小妹妹在約會。」

「不……不是的，那不是在約會，真的只是朋友而已。」冷靜下來的 Janjao 似乎相當焦急地連忙揮著手，不想讓這位 Pakin 哥哥誤會 Graph。

她注視著正往這邊走來的男模，對方甚至還露出了笑顏，女孩心想，難怪會有男人緊緊跟著他不放。

說真的，就算那位哥哥是個受，仍令人偷偷地悸動……唔，好美，怎麼會有男人長這麼美！

如果是在平常，Janjao 大概會暗爽不已，忍住尖叫，全因能與心目中的零號皇后靠這麼近，而且他身上還散發出撲鼻的香氣。

男模將手往 Janjao 肩上一搭。光這個動作，就讓女孩忘記原本要否認自己跟 Graph 被說成是男女朋友的事了。

「情侶之間互相探望哪有什麼奇怪的，我認為不要拿工作當藉口比較好吧。」

「不……。」

情侶之間互相探望⋯⋯不奇怪⋯⋯。

「對，其實我是Graph的女朋友，哥就讓我上去探望Graph吧！！！」

就在那一秒，機靈的女孩及時接收到了對方眼神所傳遞的訊號──既然是男女朋友，那就不用找藉口啦。

這句話使得兩個男人皆是一陣錯愕。

其中一個像是受到驚嚇，差點沒來得及回頭注視自家學妹。

另一個，則明顯露出陰沉的眼神，愣在原地。

「嘿，等等幫忙帶這位小妹妹上樓去找Graph一下。」就在這一刻，Pawit隨即轉頭對著剛好經過的女傭這麼說道，對方立刻應答，他接著邀請了那名猶如劫後餘生般，幾乎是衝著過來的少女。

女孩看也不看一眼帶她過來的學長，不過幸好Night的反應夠快。

「我知道自己沒事先約好就跑過來很失禮，但Graph對我來說也是重要的學弟，那我就打擾嘍。」

話一講完，叫做夜晚的少年寧願失禮也要衝上去跟著Janjao，彷彿因太過擔心Graph而無畏地闖入那個號稱最不好惹的男人家中，但事實上他只是焦急⋯⋯。

Graph不是說他們不是男女朋友嘛！！！

這兩個孩子扔了炸藥之後就跑了，至於點燃引信的那一個，好比Pawit，則依然站在一旁笑著，而且還不忘火上澆油。

「Kin的老婆魅力比想像中還要猛啊。」

Pawit刻意用了「老婆」這個稱呼，並進一步觀察注視著兩個孩子背影的哥哥會做何反應。

沒錯，他刻意講那些話，就是為了讓哥哥吃醋，如此一來就

能看到有趣的事情。

「是那樣嗎？」

然而與他要好的哥哥竟露出了笑容，甚至還笑出聲來。

轉頭迎上弟弟目光的男人簡單地說道：「就算那小子魅力再怎麼猛也不關我的事。」

太冷靜了，太難看透了，看起來⋯⋯太不在乎了。

「如果不關你的事，那哥為什麼還要跟過去？」Pawit趕緊攔截，讓聽的人微微挑眉。

「別忘了，那是我的房間，我不希望有哪個孩子不小心打開抽屜，拿出裡面的槍枝玩耍⋯⋯就只是這樣而已。噢，另外還有一件事⋯⋯。」不過在房間主人上樓去察看客人之前，長腿倏地一頓，接著再次轉身迎上Pawit視線。

那眼眸透著邪惡的目光，男人隨後輕鬆地開口道——

「我從來沒有對任何人用過老婆這個稱呼，不過就只是個『床伴』⋯⋯連那小子也不例外。」

話一講完，說話的人便逕自上樓走向房間，丟下熟識的親戚獨自靜默地站在那裡。Pawit頓時體悟到，自己戳錯點了，整個大錯特錯。

有的時候，他或許會讓Graph的處境變得更艱難。

＊＊＊

「嘿，妳怎麼跑來了！」

「過來探望Graph的呀，你有沒有怎樣？」

沒想過會跑來的人突然出現在門口，這情況叫Graph怎能不意外？已經在床上躺到枯燥乏味的他幾乎是彈跳著坐起身來，一

臉欣喜的模樣，注視著好友健步如飛地撲到了他的床邊，一邊關切地審視著自己，一邊開口解釋。

「今天早上老師說Graph不舒服，監護人打電話來請假，我聽了就很擔心，一直想打電話給你，幸好Pakin哥接了電話，我拜託他說要過來探望，哥就答應了，所以我才跑來這裡探望Graph呀。所以你到底怎麼了？別跟我說是跟別人發生衝突了？」

女孩劈里啪啦飛快地說著，讓聽的人緩緩搖了搖頭，而後湧上一股愧疚感。

「抱歉沒接到妳的電話。」

「沒關係，只要Graph沒事就好了，我擔心得要命。」每個晚上都會聊天的朋友，某天就幾乎聯繫不上了。為此心驚肉跳的女孩頓時鬆了一口氣。

Graph在看到女孩釋然的笑容後，倏地感覺好受了許多。

原來身邊還有會關心自己的友人呀。

「Graph的身體還在發燙呢。」為了確認朋友是真的沒事，Janjao主動親密地去碰觸對方的額頭測量溫度。但男孩發燙的身體、蒼白的病容、以及病懨懨躺著的模樣，都在在令少女擔憂不已。

「重感冒嗎？還是怎麼樣了？看過醫師了沒？那Graph吃過藥了對不對？應該不會只用了退熱貼吧？那你吃過東西了嗎？要先吃過飯才能吃藥吶，不准偷懶不吃，然後……。」

「好的，媽媽，夠了啦——」

「吼，Graph啊！」

一擔起心來就嘮叨個沒完，聽的人只好拉長聲音打斷對方，故意逗對方放鬆下來。可Janjao的臉卻反而皺得更用力，完全

沒有想跟著笑的意思，目光甚至還上下掃視，為了確認友人有沒有哪個地方缺損，或是有沒有再跟別人發生衝突以致於受了什麼傷。

「這是什麼痕跡？」

啪。

脖子上淡淡的痕跡，使得少女的指尖差點就要伸過去碰觸。Graph見狀嚇得立刻緊緊抓住自己的衣領，甚至還一臉驚慌地向後退。

這模樣讓少女不禁一愣，低頭望向整張臉和耳朵都紅透了的朋友。

蒼白的臉蛋下一秒變得紅通通的，使得歪女的幻想腺體頓時爆發。

生病、虛弱地躺著、脖子上有痕跡⋯⋯絕對不是登革出血熱！

「Graph，這該不會是⋯⋯該不會是⋯⋯該不會是！！！」Janjao睜大了眼睛，興奮到不自覺地坐到了床上，想要晃動朋友的肩膀問個清楚，而且愈是注視著那張紅到令人憐愛的俊臉，歪女的自信心就愈是暴增，到後來簡直是滿臉期待地望著對方。

Graph別過臉閃躲，然後⋯⋯。

「嗯。」

啪。

「真的、真的、真的、真的？真的嗎——Graph？你說的是真的嗎？跟那位哥哥⋯⋯是那位哥哥對吧？」女孩興奮至極地低下頭低語，死死抓住朋友的肩膀。

男孩這下越發不敢去看對方的眼睛。坦白說，被朋友這麼直接地詢問之後，超害羞的，而且不好意思吶，對方還是位女性

呢。

「嗯，就是⋯⋯那位哥哥。」

啪。

「什麼──什麼──什麼──什麼──啊、啊、啊、啊、啊、啊，Graph太棒了！」

一同期盼已久的Janjao替朋友激動到險些藏不住情緒，為了壓抑住自己想大聲叫出來的尖叫聲──而且還是用最高分貝吼出來的尖叫聲──她差點就要將臉埋在朋友的肩上了。看到Graph說話時那副害臊的模樣，試著想一想，這是真實的情況，真的生病躺在床上，這表示那個晚上肯定是相當火辣激情，絕對是她的想像所無法比擬的！

這真的太過癮了！

「咳咳、咳咳。」

不過，這兩名友人的舉動看起來似乎讓另外一個被忘得一乾二淨的人忍不住乾咳了幾聲，想讓別人察覺到他的存在。病人立即扭頭望去，然後這才大叫。

「啊，學長怎麼也來了！！！」

由於學長站得比較遠，好友因而像是自己也忘了似的悄聲低語。

「Night學長陪我過來探望Graph，看見沒？我說過那個學長喜歡你⋯⋯不准過來喔，Night學長！」女孩先是解釋，後來才又大聲地吼道，使得房內的兩名男性嚇了一大跳，特別是當那位張大了眼睛的夜晚少年聽了接下來的話之後。

「Night學長請再往後退五步。」

「蛤？為什麼我得後退啊？」

「後退啦，你就後退嘛。」

一聽到美女學妹那樣子說，很想問清楚兩名學弟妹究竟是什麼關係的少年於是垂下了頭，配合地往後退去。這時，Janjao輕聲細語和友人說起了悄悄話。

　　「萬一被Night學長見到Graph這副模樣，然後更喜歡你該怎麼辦？而且Graph還這麼可愛，要是被強姦了，我可接受不了啊！Graph只能是Pakin哥一個人的，好不容易得到那位哥哥了呢。」很會幻想的女孩早已想入非非——試著看看她的朋友吧，紅通通的臉蛋、雜亂的頭髮、凌亂的睡衣、整個脖子上都是吻痕……被其他男人看到之後要是獸慾大發，該如何是好？

　　這下Graph真不知該笑朋友的瘋癲，或是該為好友從不曾把他看成是一名男性而搖頭。但也好，他們能當好朋友，就是因為Janjao從沒把他看作是一名一定得和女性配成一對的男性。

　　「不過……很痛吧？像是刺痛那種感覺吧？Graph，那你感覺怎麼樣？痛、刺痛、刺激或是受不了？怎樣、怎樣？我想知道。」

　　一見到朋友沒事，不過是被人捅（？）而已，女孩便放下心來。這位歪女媽媽接著好奇地悄聲低語，眼睛閃閃發亮地詢問，使得被逼著回答的人不禁替朋友感到害臊。

　　喂，妳是女孩子，而我則是個男人欸，為什麼要問這種讓人不敢回答的問題啦？

　　「就滿……好……的吧？」

　　好到直接在床上昏死過去……別好奇了啦，Janjao，我講不出口啊。

　　「啊～真的嗎？真的嗎？真的嗎？那做過之後，那位哥哥有改變態度嗎？」

　　雖然談話內容聽起來挺讓人害臊的，但實際上兩個人是以極

低的音量在說悄悄話，就連在房間最角落的Night學長也只聽得到窸窸窣窣的聲音，滿臉不高興地注視著這對少年少女幾乎要貼在一起的親暱畫面。

這個人還只是不高興而已，可另一個已經觀察了好一陣子的人，心情卻糟透了。

不過是個床伴罷了，不是嗎？該死的Pakin！

男人語氣凝重地這麼告訴自己，想起了自己才剛跟弟弟講過的話。親眼看見任性的小鬼與另一名小女孩親密的畫面，讓男人的濃眉不由得皺在一塊。儘管他很確信這兩個人之間沒有什麼逾越的關係，而且Graph還追著他跑了好幾年，不過……另一個孩子……。

那個明確表示自己和Graph是情侶關係的女孩，令他莫名火大。

對區區一個小小的女孩子是在生什麼氣啊？

那個女孩敢和他對視，敢於面對他，若再大個兩、三歲，或許會是他喜歡的類型，可Pakin卻沒有用那種眼神來看這人，特別是當她神色關切地以那白皙的手去碰觸任性小鬼的額頭，接著還……埋在Graph肩上傾身擁抱時。

Pakin承認，他以前從沒見過有人能像這女孩一樣和Graph那麼要好。

男人在意識到自己的行為之前，長腿已經筆直地走上前去倚在床邊，另外兩名孩子因而轉過頭來注視他。

Janjao像是受到了驚嚇般注視著他，Graph則紅著臉看了過來。

那通紅的臉蛋全是因為……這個女孩子。

莫名的火大。

「Pakin哥，我正在跟我朋友講話。」

更令人生氣的是，這臭小子居然作勢要驅趕房間的主人，讓他不禁露出了冷笑。

「我來量體溫的，確保你有照著我的吩咐乖乖吃藥。」

「我真的吃過了啊。」Graph提高了音量說道，彷彿自己像個孩子一樣被迫吃藥很令人難為情，那使得男人做了一個舉動。

啪。

「！！！」

而這個舉動，使得房裡的所有人都嚇到張大了嘴巴。

Pakin將病懨懨躺在床上的少年一把拉起，讓自己的臉能往下與少年的額頭相抵，大手則摟上了少年的腰部，將人牢牢固定住。

這一回，少年的雙眼圓睜，不敢相信眼前所發生的一切。Pakin凝視著那對眼眸的深處，然後以溫柔的語氣這麼說道：「身體還在發燙，確定吃過藥了嗎？」

那聲音令少年一陣心悸。

「吃……吃過了。」

執拗的少年語氣顫抖地答道，聽得男人發出輕笑聲，意味深長地將目光投注在他的嘴唇上。

「還以為要我餵呢。」

「……」

懷裡的少年看起來像是耳鳴目眩，一時講不出話來，整個人、整張臉還紅得像是被煮熟的蝦子，最重要的是，這小子的身子癱軟得像是被洩了氣的泳圈，因為當他一鬆手……。

咚。

Graph像是渾身無力跌坐在床上，只能抬起頭以驚詫的眼神

呆愣地注視著眼前的男人，或許是沒料到自己會在其他人面前被這樣子對待。

而Pakin則以一副勝利者的姿態說道：「我要出去外面了，當個好孩子等我回來。」

「啊，嗯。」

接著不曉得是不是因為太過震驚，Graph竟答應了，發話的人見狀就轉身離開房間，臨走前還看了一眼房間內另外兩名孩子的眼睛，彷彿是想表明這個Kritithi先生是屬於誰的。

然而做出這些行為的人明明才剛講過，這小子只不過是……床伴。

＊＊＊

「我媽的都做了什麼事啊！！！」

勝利者就這麼走出了三個孩子的視線，接著以低沉的聲音氣急敗壞地咒罵。他抬手用力撥起頭髮，像是在發洩情緒一樣，長腿在走下樓梯前突然一頓，握拳捶打一旁的牆壁，英俊迷人的面容這時露出了充滿壓力的眼神。

是啊，他都做了什麼荒唐事？竟然還給了那孩子希望！

「就只是因為被慾望占據導致產生了愧疚感吧。」

Pakin語氣強硬地對自己這麼說道，堅持自己會做出那些事，並非因為對Graph這個從小看到大的孩子有過多的想法，僅單純覺得和那傢伙上了床，心有愧疚，甚至還把人家搞到生了重病而無法去上學，僅僅只是那樣罷了，而當那個小子不再呼喚他的時候，一切就應該止步於此。

可是他……愈想就愈煩躁。

因為是那小子的第一次嗎？

感覺就像個勝利者，占有了純潔無邪，從沒讓任何人碰過之人，使得他不由自主地表現出自己是擁有者的優越感，所以沒仔細去想，若不想讓生活變得混亂，他就該讓這段衍伸出來的關係盡快恢復原狀。

這不只會讓他的生活變得混亂，同時也會讓那孩子的生活變得混亂。

排除 Graph 太接近他可能會有危險之外，如果讓那小子習慣了跟男人上床，Graph 就再也回不去了，而他也不想被冠上毀了那小子人生的罪名。

那孩子絕對不能變得像 Win 這樣！

這個想法使得 Pakin 緊握住雙拳，煩躁得快要瘋掉的他隨即快步下樓，一把抓起 Hennessey Venom GT 的鑰匙，準備直奔他小小的跑車展示廳，希望能帶著他的寶貝孩子去挑戰一下地獄級的速度，說不定心情會好一些。

一輛漂亮的 BMW 正巧駛過來停靠在建築的入口，接著一位應該會讓他心情變好的人這時走下了車。

砰。

「嗨，Pakin 哥。」那個人姿態迷人地抬起手招呼道。

「Chin……」來人使得屋主沉默了一會。Pakin 注視著有著一頭棕綠色髮色，打從第一眼就令人為之心動的混血兒，沒過多久，被拉成一條線的唇瓣隨後勾勒出一抹狡獪的笑容，長腿一邊直直地邁向讓人意外的客人，一邊以柔和的聲音說道。

「你是改變心意了嗎？」

改變心意投入他的懷抱，取代另一個男人。

這問題讓 Chin 搖了搖頭，無奈地嘆了口氣。

「哥就別給我找麻煩了，我光跑來這裡，就讓Oat哥很不高興了。」才剛跑來的Chin厭煩地搖了搖頭，想著自己正在交往的男友，那個氣到大發雷霆的人幾乎是對著電話咆哮，質問他問Pakin哥的地址做什麼？明明那位大爺也是Pakin哥的賽車手啊。

『不准接近Pakin哥，我警告過幾次了，Chin！』

真要命，一個個都那副德性，以為老子會這麼容易被人幹嗎？

混血兒聳了聳肩，望著調侃他的人，然而對方透著一股壞勁的眼神——Pakin哥該死的來真的！

如果他答應，Pakin哥會毫不猶豫地把他拉上床，不過Chin醬這個人沒那麼隨便。

「我跟哥講過了，我不會背叛我男友的，而且哥自己不也說過，不會跟有家室的人搞在一起？」

幸好Pakin哥不是那種會強求的人，至少還懂得是非對錯，知道不能搞上有家室的人，或是不願浪費時間在不想跟自己玩的人身上。

那模樣讓聽的人晃了晃頭，眼睛變得越發炯亮，喉嚨裡發出了含糊的輕笑聲。

「愈是這麼說，就愈是讓人想得到。不過算了吧，現在沒心情。」

Pakin的心情好了一些，但還是不夠，而這也讓來訪之人注意到了。

「是誰惹得我們尊貴的Pakin哥生氣啦……希望不是我妹妹。」

「妹妹……該不會是……？」

聽的人不是傻子，對方只說了這麼點訊息，他就能得知這名棕綠色頭髮的男子為何會出現在他家了，因為對方所提到的妹妹八九不離十是……。

「嗯哼，Janjao，我妹妹，噢不，應該說是我好友的妹妹，而……。」Chin靜靜地與對方四目相望，接著語氣冷冷地說道：「我希望哥別對那孩子出手。」

「……」

反倒是這種眼神，讓人想要戰勝。

Pakin滿意地凝視著對方的眼睛，心裡很想要征服面前這個人，使之變得像隻乖巧的幼貓，那大概會是件令人相當愉快的事情。可是，在那麼想的瞬間，某個人的臉卻鑽進了他的腦海中——他吩咐要當個好孩子等他回來的那個人。

那張臉使得壞壞的笑容變成了不快的笑容。

咻。

大個子這時猶如投降般舉起了雙手，儘管精銳的眼睛閃閃發亮。

那眼神除了說明自己對那小女孩不感興趣之外，更像是在表達不滿。

「看在你的面子上嘍。」Pakin像是不感興趣般語氣平淡地說道，Chin見狀因而稍稍放心了些。

「聽說哥最近有孩子要養啊？」接著他轉移了話題。

「呵，是從哪裡聽來的消息？」

被問到另一個孩子的事情，聽的人波瀾不驚，甚至還反問，Chin也配合著回答。

「Saifa哥講的，他說哥這陣子在帶小孩，沒空籌備賽事，所以我就隨便猜猜那孩子到底是誰……停在賽場裡的那輛BMW

挺漂亮的。」他話一說完，立即勾起一抹笑容。

　　聽的人摸出香菸並將它點燃，尚未回答任何問題，只是把白煙深深吸入肺中，然後將菸夾在指尖。

　　「有多少人知道？」

　　！

　　現在有多少人知道Graph住在這裡？

　　當Pakin語氣嚴肅地這麼說道，聽的人也跟著切換成相同的模式。

　　「我不確定，但是有一些風聲傳了出來，說哥被一個孩子迷惑了，就連我這個局外人也聽到了消息，圈內的人大概嘴上聊得很爽，說哥是因為上次那個跑進賽場的孩子，所以又不舉辦賽事了。」

　　愈聽，犀利的眼眸就變得愈陰沉，嘴唇隨後勾勒成一抹笑，但那並非是覺得有趣的笑容，而是冷酷的笑容。

　　啾。

　　手裡的香菸被扔在了地上，在Pakin正準備用腳狠狠地踩熄之前，一瞬間靜默無聲，香菸的主人接著以狠戾的語氣說道——

　　「看樣子得來掃蕩一下傳言了。」

　　雖然語氣聽起來像是在笑，可是那眼神和笑容卻讓Chin接收到了危險的訊號，不過他並非什麼膽小怕事之輩，所以便開口直白地說道：「但是我認為，如果哥那麼做了，更會讓他們相信那些傳言是真的。」若不是真的，那又何必去在意呢？可現在，像Pakin哥這種對任何事情都當成玩笑看待的人，竟然會和區區一個小孩子的傳言過不去。

　　不過這些像是在提醒的話語，卻使得聽的人沉默了一下子，接著笑出聲來。

「確定不改變心意嗎？」

Pakin坦白說，真的很想擁有面前這個人——一個能洞悉事情真相的優秀的人，讓他忍不住讚賞，跟那個小鬼截然不同。

「哥是鬱積太久了嗎？去放鬆一下吧。」一繞回到這件事情，Chin便語氣無奈地這麼說道。

這使得鬱積了很久的那個人發出了低沉的笑聲，朝混血兒的肩膀拍了幾下，接著從容地說道：「你隨意。」

「所以哥打算去追蹤傳言的來源嗎？」Chin反問道，可是轉回來迎上他目光的那對眼睛卻顯得平靜，令他不由得一愣，雖然Pakin回答的語氣聽起來半真半假。

「不是……是打算聽你的建議去紓紓壓。」

話一講完，Pakin便轉身前往原本計劃好的目的地。誠如Chin所言，他或許是累積太久了，跟那個孩子走得太近了，或許是時候回到原本那個Graph不應涉足的世界了……那個不須建立關係的世界，那個僅把性愛視為是一種發洩方式的世界。

一個和那小子完全不同的世界。

第二十七章

寂寞

咚次！咚次！！咚次！！！

這個晚上，曼谷市中心的一家高級飯店被包下了一整層，用來當作舉辦派對的地點，而被包下來的那一層樓即是有著露天泳池，能環顧首都景觀的頂樓。此時，節奏振奮的樂聲響遍了所有區域，燈光也被調整成一明一滅的閃光燈，光線投射出去，便在泳池透澈的水所泛起的漣漪上形成反射。

當然嘍，既然是泳池派對，參與的來賓自然得穿著泳衣。

「嗨，美女們，大家今晚都美豔動人呢。」

這時候，活動主辦人正走進一大群身上只穿了少少幾塊布料的美女群當中，拿著飲料杯的大手隨後舉起來左擁右抱，使得眾多女孩子欣喜地發出了尖叫聲。

「Scene先生，要一起喝幾杯嗎？」

「哈哈，就一杯喔，等一下我還要接著招待其他客人。」喜歡各種形式趣事的Siraphop先生，眼睛發亮地說道，接著喝下手中的飲料，那模樣使得周遭的人發出了尖叫聲。他以手臂攬著身旁女人的脖子，迷人的眼睛凝視著那雙像是不怕被水沖掉濃妝的眸子，唇角勾起，露出一抹壞笑，刻意低下頭迎向對方的唇瓣，然後一口喝下手中的飲料。

「哇，這是第六杯了，幫我擦擦。」烈酒流到了嘴邊，Siraphop隨即含糊地悄聲道。

女孩子聽得滿臉通紅，可雙手仍抬起來攬住了帥哥的脖子，

把身體貼上去和裸露的溫熱胸膛相互廝磨，接著心照不宣地伸出舌頭去舔拭男人的嘴角。

想當然耳，Siraphop是不會放過這個大好機會的，他像是不在乎他人眼光那般，給了對方一記火熱的吻。

「這酒喝起來比平常還要甜啊。」兩人分開來，他帶著笑容舔了舔自己的嘴唇。

「Scene先生，也跟我一起喝喝酒嘛！」

「這樣太詐了！我也想要跟Scene先生一起喝酒！」

就這樣，他身邊的女孩子們吃味地吵了起來。望著那名儘管不高興地急喘，但仍像個勝利者般露出笑容的幸運兒，刻意散發魅力的Siraphop縱聲大笑。

「人人有份，美女們──」

！

結果，他話都還沒講完，犀利的眼眸隨即注意到了走進會場的某人。這時，會場上也有不少人同樣將目光投向了同一個方向。

雖然燈光昏暗，彷彿在泳池中營造出高級夜店的氛圍，但依舊完全無法掩蓋住剛走進來的那個人的光彩。這個僅穿了一條深色泳褲的男人，露出了雄性壯實的身軀以及寬闊的肩膀，接著是肌肉線條好看的手臂，再加上肌肉呈現出漂亮弧線的胸膛與小腹。不過這一切都比不上他的長相以及其身上所散發出來的光環。

這男人有著邪惡的魅力，並且像火一樣熱烈，然而卻有一堆人像是不怕死一樣，隨時準備好要和這團猛烈的大火玩。

「哦，看樣子只能之後再說了，美女們。」Siraphop見狀，隨即將手裡的酒杯交給了其中一名女子，然後走開來，笑容燦爛

地迎向了剛來的那個人。

「你好，Pakin先生……還以為你會拒絕我的邀請呢。」

「呵，這麼棒的活動怎麼能錯過？」

兩個男人握過手後重重地拍了拍肩膀，剛來的那人這時揚起了嘴角，滿意地掃視四周。

活動辦得這麼好，這傢伙不愧是派對之父。

「不過，你這又是在慶祝什麼呢？」Pakin覺得有趣地問道。

Siraphop這時放聲大笑，反問了回去。

「我該慶祝什麼好呢……夜店即將滿三週年……提前慶祝生日……。」這個還不知道為何舉辦這場活動的主辦人風趣地說道。

Pakin勾起了嘴角，他很清楚這個朋友到底是什麼德性。慶祝活動不過是個藉口罷了，任何被這傢伙認為是好玩的事情，這傢伙都會去做，就和他一個樣。

Siraphop那傢伙喜歡派對。而他，同樣也會為了好玩而舉辦賽事。

這樣的性格能湊在一起，還有一個原因……。

「不然幫你慶祝好了。」

！

Scene這王八是那種喜歡捋虎鬚的類型。

Pakin僅從喉嚨裡發出含糊的笑聲，即便那道銳利的眼神帶著警告意味，讓對方別再把之前的事情挖出來了，因為這個王八好友似乎知道太多有關他的事了，再加上……。

「別以為我不知道是你的傑作。」

「吼，Pakin先生，好東西、漂亮的東西，就這麼躺在你面

前，如果你不吃就太浪費了，我不過是當個很棒的朋友，幫你找了個簡單的藉口。」話一說完，Siraphop便轉身從服務生那裡拿走一杯飲料，接著遞了過來。

Pakin聽著僅僅翻了個白眼，不與對方爭論，因為他自己其實也是隨波逐流的那種人。

他一開始就察覺到了異樣，但還是放任事情發生，因為坦白說，他也確實是想吃沒錯。

那個囂張的小子在床上不斷地求他。

這想法原本應該讓他感到痛快才對，可卻使得幾乎一整個禮拜都沒回過家的他煩躁不已。

不管跟誰睡，他都無法把那小子從腦海中消除。

「呵呵，什麼時候想轉讓就說一聲，我很樂意從你那裡接收剩貨……哦～看來Scene這傢伙講了什麼不中聽的話了呢。」

活動主辦人在講完那段話之前，一道凶狠的目光就這麼投射了過來，那眼神正在說——你已經越過雷池了。

可是，這非但沒有令他害怕，相反地，Siraphop正享受著先前從沒看過的事情。

你愈是寶貝，我就愈想嘗試。

「好啦、好啦，我不會碰你的東西的。你就好好地玩吧，還有，如果你想找個私人空間，那裡……我已經幫你留了一個大房間。」活動主辦人對著堅守在入口處的自己人挪了挪下巴，意思就是，若看上哪個人想帶去開房，就直接跟他的人拿鑰匙吧。

在那之後，他重重地拍了拍Pakin的肩膀。

「有人忙著打聽你呢，別讓美女和鮮肉們失望啊，我也要去找樂子了……之後健身房見。」活動主辦人抬起手表示再會，然後就盡義務地招呼客人去了。

不過這些客人看起來都經過了嚴格的篩選。

Scene那傢伙的標準本來就很高了。

Pakin一邊想著，一邊將目光掃向四周，注視著前來參加活動的每一個人。他們不只有地位，在社會上也是有頭有臉的人物，長相更在水準之上，而且他現在也不是沒察覺到那些帶著期盼投射過來的視線。

「呵。」他淺嚐了一口手中的飲料，接著邁開長腿走向感興趣的目標——兩、三名美女。

那畫面使得好幾名年輕男子不住嘆息。就如大家所知，Pakin無論是男性或女性都能接受，可是他今天的目標卻不是小鮮肉。

因為這男人刻意避開了所有會讓自己想起那個少年的可能。

不久後，在烈酒的催化下喝到酒酣耳熱，再加上活動主辦人準備的特製香菸薰染下，Pakin帶著會場裡最漂亮的三名女子進了房間，全然不知被他要求當個好孩子等在家裡的人……依然在等著他。

＊＊＊

Graph此時心情惡劣，而且是非常的惡劣。

「他到底死去哪裡了！！！」

這個氣急敗壞大聲咒罵的人，因聽到車子的聲音而伸長脖子望向窗外，發現駛近的不是他想見的那輛車，而是跑回自己家好幾天的男模，纖細的身軀煩悶地坐回到沙發上。

「可惡！跑去哪裡了？叫我要當個好孩子，我這不是已經在當個好孩子了嗎！」這個任性的孩子此時已經完全康復了，他一

把抄起靠枕往沙發上捶打，藉此發洩自己的不滿。

對，那個叫我當個好孩子乖乖等待的臭傢伙，該死的已經整整一個禮拜沒回家了！

Graph其實知道Pakin哥或許喜歡住在家中，可那位大爺又不是沒有其他公寓，而且據他多年跟蹤的經驗，又怎麼會不知道那些公寓是用來做什麼用途的。

是跑去跟別人上床了嗎！

一想到這裡，嘴唇於是抿得更緊了些，覺得既憤怒又委屈，因為這一整個禮拜，他遵照吩咐努力去當個好孩子。自從身體完全康復之後，少年就天天去學校上課，沒落下任何一項作業，安分地參加考試，而且也沒蹺課，把Janjao樂得喜不自勝，可是他良好的表現卻換來這樣的結果嗎！

「就算做得再好，他該死的也從不曾看在眼裡，一定要我使壞是吧！」

但如果表現不良，看過來的眼神也只會是厭惡吧！

啪。

把剛才那顆靠枕抱在懷中的人這麼想。原本作勢想要大鬧一場，可最後他只能孤單地坐著，萎靡得就像是沒人照顧的樹木。

那模樣使得走上前來的那個人不禁覺得好笑。

「這種情況很久了嗎？」Pawit轉向打電話找他回來的女管家問道。

這陣子Pawit因忍受不了母親不斷催促的聲音，所以只好回一趟老家，而這次會回到表哥家，是因為接到了女管家的電話，說是——

『Win先生就回來陪陪Graph先生吧，他看起來好像很寂寞呢。』

可這種寂寞，大概只有某個人能夠化解。

「Kin還沒回家嗎？」一想到這裡，他不由得再次問道。

Kaew嬸這時露出了為難的神情，接著才又點頭回應：「是的，從Win先生離開後都還沒回來過，難得Graph先生都已經完全康復了。」

「呵。」這答案讓Pawit從喉嚨裡發出笑聲，因為他似乎看到了什麼徵兆。

他的好哥哥竟然躲著這麼點大的孩子？

那個人見過各種大風大浪，可卻像這樣拋家棄孩，然後躲到了其他地方，這樣一來，有趣的程度也跟著提升了。

「大嬸去休息吧，等一下由我來跟他談。」交代完之後，男模便直接走向了躺倒在沙發上的那個人。

少年緊緊抱著靠枕，開著電視閒置一旁，可那景象與其說是看電視，不如說是開著讓電視看。

嘶……。

「嘿，Win哥。」沙發稍微往下陷了一些，少年因而瞥了過去，然後才以無精打采的聲音打了個招呼。

被招呼的那個人隨即反問：「你在看什麼呢？」

「八點檔，Janjao說這部好看，但我覺得太灑狗血了，不過就是為了搶男人打來打去的。」穿著睡衣把臉貼靠沙發的人厭煩地說道，還抓起遙控器關掉電視以強調自己的厭煩，在那之後就把臉埋向沙發，像是不想談話一樣。

「這是在生悶氣嗎？」

「……」

這副模樣讓Pawit忍不住想笑，因為看樣子，這孩子不只是因為他哥不在家而感到孤單，更是在生他哥的氣。

「沒有。」安靜了好一陣子，那個獨自被丟在家裡，而且要準時回家、準時上學，還不能到處閒晃的人，語氣凝重地這麼說道。

少年就是不肯抬起頭看他的臉，男模因此放聲大笑。

是真的在笑，不是偽裝出來的。Pawit一邊移過去坐在那顆圓渾頭顱的旁邊，一邊抬起手揉了起來。

「抱歉沒有陪在你身邊。」

「我不是說了，沒有在生氣！」

少年隔著沙發聲音含糊地說道，這讓看的人笑得更大聲，揉弄頭部的手也變成了輕輕的柔撫。

「就當是哥在哄你吧。」

這話讓Graph終於肯稍微抬起頭，接著又把臉壓在靠枕上。

「哥是在笑屁喔？就說了沒在生氣。」

分明就是在生氣的那個人那麼說著，Pawit因此咧嘴燦笑，發自內心地憐愛這個孩子，不明白他哥為什麼這麼多年來就是看不見這孩子的可愛。

誰說Graph很難應付？如果懂得方法，根本一點也不難。

「已經都康復了嗎？」

「都好了。」生悶氣的孩子聲音含糊地答道。上次性愛所造成的病痛已經好很多了，雖然他在上體育課踢球的時候，動作挺不順暢就是了。

「有每天去上學嗎？」

「嗯。」

「有乖乖把飯和藥都吃了嗎？」

「嗯。」

「那你知道我是在擔心你吧？」

「……」

本來要回答「嗯」的那個人立刻安靜了下來。生著悶氣的少年這才頂著一頭亂髮慢慢坐了起來，稍微看了一下男模的臉，然後又低下頭注視著自己的手。

「我自己一個人待在家裡。」

那個嘴上說沒在生氣的人，開始表露出心裡的感受，Pawit因此移過去坐在那孩子的身邊。

「嗯。」

「吃飯也一個人。」

「嗯。」

「可惡，這和住在我家根本沒什麼區別。」

「嗯。」

那樣子無異於在告狀，叛逆少年俊俏的臉蛋隨後抬起來，與他開始視為哥哥的人四目相望，接著輕聲說道——

「真的很寂寞啊，Win哥。」

如果Graph長了狗耳和尾巴，現在大概已經垂下來，說明自己有多孤單了。而且那張相當叛逆的俊臉這時就和小小的孩童沒什麼不同，狂妄的眼神瞬間轉為憂傷，原先抗議的嗓音也變得可憐兮兮的。

這讓看的人不禁嘆了口氣，然後像是能感同身受般的說道：「哥很抱歉放你獨自一個人。」

「哥不用跟我道歉，哥一點錯也沒有，就連屋主都不在意我了！」一提到某個人，Graph低沉的嗓音便稍微提高了音量，然後撇著嘴。

「叫我要當個好孩子，就算好孩子當到死，他也不見得會在意我！」

這孩子看起來相當憤慨，可內心深處僅僅只是寂寞，雖然無法理解對方有多孤獨，但是準備好去理解的Pawit，拉著他讓他躺在自己的大腿上。

「啊，哥，我不是小孩子。」

「躺下來啦……你躺不躺！」

Pawit語氣一變得嚴厲，Graph就垮了下來，配合著躺倒在知名男模的大腿上，任由對方不斷地撫摸著自己的頭。

這樣的碰觸，讓人感覺很好。

兩個人安安靜靜地沉默了一陣子，在那之後Pawit才又開口問話。

「現在還睡在Kin的房間嗎？」

這問題讓聽的人愣了一下，淨白的臉頰泛起一絲紅暈。

「Janjao說不准搬出來。」講完後便想起了天天對他耳提面命的好友。

『就算Graph已經痊癒了也不准搬去其他房間睡，只要那位哥哥不趕人，我們就要臉皮厚一點，賴在他的房間，懂了嗎！』

其實也不全然是因為朋友的慫恿，因為少年自己也明白，如果他搬回了客房，那麼一切又會回到原點，既然現在有藉口可以留在主臥室了，那他就會好好把握，直到房間主人趕走他為止。

睡在主臥比較有機會能見到Pakin哥。

「你朋友真好。」

「當然好啊，哥，今天若不是因為Janjao，我現在可能已經被退學了吧？」

Graph終於肯說出來了，於是學校的事情一點一點地被說了出來，包含朋友的事情、老師的事情、報告的事情、課業科目的事情，彷彿少年一直以來都壓抑著，從來沒人聽他講過這些事

情。

就算Pawit平常不怎麼關心別人家的事情，但這一次，他竟然願意靜靜地坐著撫摸那孩子的頭，注視著眼神憂鬱，不過笑容變得愈來愈多，更願意敞開心房的人，他因而忍不住開口詢問。

「身邊有這麼好的人，那為什麼還要去喜歡爛人？」

這個爛人指的不是別人，正是這棟房子的主人。

這問題使得Graph沉默了下來，然後不曉得為什麼，他竟然講出了多年以來始終不敢說出口的事情。

「Pakin哥是第一個讓我感到自己不孤單的人。」少年翻身面向Pawit的肚子，很想把臉埋上去尋求溫暖，可是他不敢，因此只好閉上眼睛，然後以顫抖的語氣講了下去。

「無論我的生命裡有多少人走進來，Pakin哥依然是第一個關心我的人……Pakin哥以前要更善良……比現在善良多了，Win哥。」

聽了這些話的人一語不發，一直撫摸著似乎已經能把心底話說出口的少年的頭。長久以來少年並不是因為不想說，而是因為一旦說出口，可能就會暴露出自己脆弱的一面。

在那之後，整個客廳籠罩在一片寂靜之中。男模一直不停地撫摸著少年的頭，直到眼眶泛淚的他沉沉地睡去。

啪。

直至確定Graph已經睡著了，Pawit隨即掏出手機聯繫某個讓他不想聯繫的人——另一個壞心的人。

「Chai，麻煩你轉告你老闆，如果再不回家，我會放火把展示廳裡面的車子統統燒了。」

若說Pawit的語氣已經夠冷屬了，那眼神則更加冰寒刺骨。

他很討厭……很討厭那種玩弄別人感情的人。

＊＊＊

等到Pakin收到了手下所傳來的信息，已經是隔天清晨了
……那個一點也得不到滿足的隔天清晨。

昨晚應該是最令他感到銷魂的一夜，完全釋放出自己的野
性，並享受這極樂的夜晚。但實際上，無論他跟誰上床，釋放了
幾回，卻反而愈來愈得不到滿足。

而令他感到不滿足的原因是──感覺不對。

『Pakin先生……啊、啊……哈……嗯……輕……輕一點
……受……受不了……我受不了了！』

聽到這麼刺耳尖銳的呻吟聲讓他感到煩躁，是誰說那種聲音
甜美，還能撩撥情慾的？對他來講可是完全相反，特別是床上同
時躺了三個女人，和他一起享受性愛的樂趣，嬌吟得快要斷氣，
那個本應在性愛裡感到快活的人卻越發煩躁。

還能射出一些已經算很好了。

那感覺不對，因而使他拿某人比較了起來。

這些女人和那副純淨的身體、嘶啞顫抖的呻吟聲、沒有絲毫
造作的反應……差太多了。

儘管同樣是在呻吟請求他的仁慈，不過感覺卻是天南地北。

「Pakin先生，下次再一起玩吧。」

豐腴的身材貼上了Pakin的背部，漂亮的纖纖玉手像是撩撥
情慾般在他寬厚的胸膛上摩娑，這時女人漂亮的臉蛋埋在了他的
肩頭上，這或許會令一群男人為之傾倒，可是……。

啾。

「還以為會有下次嗎？」

啊！

犀利的眼眸掃了過去，使美女不由得一愣，注視著男人隨意穿上衣服之後拿起隨身物品，直接走出了房間，像是對任何人都不感興趣一樣。接著當他看到手下所留下的訊息之後，不由得更加煩躁了。

「這都什麼鳥事啊！」

「我不知道，Win先生只打過來講了那些話，我一打回去他就關機了，我聯繫過Kaew嬸，聽說昨晚回家裡住了。」

手下自己也是一頭霧水，Pakin因此咒罵了一聲，切斷電話後把手機扔到一旁。

這個早上他感覺身體不舒暢，像是沒有發洩一樣，甚至還得聽這個肆意妄為的親戚所幹出的破事，使得原本這陣子不打算回家的Pakin把檔速一換，催動高級跑車高速衝向大馬路，直奔回家——那個他把某個孩子扔在那裡的家。

由於是在天剛破曉之際的大馬路上高速飆車，因此僅花了一點時間，時髦的跑車就這麼駛進來停在了建築物的入口處。車主這時下了車，快步走入屋內，準備去找Pawit談談到底想要什麼，竟然敢動他心愛的孩子，結果……。

「Win先生一早就出門了。」

「妳說什麼！」

女管家彬彬有禮地報告，使得情緒正要爆發的那個人大聲咆哮。Kaew嬸見狀便低下了頭。

「是的，說是今天有工作，所以一大早就出去了。」

「要命！想跟我開戰是不是！」Pakin一邊怒吼，一邊拿起手機，試圖聯繫某個把他叫回家的人。他一回到家，那臭小子竟不見蹤影，結果不管他再怎麼打電話，就是沒人接聽，打到老家

也說Pawit沒回去。

「王八Chai，Win人在哪！」

因此他只好打電話給最清楚他弟弟所有事情的那個人，Panachai為此請求一些時間找人，但作勢要再次衝出家門的人卻等不及。

「Pakin先生！！！！！」偏偏這時Kaew嬤連忙大聲呼喚。

啾。

凌厲的眼神掃了過來，女管家立刻開口。

「不去看看Graph先生嗎？」

「……沒必要。」存心閃躲的人沉默了一下子，接著僅說出了這麼一句話，一副準備走出家門的樣子。

啪。

「求您了，Graph先生非常的寂寞呢，至少讓他看一眼，就當是大嬤求您了。」可老人家卻抓住了他的手腕，語氣哀求地這麼說道。

今天如果是其他人，Pakin大概早就吼回去了，但因為是從小幫忙照顧他的人，他因此稍微冷靜了下來。

後來又更冷靜了一些，因為「寂寞」這個詞。

「拜託了Pakin先生，Graph有當個非常乖巧的孩子，每天都去上學，每一餐都有吃飯、吃藥，可是就只能自己一個人坐著吃飯，Win先生回了老家，Pakin先生不在家，連Chai也沒過來這裡。求求您了，至少跟他見一面。」Kaew嬤懇求地說道。

聽的人隨後拉開她的手，女管家為那個孩子求情的模樣讓他感到不快，可是……。

「去看一下那小子就夠了對吧？」

「啊?!對、對，謝謝您啊，Pakin先生。」Kaew嬸很高興地回應了對方的問題，注視著雖然不滿地咒罵出聲，但仍舊轉身往樓上走去的人。

「那臭小子到底哪裡好了？一個個都那麼祖護他！」

這話讓聽的人高興地展顏，後續又輕聲地低語。

「如果Pakin先生能敞開心房，您或許就會明白，為什麼所有人都會站在Graph先生這邊。」

起先Pakin直接走向了客房，可房間卻是空蕩蕩的，他因而皺起了眉頭，差點就開口找個人來問說，那個他不得不露臉給他看的任性小子跑哪去了？不過突然又恍然大悟，雙腿因此帶著他走向一整個禮拜都沒回去住過的臥房。

接著他正在尋找的那個人……。

「睡得可真甜吶。」一早就心情惡劣的人有些恨得牙癢癢地說道，因為各個說看起來很寂寞的那個人，竟然一副不痛不癢的模樣，舒舒服服地在睡覺，可是當銳利的視線掃到那副在大床中間蜷縮起來的身軀，他就冷靜了下來。

這小子看起來……或許有些可憐？

少年雖然睡得很熟，卻把自己蜷縮成一團，把被子蓋到了脖子，而且好像還緊緊抱住自己，在鋪著深色床單的大床上將臉埋進枕頭裡，看起來還真有那麼些孤零零的感覺。

「唉。」這想法使得位高權重的人重重地嘆了口氣，一屁股坐到了床邊，然後轉頭注視著這小子俊俏的部分側臉。

「……」

靜默了一陣子之後，男人的大手伸出去輕輕撫摸少年的頭，低沉的嗓音接著響起。

「抱歉。」

抱歉我沒能遵守諾言。

抱歉說了要你等，但自己卻不肯回來。

還有抱歉……放你自己孤孤單單一個人。

把手放在渾圓頭顱上的人這麼想，凝視著一睡著就沒法作怪的人，這時候心中某些混濁的東西沉澱了下來，指尖接著往下滑到了潔白的臉頰上，停留了那麼一會，碰觸著細緻柔軟的溫暖肌膚，而且還是沒經過任何修飾的青春少年的肌膚。

它更加的透澈，更加的純淨，更令人想一親芳澤。

嘶……。

Pakin在床的一側躺了下來，把睡意正濃，僅從喉嚨裡發出細碎抗議聲的少年拉進懷中。他注視了一下那張淨白的側顏，隨後把臉埋在了深色的髮堆中。

「好多了。」

洗髮精的香氣比起自己吸了一整晚的刺鼻香水味不知道好了多少倍，使得原本打算趕回來和弟弟談話的人先一步閉上了眼睛，將少年那副看起來雖然笨拙，不像女孩子那般柔嫩豐腴，但溫暖到抱起來十分舒服的纖細身軀收攏。沒想到自己竟然就這麼放鬆了下來，他接著以低沉的嗓音輕喃——

「是你跑到我的房間裡，那就要負責當我的抱枕，懂了沒？你這死心眼的小鬼。」

這般任性的語氣，若是Graph醒來聽見了，肯定又會對這個壞心人心軟了。

這些話像是在訴說，這顆溫暖的抱枕……是屬於誰的。

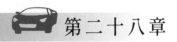

第二十八章

情慾的浪潮席捲

「唔。」

怎麼會這麼癢啊？

Graph 發出了一聲輕吟，恍如一隻睡得正香甜的貓咪在抗議主人的撫摸，他甚至還稍微挪了挪身體，像是想逃避那種感覺，可那感覺卻始終甩不掉，相反地，令人覺得搔癢的觸摸像是遍及了全身，使得熟睡中的人不由得問自己——

溫溫的，不對，是熱，為什麼全身會這麼熱？

渾身上下都是酥麻的感覺，睡夢中的人於是轉動脖子閃躲。可是，這樣的閃躲卻讓脖子溼了一片，那份溼意接著滑過喉結，直到身體開始顫抖，感覺忽冷忽熱，就像個發燒的病人，緊閉的雙眼這才慢慢地眨了眨。

到底是怎麼一回事？今天要去學校對不對？嗯，必須去上學，不然Janjao又會氣到跳腳了。

「嗯，幾點了？」

「早上七點。」

「七點……遲到了，要快點起來……。」

啾。

「啊！！！」

經常遲到的這個人從喉嚨裡發出了輕吟聲，像是不想從這份溫暖舒服的感覺中起身，可回答問題的聲音卻反而讓少年愣了一下，原先睜不開的雙眼則像是受到驚嚇那般瞬間圓睜，接著又受

到了更大驚嚇，因為他看到「某個人」正跨坐在自己身上。

這個整整一個禮拜都不見蹤影的人，當再次見面的時候，竟是渾身赤裸的狀態！

不，*沒穿衣服的那個並不是Pakin哥，我啊，才是那個沒穿衣服的人！*

「哥到底想幹什麼！！！」Graph大吼道，試圖向後掙脫，可對方終究是快了一步，因為他被抓住了手腕，然後被壓在柔軟的床上，而那張令他又愛又恨的俊臉這時露出了笑意，那對銳利的眼睛則像是十分滿意地朝他從頭到腳掃視了一遍，接著傾身在他耳邊呢喃。

「就算你再怎麼天真，應該也知道我打算幹什麼吧？」

聽的人像是很意外地愣了一下。畢竟看到現在這種狀況，他當然知道會發生什麼事情，可是消失了整整一個禮拜的人為什麼要對他做這種事？

「放開我！」少年使勁掙扎，試圖躲開噴在脖子上的溫熱鼻息。

這副使勁全力抵抗的模樣，讓看的人露出了壞笑。

男人在安穩地睡了一個多鐘頭之後，心情比原先好了不少。

Pakin起初沒想過要這麼做，可當那小子依偎上來，讓他聞到了洗髮精的味道、沐浴乳的味道，再加上溫熱的肌膚，因而猛地挑起了他尚未完全釋放出來的慾望。他原本是想起身走出去，然後照舊像這整個禮拜以來所做的那樣，去找別人發洩，可後來他又回過頭來問自己——

為什麼要搞得這麼複雜啊？

讓他起反應的人是這個小子，除非滿足自己的渴望，要不就算跑去跟別人做也還是不夠。

男人知道這是很自私的想法，可他從以前就一直是個自私的人，那他又何必當個聖人，一直忍著不去碰那小子？

當了聖人之後變得那麼煩躁鬱悶，何不就順著自己的心意去做？

一想到這裡，使得原本靠喝水這種錯誤方式壓抑情慾的自私男人，立刻開始動手脫掉少年身上的衣服。他明明曾經信誓旦旦地講過不會對 Graph 出手，結果到了現在，少年半裸的身軀就這麼展露在自己的眼前，他便忍不住了。不過這小子的身軀雖然準備好了，可表情看起來卻相當憤怒。

啪。

不過，就算 Graph 再怎麼生氣，他還是沒打算鬆手，兩隻手仍緊握住對方的手腕，將它們往下壓，幾乎要陷進床裡，而他這副比較高、比較壯碩、比較魁梧的身軀就這麼壓在 Graph 的身上。

啾。

啊！

就因為對方扭過脖子閃躲，溫熱的唇因而貼上了喉結明顯突出的部分，不僅如此，舌尖甚至還伸出來沿著隆起的弧線緩慢舔拭，然後再從容不迫地往下滑到了脖子。這使得 Graph 渾身一震，喉嚨裡發出了輕微的呻吟聲。

「放……放開我，呃！」少年的呼吸變得更深，因那舌尖不肯就此打住，而是滑向了耳朵，讓他感覺像是在乘坐雲霄飛車那般刺激，接著當那熱燙的舌尖往耳垂下方的皮膚一舔──

「嗯～」低沉的呻吟聲就這麼溢出唇瓣，快感同時衝了上來，Graph 於是激烈地掙扎了起來，試圖扭動身體躲開發出低笑聲的男人。

「是你的敏感帶嗎？」

「呃……我叫你放開我啊……呃……別舔，我操你媽！！！」

溫熱的鼻息刻意噴在了少年的敏感處，男人甚至還以嘴巴用力親吻、使勁吸吮，直至出現了淡淡的印子，使得死命掙扎的那個人呼吸開始變得急促，僅因這區區的幾個吻，便感覺好像快要發燒了。

並不是他的身體在抗拒，而是因為……。

「去死吧，你這個說話不算話的王八蛋！」

Graph正在生氣。他氣得暴跳如雷，覺得滿腹委屈，就算Pakin哥再怎麼渣都去他媽的，可是一整個禮拜不見人影，一回來就對他做這種事情，是想讓他當個好孩子浪叫著接受這一切嗎？到底把他當成什麼了？

「我不是男妓！」

雖然是他用這種方式起了開端，可他不希望只是發展成肉體關係錯了嗎？

這個用詞讓聽的人沉默了半晌，注視著既憤怒又帶著情慾的臉。他若是想讓對方沉醉在其中其實並不難，可當他聽到這小子這麼一說……。

「我也沒把你當作男妓啊。」

男人低沉的嗓音聽起來似乎柔和了下來，Graph紅著眼睛轉過頭來與對方四目相望。

「可是哥的行為就像把我當成男妓一樣，什麼時候想上就上。」執拗的少年反駁道。

Pakin瞇起了眼睛，接著語氣有些強硬地說道：「如果我想要找個男妓，我可以去找其他人，不會像這樣坐在這裡跟一個小

子爭論！」

Graph愈聽愈感到委屈，纖細的身軀於是掙扎得越發激烈。

「那哥就去找其他人啊！！！」明明是自己講出口的話，卻心痛得要命。

這句話讓大個子變了臉色，說話的音量也跟著提高了幾分。

「我剛不是講了？不要其他人，就要你，所以才會在這裡跟你爭論！」

如果只是性愛，他隨便勾一下手指，對象就能簡單到手，可他為什麼要浪費時間在這囂張的少年身上？就是因為想跟他上床，所以才會像這樣煩躁到極點啊！

這些話讓Graph睜大了眼睛，隱隱約約理解了些什麼，掙扎的身體因而放鬆了下來。

待這少年開始變得溫順，這個壓抑到一整個禮拜都釋放在錯的地方的男人，完全不想浪費時間，大手這時放開來捏住了少年的下巴，強迫那個試圖閃躲的人把頭轉回來接受他精準送上的熱吻。

這個吻和以往任何一次都不同，不是為了懲罰，不是為了教訓，而是充滿情慾，欲將品嚐軟肉滋味的吻。

「呃，唔……哈啊……啾……。」

滾燙的舌尖迅速攻入溫熱的口腔裡，絲毫沒想過停下來讓對方換口氣，因為嘴唇就這麼激情地輾壓了過去，舌尖與軟舌相交纏，互相攪動得幾乎要黏在一塊了。男人不去理會抵在肩頭上的力量愈來愈弱、愈來愈弱……少年的身體隨後也跟著癱軟了下來。

Pakin故意去激起對方的性衝動，舌尖鑽進去緊密貼合，翻攪出一堆甜美的唾液，然後才又分開來，使得從沒體驗過這種吻

的少年跟著迎合，溫熱的舌頭也試著纏了上來，明明自己已經快不能呼吸了，兩隻手也從推揉變成了抓住男人寬厚的肩膀。

光是一個吻就讓人全身酥軟。

下半身很誠實地做出了反應的青少年這麼想著，因為僅僅只是這種色情的吻，就讓他變硬了，褲子裡的器官在脹痛，所以只好去尋求這個厲害到令他望塵莫及的男人。

然而，很想做的那個人不光是親吻而已，大手還在少年那副笨拙但是很好摸的身軀上四處揉捏摩娑，更把對方的睡褲拉到了蜜臀下方。

唰。

啊！！！

「啊嗯……不要……我要去上學……今天有課……。」

「以這副模樣？」

咕啾、咕啾。

「啊～呃、呃……幹……不要……不要……。」

Pakin不但提出了問題，大手還握住了顏色粉嫩，令人很想含著吸吮的地方，上下緩慢套弄，並拉開了包皮，讓紅通通的小兄弟露出來透透氣，把Graph刺激得忍不住掙扎，原先抓在男人肩膀上的手也忍不住以指甲刺入，全身顫抖得發出了呻吟聲，讓Pakin不禁發出了低笑聲。

都還沒讓整顆頭露出來呢，竟然還不自量力想對抗他？

愈是想阻止，情慾就好像變得愈高漲，因為男人以指尖不停地磨蹭著少年那通紅的小頭。

「啊～刺激……好刺激！不能揉那裡！！！」

不過就只是用指尖研磨小頭上面的小嘴罷了，缺乏經驗的人竟不停地來回掙扎，推了又推那強健的肩膀，想把對方推開，雖

然眼眶逐漸泛出淚水，銷魂得叫到語無倫次。

「想要我用嘴巴幫你嗎？」Pakin語氣狡猾地悄聲道。

然而就算再怎麼懊惱，渾身發熱的Graph只能用力地點點頭，頭因而不停地晃動。

吸溜。

「啊！不……那裡不可以，不……哥……不可以玩我的乳頭……。」

上一回發生關係，感覺就像是颱風過境一樣，可這一回不同，因為說要用嘴巴幫忙的男人並沒有去吸含那可口的部位，而是把注意力放在另一個同樣看起來很美味的部位——堅挺漂亮的乳頭，而且只要一碰，少年就會全身顫慄。

因此，當溫熱的嘴一覆蓋上來，Graph就像是忍不住挺起胸部，用力把臉往上抬，一邊感受溫熱的嘴使勁吸吮所帶來的刺激與微微的疼痛，以及來回舔拭而產生的麻痺感——是那種不希望它停止的麻痺感。

啪。

那個嘴上說不要，但卻更用力抱住大個子脖子的少年，緊咬著牙，在邪惡嘴唇的疼愛之下，乳頭逐漸變得通紅，身體頓時像是被炸成齏粉那般湧上一股情慾縱橫的快感。Pakin甚至還左右交替夾攻，彷彿像是擔心任何一邊會被冷落，大手則同時套弄著那可愛的地方，使得Graph感覺到自己的熱液流了出來。

這並非完事的精液，而是渴望的愛液。

隨著男人諳知如何取悅床上之人的動作，少年的愛液也跟著流得愈來愈多。

Pakin低頭看著自己溼淋淋的手，然後從喉嚨發出了笑聲。

「它還能變得更舒服。」

他已經有多久沒跟這樣的對象睡過了？最後一次大概是在Graph這個年紀。

Pakin也曾經跟這種清純的對象上過床，一樣是差不多這個年紀。這個時期，他與一、兩個女朋友做過，然後才發現自己不太想因為那些麻煩的對象搞得心情不好，就只有這一次，當他在調教這個在他身下不停扭動掙扎的囂張小子時，竟然……硬了。

而且還不是普通的硬，是渴望到整片背部都汗溼了。

啪。

帶著這個想法的人把手往褲子的口袋裡一掏，接著不快地皺起臉來。沒有保險套。

「哥要去哪……？」

Pakin幾乎就要起身去拿被收起來的保險套，若不是因為Graph抓住了他的手腕並連忙出聲詢問，他因而低頭俯視……正在發育的少年躺在深色床墊上的模樣，肌膚因他的愛撫而顯得通紅，乳頭挺立，一雙長腿大開，露出了正在收縮、勾引他塞入肉棒，然後撞擊得讓Graph使盡力氣嬌吟的小窄穴。

僅僅只是看著，就讓他這麼飢渴難耐的次數真的不多。

管他的。

那個不管跟誰睡都會做好保護措施的人這麼想。他不想去管為什麼唯獨和Graph做，自己就會直接放過。那張迷人的俊臉在Graph毫無防備的情況下往雙腿中間埋入，然後滑動舌尖沿著溼漉漉的部位舔食，心滿意足地吞下滋味甘甜的淫水。

咕啾……咕啾……。

「啊！！！哈啊！Pakin哥……別吸、別……」

Pakin哥太厲害了，厲害到讓老子該死的全面淪陷！

Graph只能全身無力地躺著，情不自禁地往對方嘴裡推送臀

部，沉醉在這份極致的快感裡，所以連小穴正被指尖塞入都不在乎了，因為那一點也不痛，相反地，還令他扭動得更厲害，床單因而變得凌亂。

Pakin修長的手指塞入了狹小的肉徑，為了感受不斷收縮的力道，因此輕輕地來回進出，接著增加手指，塞入後重重地刺激，使得Graph忍不住弓起身體，整個腦袋一片空白，只能顫抖著聲音央求對方。

「呃……我認輸了……哥，啊、啊……我認輸了……上我吧……。」

什麼尊嚴統統都被拋到了九霄雲外，因為對方如果都敢像這樣沒有任何理智地豁出去了，那他能做的也就只有張開雙腿，一邊學習未曾從別人那裡得到過的狂野觸碰。

舒服到全身發顫。

央求的聲音讓Pakin移動上來注視著Graph的臉，接著滿意地舔了舔嘴唇，然後以被淫水濡濕的手背輕拍那淨白的臉頰。

「再說一次。」

若是在平常，少年大概早就回嘴了，可此時此刻的他僅能大大地張開雙腿，眼神矓矓地抬起頭凝望，然後以顫抖的聲音說道——

「好痛苦……哥……我認輸了……幫我……幫幫我……呃！！！」

熱烈的吻再次封住了溫熱的嘴，而這一次，學習能力很快的少年已經能熟練地做出回應，他抓住男人的肩膀與脖子，激動地想送上熱吻，腿也跟著張開。

就在這時，Pakin胡亂地脫掉了褲子，將熱燙的肉棒抵住穴口，磨蹭得一片溼黏。

他一頂。

「唔、唔……啾……啊哈……。」當那根熱楔一鑽入小小的洞口，Graph就感覺像是從雲霄飛車上掉了下來。

刺激的感覺傳遍了四肢百骸。

插入。

「嗯！呃！啊哈……。」

當整顆龜頭都塞了進去，少年不禁流出了眼淚，刺痛得忍不住推開對方，可是Pakin卻依舊不放過他，與軟嫩的小舌親吻，一邊熟練地擺動臀部，稍微往裡面塞入一些，然後又抽出了一些，接著再往裡面插入一些，使得承受的那個人不斷呻吟，張嘴接受不停餵過來的滾燙軟舌。

「唔……呃……嗯……。」

Pakin隨後緩緩地抽出，讓幾乎喘不過氣的Graph能放鬆身體，接著就在那一瞬間……。

強力插入。

「呃～呃、呃、呃、呃、呃，嗯……啊哈，呃！！！」

炎硬的鐵棍就這麼一口氣捅到底，使得少年激動地扭動，從被封住的嘴裡發出了含糊的叫聲，覺得又痛又脹地渾身顫抖，可除了這些之外，感覺就像是被頂上天，然後再迅速地墜落。

什麼叫做極致的快感，Graph今天這才體驗到。

那位把肉棒插入後停滯了片刻的人，隨後便又緩又慢地開始移動，讓少年被刺激得差點上前咬住對方的脖子進行報復。

「Pakin哥……哈……啊哈……好脹……還要……還要……我還要……。」

此時Graph已被慾望主導，因此叫得語無倫次，窒息感差點讓他瘋掉，可又拚命地扭動身體接受，看得Pakin因而發出了低

吼聲。

「很棒……就是想看到這種表情……很棒Graph……求我啊。」大個子咬緊牙槽，窄小的肉徑正緊緊包裹著他，收縮得像是曾經跟別人做過似的，而那使得身經百戰的男人差點棄械投降。

「再用力一點……哥……用力……我要射了……我……哈……。」因為不像上次那樣疼痛，而且還非常溼滑，Graph因此照著對方的要求呻吟乞求，直到……。

一記猛力抽插！

「啊！唔！」

滾燙的大火炬幾乎整根抽出，然後又整根沒入，使得纖瘦的身軀幾乎要把床單扯掉了。Graph劇烈地喘著氣，身體不停地顫抖，就連粉色的乳頭也跟著顫顫巍巍地聳立著，Pakin溫熱的嘴因而低下來吸抿，不留一絲空閒。

「哥……快要射了……我……啊，呃、呃！」

這樣的挑逗讓Graph幾乎要忍不住了，若不是因為高個子按壓住色澤可口的肉柱弧形前端，硬是不讓它輕易地釋放出來。

在那之後，Pakin慢慢地旋動臀部，使承受的那個人喘著粗氣，全身顫抖，除了讓Pakin聽見渴望的淫叫聲之外，什麼也做不了。

就是想看到這副模樣，想聽到這種乞求的聲音，像這樣沒有半點虛假的回應。

啾。

「不要！不要抽出去……不要……。」

就在那一刻，猛力挺動身體的男人忽地減緩了力道，把燙人的火炬向外拔，讓它幾乎快掉了出來，使得一開始死命抗拒，但

最後敵不過高超技巧的少年只能顫抖著聲音嬌吟，拚命絞纏下半身不讓對方抽出，像是十分惋惜會失去這根熾熱的火炬。

那乞求的聲音愈來愈讓Pakin混著低吼聲發笑，他滿意地凝視著淚流滿面的Graph乞求他別拔出去。

而他給予的賞賜就是——

噗滋……啪、啪、啪、啪、啪。

「啊～唔……刺激，好刺激，哥……啊哈……再用力一點……受不了……受不了了……」

他給予的賞賜就是直接把肉棍一插到底，然後將Graph的兩條腿抱起來放在肩上，將身體向前推進，接著迅速地前後擺動臀部，使得蜜臀與胯下撞擊所發出的啪啪聲響遍了整個房間，一張大床也跟著馳騁的力道而晃動，這時候的Graph就只能接連不斷地媚叫。

Pakin哥厲害到讓人無力反擊。

這個男人知道該怎麼做才最能達到極樂，才最能滿足慾望，才最為饜足，因此無論Graph再怎麼乞求，大手依舊強行壓制不讓他輕易地釋放出來，就好像醫師要病人乞求藥物才肯進行治療。

時鐘的指針隨著時間一分一秒的移動，再加上房內熱烈得猶如地獄之火般的溫度，看樣子是不會那麼簡單地被熄滅了。

Graph的嗓子叫得幾乎快要啞了，他被抓起來翻成側躺著背對Pakin的姿勢，在對方的調教下明白，歡愉的性愛並不是因為醉意使然，而是有意為之。Graph的意識逐漸模糊，腦中與身體只感覺得到晃動，直到身體受不了了，他這才開口乞求。

「受不了了……讓我射……讓我射出來吧……Pakin哥……受不了了……我……唔！」面向床頭的少年緊緊抓著枕頭，任由

淚水撲簌簌地淌落，他試圖去抓自己的性器套弄，叫得像是忍受不了了，可蜜穴卻在火炬每次撞過來的時候纏著不放。

不行了，他的意識就快要整個渙散了。

那副像是真的快要受不了的模樣，讓Pakin低聲笑了起來，像是心滿意足地一邊發出了深沉的低吼聲，一邊進行最後一波衝刺。他細細品味這副朝思暮想的身軀，擺動的力道跟著越發猛烈、快速，不停地用力碰撞，只為了把這段期間無論怎麼做都無法消除慾望的壓抑感一口氣統統釋放掉。

啪、啪、啪、啪。

「哈啊、哈啊、呃、呃、呃、呃……啊！」

「很棒，Graph，非常棒，嗯，啊……呃！」

透過把混濁的黏液噴射在窄小的肉徑中，男人釋放出了慾望，承受的那個人則把臉埋在枕頭上，射出的精液把床單都弄得黏糊糊的。

「呼、呼、呼、呼。」

房間裡只剩清晰的喘息聲，Graph這時像是被抽乾力氣般的趴了下去，Pakin則躺倒在側，用力地把頭髮往上一撥。

令人難以置信……舒服多了。

想方設法澆熄自我慾望的那個人，從喉嚨裡發出了吼聲，然後才轉身去注視那個同樣不敢相信自己需求，喘到肩膀都在抖動的少年。

一發現自己有多麼渴望這個小子，不快的情緒便和愉悅感並駕其驅。

看樣子，他再也無法控制自己不去碰Graph了。

啪。

帶著這種想法，Pakin翻身把手搭在Graph的腰上，把筋疲

力竭的少年摟進了懷中。其實Graph自己也沒有力氣反抗了，只能對著枕頭喘息，沉醉在身體將會牢牢記住的性愛所帶來的快樂當中。

記住唯一一個能帶給他那麼多快樂的人是……Pakin哥。

不只是心靈，看樣子就連身體也逃不掉了。

「聽說你有乖乖地當個好孩子？」

「嗯……或許吧。」

「有按時吃飯、吃藥？」

「嗯。」

「沒有跑去哪裡鬧事？」

「沒有。」

等到情慾的浪潮平靜下來之後，Pakin倚著床頭，點燃香菸抽了起來，注視著仍然趴著把臉埋在枕頭裡，死活不肯轉過來看他眼睛，然後僅以**「嗯嗯」**、**「或許」**等短短幾個字來回答他的人。照理講，這應該會讓他不高興，可Pakin卻笑了，他用一隻手夾著香菸，另一隻手則放在了那顆渾圓的頭顱上。

「還在生氣啊？」

「我沒生氣。」

「好像也是，看你都這麼積極地回應我了。」

「哥這個爛人！」一看到這個壞男人明顯就是心情很好的樣子，使得氣自己為何那麼輕易妥協，甚至還浪叫到沒了半點尊嚴的Graph，語氣強硬地破口大罵。而搭在他頭上的大手因此……把他的頭壓進枕頭裡。

「噢！！！哥在幹什麼啦！」

Graph氣得爬起來怒目相視，這時Pakin深吸了一口香菸，

而後拿出菸灰袋輕彈了幾下菸頭，接著以低沉的嗓音繼續說了下去。

「跟大人講話的時候要轉過來好好說話。」

「哥這個大人有哪裡值得尊敬了？」

咻。

本來還想繼續反駁，可是冷冽的眼神卻不斷對他施壓，少年只好撇撇嘴。

「有每天都去上學對不對？」

「對！直到哥不知道從哪冒出來，一副欲求不滿的樣子，把我像這樣搞到不能去上學啊！」

其實Pakin對於欲求不滿的形容相當有意見，因為他不是乾坐著讓自己的慾求得不到滿足，而是已經縱慾過度，只不過那些都不是內心所嚮往的，所以慾望才一直得不到滿足。即便那些陳述都是事實，Pakin依舊只是搖頭。

「過來這裡。」

Pakin說完之後便招手要Graph靠向自己，可這頑固的孩子又怎麼可能會放下尊嚴？

氣死人了，消失了那麼久，一回來就這麼對我？雖然感覺很舒服，但那根本是兩碼事吧？

「Graphic。」

「哼。」

啪。

「啊！」

既然好言相待不管用，Pakin也不打算再浪費時間，直接出手抓住少年的手臂，一把拉向自己，Graph因此大叫了一聲，一個猝不及防，重心不穩地倒向摟住自己肩膀的男人。

這個舉動令人⋯⋯心神蕩漾。

這個男人久久才會展現出柔情的一面，可一旦碰上了，就讓他講不出話來。

看這孩子一語不發，那個很懂得料理這孩子的人於是深吸了一口香菸，然後以平淡的語氣問道：「聽說你覺得寂寞了？」

「才沒有！」果不其然，Graph大聲駁斥。

「有人跑來告狀了。」

！

「Win哥怎麼可以背叛我！」

喔，看來是這孩子跑去告狀說自己寂寞了吧？Win那臭小子才會揚言要燒了我的車。

Graph就只能忿忿地嚷嚷，還以為可以信任對方。Pakin見了便勾起唇角，注視著這個囂張的孩子，想著：若真是這樣的話，你又能拿Win怎樣？

他有多壞，Win就有多壞⋯⋯除了某些事情例外。

「也不是，有好幾個人都跑來告狀了⋯⋯呵呵，看來有當個好孩子乖乖等我呢。」

「就說了沒有！！！」一聽到Pakin語帶笑意這麼說，把臉埋在對方肩膀上的人就急著辯駁澄清自己，可惜臉頰跟著逐漸漲紅，因為老實說，還真他媽的寂寞到不行。

見了那模樣，大個子沒繼續說下去，只是伸手將香菸熄滅，然後再回過頭來注視著這個執拗的小鬼，實際上竟令人難以置信地當了個好孩子，而他要這小子靠著自己，這小子就真的乖乖那麼靠著。

「那今晚就來補償你吧。」

「嗯？」

這孩子好奇地叫了一聲，準備補償人的那一位隨即簡單地說道：「今晚帶你去外面吃飯。」

Graph立刻睜大了眼睛，可是說的人卻鬆開了懷抱，接著躺了下來。

「啊，Pakin哥，先起來說話。」

「不要，我睏了，我已經說了是今晚，不是現在，而且這是我的房間，我要睡了。」

這些日子幾乎沒闔眼的人那麼說著，隨後就閉上眼睛，終止了這個話題，使得Graph差點脫口說出某些話，但因為對方說了「這是我的房間」，他因而沉默了下來。

Pakin哥沒趕我走，這表示我可以繼續住下來嘍？

一想到這裡，少年這才肯放下自己的疑惑，然後跟著躺下來休息一下。如果現在去學校，只會被叫到訓導室，那他乾脆直接蹺課吧！可是……。

啪。

「哥……。」強健的懷抱再次將他擁入，Graph因而不是很確定地叫喚。他不確定Pakin哥究竟要讓人動搖到什麼程度。

「都說我要睡了。」

男人僅以低沉的嗓音說了一句話，Graph聽了只好放鬆下來，雖然很想去洗澡，但因為不曉得這個時好時壞的男人這輩子什麼時候還會再對他好，於是他……閉上了眼睛。

當個好孩子，其實也不錯嘛。

第二十九章

飢渴之人

雖然消耗了許多體力，Graph依舊無法安穩入眠，不管再怎麼勉強自己閉上眼睛，下半身的黏稠感最終還是讓他緩緩地睜開了眼睛，接著微微皺起臉來。因為當身體一動，Graph便能感受到溫熱的液體沿著大腿內側滑落，特別是當臀部一收縮，就好像快滴下來了，所以只好趕快拿開搭在自己腰上的手。

「可惡，竟然自己一個人睡得那麼香甜。」

一轉過頭去看身邊的人，Graph就不由得嘟噥了幾句，剛才把襯衫甩到床下的高大男人正在熟睡，側著身體，讓人忌妒的健壯胸膛也跟著平穩的起伏，這表示對方已沉沉睡去。

少年從來沒見過這景象，因而忍不住抿著嘴。

「如果是在做夢，那就快點讓我醒來吧。」

畢竟都做了這種夢，要是在醒來之後，發現Pakin哥只想把我趕出去，那我肯定會受不了的。

Graph完全不敢想像自己能夠待在這裡，在同一張床上，注視著這個自己一直跟隨的人，在和他享受過魚水之歡後正躺著休息，特別是性愛這檔事……即便他曾經在夢裡面把Pakin哥當作對象自慰，但他以為那只是不可能會實現的幻想罷了。

雖然剛才還倔強吵著說自己不願意，可他其實心底正暗自高興。

他知道路還很長遠，但至少晉升到可以和那些對著哥哥張開腿的賤人們平等競爭了。

「不過我到底是以哪種身分待在他身邊呢？」

這個問題讓少年愈發皺著眉。他的目光仍緊盯著熟睡之人，內心很想把手伸出去撫摸那帶著鬍碴的下巴，可又顧慮邪惡的惡魔或許會醒過來，而且他也不知道對方是否會繼續對他好，或者又會壞到讓人痛心。

當下這個問題就這麼卡在心中。

Graph坦承，沒想過一起睡了之後，接下來會怎麼樣，因為如果是在兩個禮拜前，要是有人說，醒來之後發現Pakin哥就跨坐在自己的身上，他大概只會苦笑，然後回說絕對不可能。像Pakin哥這樣的人，不會和他這種連爸媽都不關心的倒楣小鬼糾纏不清。可當事情真的發生了，他卻想不出後續該怎麼辦。

Janjao說已經發生過關係，就會變得像戀人那樣。有時他也很想像Janjao那樣當個樂觀看待世界的人，可惜現實比那要糟多了，如果只是一起睡過就能變成戀人，那麼這個渣男哥哥不就已經有好幾百個戀人了？

而且，他也看到了活生生的例子。Win哥應該也跟那個王八Scene哥睡過了，可是Win哥就從沒說過他們是情侶關係。

那我呢？我現在到底算什麼？床伴？炮友？或者只是發洩慾望的玩具？

他並非消極看待世界，但因為太常見到這個男人壞的一面，所以實在很難偏袒自己。

「管他去死，這樣就已經很好了。」

少年搖了搖頭，甩開那些亂七八糟的想法。後來那些想法確實也消失得無影無蹤，因為當他一跨下床……。

一陣黏稠。

「幹！」感覺有液體從大腿內側流下來，令少年不由得一陣

錯愕，接著像是想掩飾難為情那般的咒罵出聲，白皙的臉頰逐漸變得愈來愈紅，他連忙下床，想著要去梳洗沐浴一番，可是……。

唰。

我操，腳軟！

當腳一踩到地面，膝蓋便迅速地往下跪去，他差點來不及抓住床，臀部瞬間有種說不清、道不明的異樣感，整張臉以及脖子都變得通紅——Graph為自己的經驗不足感到丟臉。

不過只是打了一次炮，怎麼就弱成這樣啊！

愈想愈覺得丟人，Graph不禁對著熟睡之人齜牙咧嘴一番，在那之後才拖著步伐走進浴室。可是，對於這份羞恥感，Graph自己也不否認，其實真他媽的讓人快樂。

即便不想相信，也必須要相信，Pakin哥才回來沒幾個鐘頭的時間，就能讓自己一整個禮拜的孤寂感一掃而空。

這個男人對他心臟的影響力太大了。

洗過澡讓自己清醒了不少之後，Graph便穿著居家服從浴室裡面走了出來，接著就碰上了一個問題——他不知道該做什麼好。

他並不是想不到辦法為自己解悶，Graph本身也是一個沉迷遊戲的人，喜歡看電影與聽音樂，不過當房間裡不只有他一個人，而且房間主人還在睡覺的情況下，所有解悶的方法遂變得不管用。

如果要打遊戲，就只能去其他房間玩，但是……他不想錯過這種美好的時光。

可是一直這樣猛盯著別人的臉，也太讓人害羞了。

「怎麼會把自己搞得那麼累？」時不時在床邊窺視的少年，忍不住注意到男人那張臉，就算睡著的時候很平靜，卻還是帶著疲憊感，使得這個極度任性的孩子產生了一個想法——

想幫忙減輕疲勞。

一想到這裡，Graph走到房間的角落，拿起話筒，撥打內線接通到一樓。

「這裡是廚房。」

「Kaew嬸，我是Graph啦。」

「您好，Graph先生，想要在樓上用早飯嗎？」

少年也沒來得及注意到為什麼沒人來叫醒他，明明這幾天以來，他要是哪天賴床，這位女管家就會跑來把他叫下樓吃早飯，甚至還會送他上車前往學校，因此他語氣不是很確定地問道：「如果一個人在很累的時候，該吃什麼好呢？大嬸。」

「Graph先生很累嗎？」

「沒……沒有，不是我。」Graph不由得感到有些難為情。

「喔，累的人是Pakin先生嗎？今天早上我也看到他眼睛紅紅的，昨天晚上應該喝了酒，要不要讓大嬸端一些醒酒飲料上去？Pakin先生要不要也吃些早餐呢？」

他都還沒來得及說是誰累，對方就以禮貌的語氣那麼說道。Graph臉頰逐漸發燙，感覺像是被人抓到他們待在同一個房間裡，而後他忍不住往深處去想，Kaew嬸到底知不知道他們剛才做了什麼？這個想法令他感到莫名的害臊。

雖然Kaew嬸打從上一次就知道了。

「啊，嗯、嗯，可能有喝酒吧？我不知道，不過就拿上來吧……那我可以在樓上吃飯嗎？」Graph不是很確定地開口問道，因為自從恢復健康之後，他就一直被請到樓下飯廳用餐。

聽的人因而以慈愛的語氣回覆：「大嬸就破例答應你吧，和Pakin先生一起用餐嗎？」

老人家的聲音聽起來像是在逗他，所以他只好裝模作樣地說道：「嗯、嗯，快點喔，我餓了。」

但其實是飽到不知道該怎麼形容才好。

和Kaew嬸講完電話之後，少年就深深地吸了一口氣，試圖裝沒事，可還是忍不住揚起了嘴角，像是既害臊、羞怯又緊張，而且最重要的是，他感到難以言喻的快樂。

一旦能和自己暗戀了好幾年的人在一起，看吧，所有人都會這樣喜形於色。

少年一想到這裡，就試圖找些事情來緩解這份尷尬，直到他被一堆衣服絆了一下。這裡面不僅有他自己的衣服，還有房間主人的衣服，如果是在平常，正值喜歡把房間弄得亂七八糟的年紀的少年，絕不會去在意這些事，可就因為想找些事情來做，不讓自己的腦袋閒著，兩條腿因而向前走去。他先把自己的睡衣扔進洗衣籃裡，然後才依序拎起褲子、襯衫以及……深色內褲。

「如果被Janjao知道了，一定會發出刺耳的尖叫聲。」Graph一邊紅著臉把它拎了起來，一邊想起好友上次的情形。

當時Pakin哥一走出房間，好友就發出了刺耳的尖叫聲，抬起手啪啪啪的拍著床，使得另一位學長雲裡霧裡一臉茫然，可那位大小姐也不解釋，只顧著尖叫，時而壓抑住聲音，興奮到差點來不及換氣，那模樣令人紅透了臉。

今天若非礙於是自己的事情，要不這種八卦他肯定也會窮追猛打吧？

想到這裡，他就把內褲扔進了洗衣籃裡，可是在把襯衫一併扔進洗衣籃之前，眼角瞥到了某樣東西。

它們皺巴巴一團疊在地上的時候，Graph還沒發現，可當他在面前一甩開來⋯⋯。

「！！！」

少年不由得睜大了眼睛，掛在嘴上的笑意頓時消失，抓在袖子上的手跟著迅速顫抖。過了一會，他兩隻手抓著衣服用力揉在一起，牙一咬，眼神變得憤慨，像是有把火在裡面燃燒。

咻。

就在那一刻，Graph衝向了仍在床上睡覺的人。

啪！

「啊！幹嘛啊？」

被衣服扔在臉上或許不痛，可若是被揉成一團的衣服，直接朝著臉砸過來，以致於被甩出來的衣襬打到發出聲響的話就不同了，睡夢中的人因此被嚇到渾身一震，然後坐起身來，凌厲的眼神透出了被打斷睡眠的不悅，低沉的聲音還帶著一絲不明所以的憤怒。

在睜開眼睛後看清楚是哪個人站在床邊，Pakin問話的語氣越發強硬。

「是在發什麼瘋！」

聽到這句話，少年瞪過來的眼神依然凶悍，緊握拳頭直至顫抖，那模樣說明了他有多麼氣憤，使得男人見狀不禁皺起了眉頭。

「怎麼了？」

一聽到這個問題，Graph越發感覺憤怒的情緒便往胸口衝去。

「哥就是個大爛人！」

「⋯⋯」

少年說出的第一個句子令聽的人沉默了下來，接著不悅的眼神逐漸變得森寒，顯示出他的不滿，可卻絲毫沒讓少年感到害怕，相反地，由於失望的情緒使然，少年因此無所畏懼，甚至還以低沉的嗓音朝男人的臉破口大罵。

　　「哥既然跟那些女人睡過了，為什麼還要跟我上床！」

　　情緒被挑起的男人瞬間噤了聲，很意外這孩子究竟是怎麼知道的。眼角這時候瞥到了某樣東西，他這才彎下身去撿起自己的襯衫甩了甩，接著差點就叫出聲來。

　　是化妝品的痕跡。不只有唇形口紅印，還被各種化妝品沾黏得到處都是，一看就知道激戰得有多猛烈，又是眼影，又是脂粉。

　　再加上它並非黑色襯衫，因而顯得更加明顯。

　　Pakin愣在當場的模樣，讓一旁的人露出了笑容……但卻是嘲諷的笑容。

　　「是我笨。」

　　Graph不禁嘲諷自己的愚蠢，居然因面前這個人的行為而盲目地感到快樂。

　　怎麼會相信這個爛人跟我睡了之後，就不會再去跟別人睡了……怎麼會盲目地去相信Janjao所講的話啊！

　　Graph很氣自己，氣自己盲目地做白日夢，以為所有的一切都會好轉，以為一切會照著自己的期望發展，可是卻忘了他所追求的人，從沒停止和其他人糾纏不清。

　　知道答案了……我就只是個臨時的炮友罷了，和其他人沒什麼不同。

　　一想到這裡，眼角不由得一熱，感覺眼淚就快要奪眶而出，他只好迅速轉身，準備衝出房間。

「你要去哪！！！」

震耳的咆哮聲讓Graph腳步一頓，轉身看向那個從床上起身的人，手中緊握著他亂搞留下的證據，男孩不由得諷刺地笑了笑，接著以完全無法掩飾痛心與失望的平淡語氣說道——

「只要是沒有像你這種大爛人的地方，去哪裡都好。」

「Kritithi！！！」

Graph已經什麼都不在乎了，他衝出臥室，跑到了樓下，不管不顧從主臥傳出來的震耳呼喚聲，匆匆跑過正端著食物上樓的Kaew嬸面前，把女管家嚇得放聲大叫。

「Graph先生要去哪裡？那早飯……。」

「我不吃！！！大嬸就拿去給妳那帶衰的老闆吧！！！」

少年怒不可遏地咆哮，聽起來就像個目無尊長的無禮小鬼，可是這棟屋子裡的老人家所清楚看到的卻是……桀驁少年臉上的淚痕。

男孩終於得知自己不是首選，而是和那個叫做Pakin的男人睡過的眾多炮友的其中一個罷了。

為什麼啊？老子為什麼會愛上這種爛人啊？為什麼！！！

* * *

「喂，你們要一起蹺課嗎？」

「畜生，又找我們蹺課？」

「走不走啦？」

「哈、哈、哈、哈，還需要說？東邊那面柵欄，我可是輕車熟路呢。」

午休結束的鈴聲響起之後，學生們陸陸續續回到了教室，可

是仍有一群能蹺則蹺、能逃則逃的高二生，正沿著學校後方的近路往柵欄奔去。他們起先只是想蹺掉第五堂課到處晃晃，可當有一人開口相約，其他幾個也都喜不自勝地笑了。

朋友都提了，如果不一起共襄盛舉，搞不好會被譏諷說不夠意思。

等到一群友人順利抵達了指定的學校柵欄，他們一個個你看看我、我看看你，接著……。

咚！

「哇靠，誰啊！」

「這下慘了。」

每一個人都把書包丟出了柵欄，可是它們非但沒有正常的落地，反而還從另一邊傳來了大叫聲，讓一夥人緊張得面面相覷，猶豫著到底要直接丟下書包閃人，或者是跨過去把書包拿回來——不過這得面臨碰上警衛的風險，要是再倒楣一點，或許會見到某個剛好經過此處的老師。

「要直接落跑嗎？」

「等等，我覺得這聲音很熟悉呢……喂，你是誰？」

「你們這群王八蛋，是你老子啦！」

「哪個老子？我不認識……。」

啪！

「別再耍白痴了，這不就是Graph的聲音嗎？」壯碩少年一副找碴的模樣，語氣不善地說道。

體型較小的另一名少年往他頭上拍出了一記重響，對於朋友的愚蠢搖了搖頭，接著率先爬上柵欄，探頭去看那名最近很少和他們一起鬼混的朋友。

「你剛跑去哪裡了？為什麼穿成這樣？」

在柵欄外的那個人穿了一身便服，表示這傢伙肯定沒來上學。

這問題讓聽的人沉默了片刻，接著以嘲諷的語氣說道：「我沒有地方可以去。」

沒錯，自從跑出家門之後，Graph可以去的地方竟然只剩學校和那個爛人的家，由於當時趕著逃出來，那個帶衰司機因此堅持只能載他來學校，他只好用力甩上車門，抄捷徑走到了柵欄邊，畢竟他知道穿成這樣走進去只會被叫去訓導室，剛好這群狐群狗黨也正要蹺課。

這答案令其他少年笑得滿心歡喜。

「喂，那就一起蹺課吧，我們要去遊戲場。」

「接著再去臭Kak家裡喝免費的酒，明天醉到不省人事就沒辦法來上學了。」

另一名友人從旁冒出頭來，被提到的那位臭Kak轉過頭來怒目相視，意思像是在說「關我什麼事？」，可過了一會他又點了點頭。

「嗯，好啦，今晚我媽不在家，找我爸一起喝酒好了，要去嗎？屁Graph。」

當友人這麼邀請，Graph隨即沉默了一會。

過去好幾個禮拜，他不斷在調整自己，試著當個好孩子，照Janjao所講的那樣努力表現出Pakin哥喜歡的樣子，結果呢？最後就只能當一個躺在床上的男妓。

「我可以借住在你家嗎？」

「可以啊，兄弟，不過現在先幫我扶一下，我要爬過去了。」別班的同學這麼說道，當下一條腿已經跨過來了，但是……。

「喂，你們在幹什麼？」

「完蛋了，你爸來了！」

這裡說的「你爸」並不是指警察，而是這群高中生的老子——凶神惡煞的訓導老師！這句話嚇得正在攀爬的那個人把腳縮回，差點沒來得及把自己拉回校園內，而且看樣子無論如何都逃不掉了，因為他們的書包落在了外頭。

那使得絕對有辦法逃得掉的Graph做了一件事情。

「欸你們，接住了。」Graph抓起書包重新扔回到校園內，不想讓事發地點留下任何證據，等到最後一個書包被扔回去之後，他也錯失了逃跑的良機，訓導老師此時已經橫眉怒目地走到了面前。

「又是你，Kritithi，還有你為什麼不穿制服來上學？剛剛那群人有誰？現在立刻跟我去訓導室！！！」

Graph配合地聽從了命令，聽見了從柵欄的另一面所傳來的細語聲，說著「抱歉啦」，可是他一點也不以為意，只要有地方可以去，有事情讓自己不會胡思亂想，不管是哪裡，他都願意跟去。

現在就算那個王八Scene哥突然冒出來，他也會乖乖地跟著對方走。

當一個人在難過的時候，只求有個人在身邊就夠了。

「都怪你，一直杵在柵欄邊，如果一開始就跨過去，就沒這些事啦。」

「怎麼能怪我一個人？誰知道老師會這麼快跑過來啊？」

「不知道會被怎樣？應該不會被停學吧？難得那傢伙這陣子表現得那麼良好。」

「他會變壞，還不都是因為我們這群人。」

「畜生，你現在才知道嗎？」

Janjao正拿著同學繳交的作業準備走過去交給老師，碰巧聽到從樓下隱隱約約傳來的交談聲，她因而探頭往下看去，臉隨即一皺，因為她看見一大群Graph的朋友走了過來。就是這群人，害得Graph高一的時候幾乎是天天被停學。

如果別互相往來更好。

「那你覺得**Graph那傢伙**會被怎麼樣啊？」

！

「蛤！！！」

Janjao忍不住叫出聲來，沒想到她腦海中的人名竟出現在別人的對話當中。樓下的那些同學因而緊張地抬起了頭，當他們發現究竟是誰在上課時間跑出來亂晃時，不由得如釋重負地鬆了一口氣。

「這不是Graph那小子的老婆嗎？喂，拜託別嚇人好嗎？Janjao。」

「你們剛剛在講什麼？Graph又沒有來上學，他怎麼會被叫走！」

女孩無法理解地問道，讓樓下的那群人面露難色，尷尬地笑了笑，可還是講了出來。

「Graph那小子正打算爬到學校裡面來，我們則是想爬出去，結果老師該死的不知從哪裡冒出來，所以Graph那小子才會幫忙把書包丟進來，他自己則被抓起來塞進冷藏室了。」

聽的人不禁氣血翻湧、火冒三丈地注視著這幾個同學的臉，卻因為不夠熟識最後只能搖了搖頭，然後直接衝向樓下的訓導室，儘管她並不確定能否救得了朋友，但還是得放手一搏。

如果Graph再被停學，這一次，我就會勸他別再跟這群人扯上關係了！

　　「剛剛到底是誰打算爬到外面去？」

　　「不知道。」

　　「怎麼會不知道？我親眼看見你們在對話，一副很熟悉的樣子。」

　　「我真的不知道，我只聽到他們說，請我把書包丟進去，因為他們的書包不小心從二樓陽臺處掉下來了。」

　　「不可能，二樓陽臺離柵欄那麼遠。」

　　「我也不知道。」

　　無論老師怎麼嚴刑逼供，Graph仍嚴實地不肯鬆口，因為只要他不說出來，就不會有朋友遭到連累，而且如果沒記錯的話，那些傢伙要是再被叫來訓導室，大概就會被退學了吧。

　　「那你為什麼現在才來學校？」既然沒辦法逼問出究竟有誰蹺課，老師就只好針對其他事情。

　　這句話讓Graph變得更沉默了。

　　因為有某個爛人一早就把我抓上床，後來我才得知自己是對方眾多炮友當中的其中一個蠢貨，所以我才跑出來的，呵。

　　這個真相令Graph的雙眼發熱，可老師卻誤以為他是在害怕，因而放緩了語氣。

　　「老師不是要罵你，只是希望你能回答而已，這陣子看你也表現得不錯啊……。」

　　篤、篤、篤。

　　「打擾了，老師。」

　　「打擾了。」

在問出更多細節之前，訓導室的門倏地被開啟，接著有兩名學生走了進來，然而若非其中一個是資優生，另一位還是學生會成員，他們或許早就被訓斥了，老師因此狐疑地皺起眉頭。

「老師，我有事情想跟您報告。」

「可以等會再說嗎？」

「這件事情和Graph有關，呃，我是說Kritithi。」Janjao乾笑著這麼說道。她轉頭望向朋友，然後發現朋友一味地盯著自己的手，不肯抬起頭，令人不禁感到意外，所以只好用手肘頂了頂跟著跑過來的學長。

Night隨即對著老師笑了笑，然後流暢地說道：「我很抱歉闖進來打擾到老師，可這件事情真的和學弟有關。我把學生會的開會資料交給了這位學弟，今早我也很意外為什麼學弟還不來上學，不過Janjao後來告訴我說Kritithi身體不適，所以我原本打算為了這件事申請外出一趟，結果Kritithi勉強自己跑出來拿給我，然後碰巧被老師撞見了。」

如果哥哥是那種風趣面癱類型，那麼弟弟就是那種能一臉正經地胡說八道類型。就連Janjao聽了也相當吃驚，不過她立刻接了這說詞，就怕老師起疑心。

「其實Kritithi有發送Line訊息告訴我了，說是會在柵欄那邊轉交資料，拿完之後他就會回家休息，可是我沒見到他，事情才會發展成先被老師發現了Kritithi。」

如果解釋的人是那群蹺課的學生，聽的人大概不會信，但因為面前這兩名學生是學校的驕傲，聽的人態度才緩和了許多，進而轉頭看向那名靜坐著不言不語的前不良少年。仔細一瞧之後，他發現眼睛通紅的少年看起來就像是不舒服的樣子，因此便信了一半。

「那現在要怎麼辦？你是要穿這身衣服進去上課還是回去——」

「我不想回去。」

一直沉默不語的人突然打岔，讓其他人不由得一愣，不過Night還是反應很快地幫忙掩飾。

「學弟的情況看起來不太好，可以先讓Kritithi學弟去保健室休息嗎？晚點我再送學弟回去。」

當心愛的學生那麼一說，老師隨即點了點頭，再加上得知這孩子以這種狀態到學校來是為了負起責任轉交文件，就愈是深深地感到滿意。

「這次就先放過你吧，希望不要再有下次。」

這句話讓兩名資優生暗自鬆了口氣。

在那之後Janjao毫不猶豫地立刻將朋友拉出訓導室，然後像是很感動地感謝學長的好意，畢竟如果只有她一個人，老師不曉得會不會相信，可每次只要Night學長一出馬，就能見識到他睜眼說瞎話、指鹿為馬的能力。

也是，像這種樣貌出眾、考試成績佳、運動神經好、家中環境優渥的人，不管講什麼都有人信。如果Graph肯專心向學、不執拗、不那麼愛鬧事，或許也能像Night學長這樣吧？

「非常謝謝Night學長願意出面幫忙。」

「不客氣，如果是Janjao學妹的朋友，我非常樂意。」帥氣的學長使出渾身解數，朝對方露出一抹真誠的笑容。

不過人家女孩子卻皺起了眉頭，然後不是很贊同地回答：「Night學長別講這種話啦，別人聽了會誤會的。」

這一道道鐵牆防得真是滴水不漏啊。

聽的人只好乾笑幾聲，以免讓學妹為難。

「我就只是心甘情願想幫這個忙……也想幫助Graph啊。」

結果此話一出，卻讓Janjao更不開心，看起來像是想把朋友拉得離他更遠一些，他不是很確定。

面對這兩人的互動，另一名少年都只是左耳進、右耳出，直至走到了半路，長腿沒來由地停了下來，使得Janjao一頭霧水回過頭張望，然後像是受到驚嚇般的睜大了雙眼，因為……。

「Graph你怎麼哭了！」兩行清淚從朋友俊俏的臉頰上滑落，女孩見狀急忙大叫，這一靠近才發現好友紅了雙眼，眼神裡盡是痛苦，她直覺認定這事肯定和那位Pakin哥有關，所以趕緊安慰地輕撫好友的肩膀。

不要啊，希望別出什麼事才好。今早沒來上學，本還以為是因為……那檔事，所以精疲力竭。

完全猜中情況但卻不知個中細微末節的女孩十分慌張，試圖想安慰朋友，而這個大家眼中老愛滋事的少年竟然就這麼站著哭了，用手背在左右臉頰上擦拭，Janjao見了只好連忙找衛生紙替他拭淚。

「Graph，別這樣，別哭了喔，Graph這樣我也想哭了。」

啪。

「啊！」就在這一瞬間，女孩驚訝地大叫了一聲，接著才抬起手，沒有其他心思地抱住了朋友的身體。突然被對方拉過去擁入懷中，Janjao知道Graph沒有想占她便宜的想法，完全沒有，朋友只是需要安慰，而她也準備好給予安慰。

他們兩人之間只是純粹的友誼，沒摻和半點戀愛的情感，所以女孩才能毫不尷尬地擁抱安慰對方，甚至還發自內心的同情對方，因為這個比她高出許多的人正渾身顫抖，然後僅低聲說道——

「真的好痛啊，Janjao⋯⋯好痛。」

「別哭喔，Graph，沒事的，我就在這裡，Graph，你還有我啊。」

兩名友人正抱在一起尋求慰藉，可看到這一幕的人則雙膝一軟，差點就要跪在地上了。

不是說只是朋友的嗎！

Night咬緊牙槽，很想把這兩個學弟妹分開來，可他才是局外人，所以只好不情願地背過身去，緊握住拳頭，望向路口，確認沒人走過來撞見這麼明目張膽的一幕，然後讓這兩人再次被叫回訓導室，儘管他自己其實也很想哭。

Janjao學妹呀，妳倒是快點注意到我喜歡妳啊！回頭看看哥吧！唉⋯⋯。

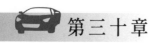

第三十章

哄孩子

「謝謝Night學長接送，回去的路上小心喔。」

這是在趕人的意思嗎？

知名廠牌的時髦汽車駛進來停在了一棟有大樹圍繞的大房子前，那之後，住這棟屋子的女孩隨即下了車，順帶把一路上一語不發的朋友拉下車，接著雙手合十朝學長行了禮，帶著淺笑這麼說道，雖然眼神很清楚地說明——學長可以走了。

「可以進去喝杯水——」

「不好意思，我家只有白開水，如果Night學長口渴，那就收下這個吧。」

帥氣學長的話都還沒講完，Janjao就打開了書包，拿出中午買來但尚未拆封的瓶裝水，再度露出了一抹甜笑，而後砰的一聲關上車門，另一隻手則緊抓著好友的手臂，彷彿是在擔心對方會照著先前所講的計畫去做。

『之後我會去Kak家借住。』

會出事啊！要是放任Graph跟那群人混在一塊，萬一不小心被玷汙（？）了，那該怎麼辦才好？

她完全忘了Graph是個男的，而且不湊巧的長得比那群同學還高大。

Janjao擔心得在心中大聲吶喊，深怕朋友貞潔不保，即便自己也相當難為，但也不能就這麼放著不管，最後只好把人拖回家了。不過壞就壞在走出學校的時候，有人跳出來堅持要接送。

「嘿，誰送妳回來的？Janjao。」

「San哥！」

女孩不禁嚇了一大跳，立刻回頭看向門口，隨後發現家中二哥正一臉不善地站在那，甚至還瞇起眼睛仔細打量著駕駛的臉，Janjao只好推著Graph的背部要他走進屋內，趕在那位極愛吃醋的哥哥發作之前。

「喂、喂，誰讓妳帶男人進家門了？」

「San哥怎麼還是一樣這麼愛吃醋啊？不是說過了嗎？只要我還繼續把男男之愛奉為圭臬，那麼我就不會交男朋友讓哥哥頭痛的，所以現在麻煩你讓讓，San哥，我要帶朋友進家門，閃開！」由於哥哥死活不肯退讓，因此她只好語氣強硬地說道。

這讓San激動得準備大喊不行，而那長相俊俏的臭小子正以通紅的目光往這邊看了過來，男子因此只好進一步問道——

「你不是在追我妹吧！」

如果再蓄個鬍子拿把槍，都能去演八點檔了。

對方那模樣讓Graph轉頭靜靜注視著好友，然後語氣平淡地說道：「等一下我去住旅館好了。」

「可是Graph不是沒帶錢出來嗎？」Janjao緩緩搖了搖頭，因為從朋友那兒得知了大致的情況，說是當時一發生事情就立刻跑了出來，連手機也沒帶在身上。

少年沉默了一會，隨後笑著嘲諷自己。

「很蠢吧？Janjao，我真是蠢到不行。」

Janjao不確定Graph所說的蠢指的是哪件事，是在說自己沒帶任何東西就跑出門很蠢，還是⋯⋯愛著某個男人很蠢。

看著這個比自己年幼的孩子那副絕望且眼睛通紅的模樣，San不由得一陣心軟。

「雖然不知道發生了什麼事情，不管怎樣，先進屋再說……不過確定是gay吧？」

果然為了確認又問了一遍，雖然他曾經見過一次妹妹的這位朋友，而且那次也清楚說明了對方喜歡男人，但就因為這個小帥哥喜歡男人，所以對直男從不感興趣的Janjao才會對這個好友敞開心房，可有時他也不禁會暗自擔憂，這小子會不會是裝成gay來接近他妹妹？

看起來不像，可能是我多想了，誰會發神經做那種事啊？

「當然確定啊，San哥，我向你保證我是親眼所見。」

「妳是跑去躲在他床底下嗎？」哥哥不高興地回嘴道。

妹妹接著甜甜一笑，很肯定地說：「不管有沒有躲，反正我就是知道，San哥每次帶Ryu哥回來都會讓我聽見抓牆壁的聲音，我知道的比那還要多。」

原本她以為哥哥會因跟男友做到聲音都傳到其他房間而感到羞恥，結果卻完全不是那麼一回事。這位San先生居然露出了燦笑，然後坦蕩蕩地這麼說道：「誰叫我老婆這麼可愛。」

這個迷戀老婆的人如是說，那副心情好了許多的模樣，使得妹妹帶著希望開口發問。

「那麼有個可愛老婆的人，應該願意讓Janjao的朋友借住一晚嘍？」

「喂！！！」一說到這個，San便大叫了一聲，轉頭望向把朋友領進家門的妹妹，不好意思，這小妮子的朋友是個男人，那小子身上帶著能讓他妹妹懷孕的東西欸！

「不可以，Janjao，妳不能帶男人回家過夜！！」

「噓——San哥是想讓鄰居都以為我是個放蕩的小孩是嗎！」哥哥一大吼，這位妹妹就立刻抬手指貼在唇上，斥責這個

不講理又愛吃醋的人，而後趕在心情大好的哥哥變成惡鬼之前，連忙解釋。

「我不是要讓Graph跟我睡在同一個房間啦！爸爸和媽媽不在家，只要San哥閉口不提，就不會有人知道，就一個晚上，San哥可以跟我睡在同一間監督，然後讓Graph睡在Tawan哥的房間。看吧？這樣就沒有差了吧？整個家到處都有人。」

女孩提到了在泰國灣中央漂泊，從事鑽油工作的大哥，由於最近是施工期，人絕對還回不來，因此房間是閒置的。

這對兄妹爭執不休的嘈雜聲響，讓聽見聲音的小妹跑出來查看。

「Graph哥要留在我們家過夜嗎？」

「嗯？」正準備開口說自己去別的地方住也行，因為他很清楚這個家的難處的Kritithi，這時不禁循著聲音轉過頭去，隨後就看到一名留著及肩短髮的國中女生，正抬起頭、眼睛發亮地看著他。

「Bulan……妳是Janjao的妹妹對不對？」

「對，我就是Bulan。」小妹妹用力地點了點頭。

前來打擾的人輕聲說道：「不好意思帶來這麼多的困擾，我等一下就要走了……。」

啪。

「啊，Graph哥先別走，先等一等啦，Graph哥真的是gay嗎！」

！

那一剎那，情緒不是很穩定的Graph不由得一愣，看向了那個趕忙跑來抓住他手臂、一臉興致勃勃脫口大聲問話的小妹妹。

他的眼神太過陰驚，使得這個家中的小妹嚇了一跳，連忙鬆

開了他的手臂，然後低下頭。

「那⋯⋯那個，我曾聽過San哥和Janjao姊聊過，覺得那樣子會讓人很想尖叫，Graph哥也長得很帥，而且Janjao姊還說Graph哥的男朋友比Graph哥更帥，所以我才想知道，我不是要管別人的私事喔，就只是⋯⋯暗自覺得很棒而已。」

最後一句話她說得很輕，幾乎要聽不見聲音，卻使聽的人愣住了，接著⋯⋯。

「呵、呵、噗，呵⋯⋯哈、哈、哈！」

少年放聲大笑，痛痛快快地笑出聲來，雖然心臟都要碎裂了，可是當他一發現好友和她的妹妹都是同一種屬性，就真的忍不住笑出來了。

哥哥的對象是個男人，自己是個歪女，妹妹也是個歪女，這個家還有沒有半個正常人啊？

Graph也不知道自己在笑什麼，他只知道自己想笑，用力地笑，心中沉重的大石因此短暫地被放下了幾秒。

這笑聲讓那兩個兄妹停止了爭吵，不約而同看了過來，那之後Janjao露出一抹淺笑，並輕聲呢喃道：「好多了，總算肯笑了。」

然而這句話使得哥哥差點眉毛抽筋，若不是因為眼角恰巧先瞄到了某樣東西。

「這次來的又是誰啊？」

San望向家門前，接著看到一輛超名貴、超酷、只有在Paragon百貨的展示活動上以及GTA的遊戲裡面看過的超時髦跑車，駛了過來停在他家的大門前，他為此眉頭一皺，感覺就像是陸續有麻煩接連跑到他們家來，而且如果沒猜錯的話⋯⋯。

「我操！」這聲咒罵來自停止大笑的少年。

「跟到這裡了嗎！」看樣子Janjao也知道了。此時的她睜大了眼睛，拉著朋友躲到大門後方，只露出一顆頭，因此可以瞧見是誰走下了車。

「Graph，Pakin哥來了，該怎麼辦才好！！！」

剛摘下太陽眼鏡夾在領口的男人，此時走到屋子的柵欄邊停了下來。

「Graph，我來接你了，回去吧。」

男人朝屋裡大喊，彷彿知道自己要找的人就躲在裡面。

這個人讓Graphic目光發亮，語氣強硬地說道——

「不回去，Janjao，我絕不會跟那個爛人回去！！！」

* * *

其實Pakin可以不用去理會這個膽敢對他出言不遜的少年，不管怎樣他都已經得到自己想要的了。但實際上，他也沒來得及細想，當時他將那件搞出風波的襯衫甩到地上，抓起褲子迅速套上，然後像暴風一樣快速衝出臥房，卻還是沒追上先前已經跑出去的人，只看到漂亮汽車的車尾駛離了這個家的範疇，而那令他感到⋯⋯氣急敗壞。

「發生什麼事情了？Pakin先生？」

「Chai那傢伙在哪！」Pakin非但沒回答Kaew嬸的問題，反而問起了與自己親近的手下。

「今天都還沒過來。」

這答案使得權力比誰都要大的男人轉身，重新回到臥房，拿起手機聯絡他想找的人，然後以霸道的語氣發出命令。

「讓Graph的司機跟我報告，看他把那小子都載到了哪些地

方，然後那小子去到哪都要跟著，懂了沒？Chai。」

「好的，我會立刻照您的吩咐辦事。」

雖然對方不清楚情況，不過依舊快速地應聲。吩咐的那個人這時將手放了下來，銳利的眼睛炯亮，接著才憤怒地咒罵出聲。儘管他在那小子的超級摩托車上裝了GPS，但可沒有在那小子身上裝追蹤器啊！

「媽的直接抓回來埋在血管裡好了！」Pakin從喉嚨裡發出吼叫聲，接著才抬起手觸摸被袖子打到隱隱作痛的臉頰，而後不禁轉身回去注視著那件造成問題的衣服。

這一次他失誤的地方並不是讓那小子發現，而是錯在沒有先想好應付那小子的對策。

這麼久以來，Pakin從沒隱瞞自己跟誰睡過，也不關心那些傢伙會拿這事去炫耀說曾經上過他的床，因此並不在乎有誰發現他跟誰睡了，他時不時就去找下一個對象。畢竟那些人都很清楚自己是什麼地位。可是他完全忘了，Graph和他過去的那些對象不一樣。

那小子不是只把性愛當成一種發洩。Pakin認為性愛不過是夜裡一種短暫的享受，不過性愛對那小子來說，被賦予的意義遠大於只是發洩慾望的工具，而且那小子就只跟他一個人上床。

也難怪那小子會氣成那樣。但比較令人意外的是，他會僅因被區區一名高中生發現自己跟很多人睡過而感到焦急。

「Shit!」Pakin用力揉著自己的頭，因為今早才證明了他迷戀跟Graph上床……太過迷戀了，所以再也不能像以前一樣放走那小子了。

這個想法令他感到非常的不快。

唯一能夠滿足他過剩的慾望的方法，就是把那小子追回來。

這即是手握大把權力的人告訴自己的理由，然後隨意帶過了那少年噙著淚水的眼眸，實際上究竟為他帶來了什麼樣的影響。

Pakin花了好一會時間讓自己的情緒冷靜下來，隨後親近的手下向他報告Graph去學校上課了，他這才下達了命令。

「把那小子給我盯緊了。」

只交代了這麼一句話，男人便轉身走進了浴室，縱使身體發出了抗議，但他也無法再繼續睡覺了。

他不想再忍受像過去這禮拜的那種焦躁，像是壓抑著自己，無法和對的人發洩出自己的慾求。因此，既然已經下定決心要順著自己的心意，不去在意其他人，那他就得追上去把Graph抓回來，雖然必須用些會讓對方破口大罵的強硬手段。

* * *

儘管Pakin告訴自己要追過去把那固執的孩子抓回來，可實際上，他依舊相當冷靜地等待著，猶如等著獵物完全卸下心防的獵食者。他很清楚如果跑去學校接人，那小子肯定會想盡辦法溜掉，而且還會情緒激動到無法好好談話，他因此等待著……等到摸清那小子欲將前往的目的地。

那個只要他一封住出口，那小鬼就無路可逃的地方。

可他萬萬沒想到那小子會選擇跑到這裡——那個敢於面對他的女孩的家。

「Graph，我來接你了，跟我回去。」

Pakin非常確信就算他闖進面前這棟房子，也不會有哪個警察敢抓他，可他依然站在原地等待，銳利的眼睛緊盯著屋裡人的動向。他很清楚那小子再怎麼固執，也還是會因為打擾了別人而

感到不好意思，所以他才會站在這裡施壓。

吱呀。

可就連他也沒想到，走出來的人竟是另一名男性，光看一眼就知道跟那個女孩有著血緣關係。

「這位大哥是來推銷東西的嗎？我們家已經有濾水器了，不需要再裝一臺了……呃，看來這個梗不管用啊。」

Pakin不知道這人是誰，也不知道是在耍什麼把戲，他就只是露出笑容──那種皮笑肉不笑的笑容。對方見狀便立刻安靜了下來，抬起手抓了抓頭，接著就瞥了家裡的人一眼。

大概是被那個女孩推出來的吧？

「嚇死人了。」他甚至還輕聲嘟囔，然後才轉過來注視著Pakin的眼睛。

「好啦，我不玩了，大哥，開這種車子，應該不賣濾水器吧。大哥找誰有什麼事嗎？」

高級跑車的主人念在那小子敢正視他眼睛的份上，用大手把太陽眼鏡摘下來輕輕在手掌心上敲了敲，彷彿是在思索一般，雖然他的沉默把面前這小子壓迫得冒出了冷汗。

「我也認為弟弟你是個聰明人，應該知道我有事要找哪個人。」Pakin一派輕鬆地說道，但眼神卻壞得可以。

「啊，大哥你不講，我又怎麼會知道？我們家就只有我和妹妹兩個人，而我妹妹肯定不認識像大哥這樣的人。」

屋主仍繼續裝傻，看來是被特別交代不准讓他進屋吧？Pakin見狀稍微歪了一下頭，然後輕描淡寫地開口，彷彿是在談什麼春花秋月。

「才三個人一起住……**挺危險的。**」

！

果然如預料中一樣，這小子夠聰明。

　　清楚明白這是在恐嚇的人，不由得渾身僵硬，眼睛則凶狠地掃了過來，表現出一副備戰狀態。可Pakin不是來對戰的，於是直接開門見山詢問。

　　「要不要來協商一下？」

　　「……」面前這傢伙戒慎恐懼的樣子，讓看的人不禁覺得好笑，他接著繼續說了下去。

　　「我要找那個孩子……。」

　　「哪個孩子？這裡沒有什麼孩子……。」

　　「Janjao是個相當漂亮的孩子呢。」

　　！

　　這個把權力用在錯誤地方的人，從喉嚨裡發出了笑聲，聽起來十分可怕，讓聽到的人不由得寒毛直豎。雖然作勢要張嘴罵人，不過San夠聰明，知道自己沒辦法戰勝眼前這個人，因此被妹妹特別交代——**拜託San哥幫忙把這位客人趕回去**——的哥哥，只好語氣嚴肅地說道：「大哥不會把那孩子抓去殺掉或是欺負對吧？」

　　San已算是仁至義盡了，Pakin見狀滿意地勾起唇角，接著開口允諾。

　　「保證不會有什麼見血的情況。」

　　兩雙眼睛相互凝視，而這真的是愛護朋友的San先生第一次主動別開視線，之後重重地嘆了口氣。

　　「今晚Janjao那丫頭肯定會一直對我大呼小叫的，唉。」

　　吱呀——

　　在那之後，屋主做了一件讓屋內之人張口結舌的事情——打開柵門邀請訪客入內。

「大哥請進，把您的人帶回去吧。」San講完後就做了一個上呈的動作。

「這真是非常明智的決定。」Pakin見狀不由得笑出聲來。然後這個位高權重之人就這麼大搖大擺地走了進去。

屋裡的人見大事不妙，沒多久就發出了類似尖叫的聲音。

「San哥你瘋了嗎？真是完全幫不上忙！」

這話讓San也很想轉頭吼回去。

妳哥哥可是為了妳的朋友死命抵抗，可萬一那個弟弟的男人……殺人滅口該怎麼辦？我老婆要是因此變成寡夫，然後被狗叼去吃了該如何是好！！！

除此之外，San先生今天也可以放心了，妹妹要好的男性友人很安全，甚至還有這樣的男人來接人，那小子應該不會再回過頭來騷擾他妹妹了，不過比較讓人質疑的是……。

那小子到底是誰？為什麼會有個那麼可怕的老公啊？

這位訪客花了不一會的時間就找到了逃家的孩子。男人才剛一走進去，眼角餘光就瞥到了跑向屋子後方的背影，他因此不急不躁地慢步跟了上去，從那位張大嘴巴，驚詫注視著他的短髮女孩面前經過，然後帶著笑容說道——

「抱歉打擾了，不會花太多時間的。」

那帥樣令聽的人瞬間紅了臉，用力點了點頭，甚至指出了少年離開的方向。

Pakin走到屋子後方打理得美輪美奐的庭園，銳利的目光立刻捕捉到了試圖翻牆的那個少年，隨即邁開長腿衝了上去。

啪。

「要去哪！」

「放開我，我叫你放開！！」

男人的兩隻手抱住了少年的腰，然後猛地使力，原本準備要翻牆的身軀頓時騰空，少年因此大聲吼叫，又是掙扎，又是推搡，使得前來接人的男人立刻皺起了眉頭。

這小子儘管身材不怎麼魁梧，但不表示他不重啊。

「如果再不停下來，我就要鬆手了！」

結果曾經害怕摔跤的那個人居然大聲回嘴——

「好啊，你放手啊，反正哥本來就不在乎我，快點放手，不過是身體的疼痛，比不上心裡的痛，放手啊，放手！！！」

要是在平常，他或許會毫不猶豫地照著這小子的意思，可就因為那藏著滿腔憤怒且顫抖的語氣，才讓比較高的那個人將纖瘦的身體好好地放在了地面上，可等到對方的腳一碰到地面……。

啪。

「別碰我！」Graph使盡全力把眼前比自己健壯的男人推得退了好幾步，而後迅速抬頭怒目相視。若不是那雙通紅的眼睛，他看起來或許會更可怕一些。

那模樣讓看的人像是很無奈地嘆了口氣，Graph因而咬緊牙槽。

「Graph，回去了。」

「不回，就算去死，我也不想和哥這種爛人回去！！！」

Pakin眼中燃起火光，像是忍無可忍地注視著這個膽敢一再喊他爛人的小鬼，長腿隨即向前邁進，打算將那小子拖過來。

「啊，先冷靜一點啦，先冷靜下來。」

Pakin沒來得及注意到那個以顫抖的聲音講出這些話的女孩，而這聲音似乎拉回了氣到快瘋掉的少年的理智。Graph此時撲了過去，然後牢牢抓住了好友的手臂，躲到了這個比自己矮了

約十公分的女孩身後。

「Janjao，我不回去，讓我留在這裡。」

媽的麻煩死了。

男人見狀在心中咒罵，變得加倍惱怒，因為這情況他又怎會不知道，那小子正在跟Janjao撒嬌。

「呃，Pakin哥。」而且還真的管用，因為這名馬尾女孩深深吸了一口氣，然後抬起臉面對他，說話語氣雖然有些磕磕巴巴，可依舊勇氣可嘉地把整句話講完。

「讓Graph在這裡住一晚吧，哥就……呃，先回去……比較好……吧？」

可聽的人卻語氣強硬地這麼說道：「我可能沒辦法讓『**我們家孩子**』繼續留在這裡叨擾……Graph，回去！」

Pakin的最後一句話講得簡潔扼要，Graph緊咬著嘴，用力搖頭堅持不走，兩隻手依然抓著好友的肩膀，彷彿抓著防身的盾牌一樣，那畫面滑稽得無以復加。

這畫面要是被別人看到了，大概會誤以為兩個不同年齡的男子在爭奪一名女孩子，但實情是，身材嬌小的女孩正護著一名無力反擊的少年。

要是在其他時候，Pakin應該會很同情地嘲笑那小子只能搬得出這樣的救兵，可實際上，他卻笑不出來。

「別來煩我，哥有那麼多人可以找，很想搞的話，就去找他們啊！為什麼要來糾纏我！」執拗的少年這時得快瘋掉了。

Graph一見到這個男人的臉，就不禁想起了今早所發生的事情。

就因為這個人說想要他，所以他才會傻傻地張開腿，讓人這麼輕而易舉地要了，然而……他不過是這個男人眾多選項中的其

中一個罷了。

　　笨……笨死了，竟以為 Pakin 哥從此不會再跟別人亂搞。

　　一想到這裡便淚眼愁眉，可少年卻硬是將它們逼了回去，結果這些眼淚讓嚇得半死的女孩再次鼓起了勇氣。

　　「我也覺得這樣不公平呢，Pakin 哥。」

　　「嗯？」心情很差的男人將目光收回來掃向了 Janjao，接著就看到這個女孩深深吸了一口氣，以既畏懼又不滿的眼神注視著他。

　　「Graph 就只有哥哥一個人，但是哥哥卻跟很多人做了，這樣對 Graph 一點也不公平啊。」

　　這孩子到底知道了多少？

　　聽的人在心中低吼，可是當他望向那名少年之後，發現他抓著好友手臂的那隻手正在顫抖，表示這些話完整地說明了那小子的心情。Pakin 因而稍微冷靜了一些，來回看著這兩個就算一起聯手也完全無法和他對抗的孩子，停下來思索了一下。

　　這一切事件的起因，都是因為他渴望著 Graph，以致於其他人無法滿足他的需求，而且經過這一個禮拜的實證，證明了就算他釋放得再多，仍舊沒人可以滿足他。因此，如果要他捨棄一些零零碎碎的樂趣，其實也不是什麼大不了的事情。

　　又不是要禁一輩子。

　　「可以。」所以，男子就這麼答應了。

　　！

　　Graph 此時立刻噙著淚水抬起臉來，像是不敢相信耳朵所聞那般睜大了雙眼，望進了這名只要往前走兩步就能近身的男人的眼睛，語氣顫抖地問道：「哥……哥這話是什麼意思？」

　　那對深邃的眼眸，彷彿能將人吸引過去，落入獵食者的圈

套，讓獵物永無掙脫之日。Pakin接著清楚明白地開口──

「我在跟你睡的期間，不會碰其他人。」

「不可能！哥騙人！」Graph立刻駁斥，可是手卻抖得更厲害了，以為自己氣到絕不可能原諒對方的心臟，竟執迷不悟地動搖了，甚至沒力氣去抓住介入擋在他倆中間的Janjao，只聽得見軟化下來依附在耳邊說服他的低沉嗓音。

「我說的是真的……有你的這段期間，我就不會去找別人。」

啾。

「好嗎？」

結果男人那低沉柔和的嗓音竟讓他的心臟產生難以饒恕的悸動，印在額頭上的嘴唇讓他的理智差點無法運作，只感覺到殘留的餘溫，以及抓住他肩膀的、甚至將他拉了過去的大手，Graph因而鬆開了緊緊拉住Janjao的手。

啪。

在那之後，Pakin把手伸向Graph的腰部，讓兩雙眼睛靜靜地對視，接著以溫柔的嗓音說道──

「現在一起回家吧，我答應過要帶你去吃飯，記不記得？」

這些話讓少年的心軟了下來，猶如被火烤過的蜜蠟，因為就算追逐了好幾年，Graph卻從沒體驗過這個男人的魅力。這個人有著邪惡的魅力，而且知道怎麼做才能得到自己想要的東西。而此時的Pakin正搬出這份魅力，用來對付這個自己曾經覺得煩人的孩子。

如此一來，這隻小獵物又怎麼有辦法躲得過經驗老道的獵食者呢？

「我……我還在生哥的氣！」不過Graph還是有足夠的力氣

推開對方，低下頭抖著聲音支支吾吾地說道。

「哥跟別人睡了！」

「我不是說過以後不會了嗎？」

「哥太自私了。」

「對，我是個自私的人。」這件事情他不打算否認。

Graph聞言便抬起臉，紅著眼眶看向他，張嘴準備繼續罵人。

「但我還是願意過來哄你，別再生氣了。」

Graph從沒聽過Pakin哥用這樣的語氣說話。這個願意花一整天時間只為了找尋自己的男人，正抬起指尖替他拭去淚水。

「我……不會……不會那麼輕易就原諒哥的，不會。」

這句話比較像是Graph對著自己講的，因為他一直低頭注視著地上的草，反反覆覆地這麼說，聽的人見狀，僅回過頭看向站在一旁張口結舌的女孩。

「我就先把Graph帶回去了，抱歉這孩子給妳添麻煩了。」

「沒……沒關係。」這時候Janjao只能輕聲回應，望著被拉出去的好友。

而Graph依然盯著自己的腳尖，不敢對上任何人的眼睛，包含抬起手遮住臉頰的好友妹妹，以及釋然地嘆了一口氣的好友哥哥，因為此刻他的腦中只有一個念頭在迴盪。

Pakin哥來……哄我。

那種人竟然願意來哄我。

一想到這裡，Graph就僅能注視著寬大的背影，真的不知道接下來該如何是好。最後只得乖乖鑽進車裡，然後像隻娃娃一樣安安靜靜地坐著，努力以最混沌的腦袋問自己「這是真的嗎？」，全然不知等到高級跑車一開走，尖叫聲頓時響遍了這棟

有著四兄妹的家。

「Janjao姊、Janjao姊、Janjao姊、Janjao姊，他們剛剛還親親耶！他們親親耶！」跑過來找自家姊姊的Bulan興奮地大叫。

這時家中的哥哥則眨了眨眼。

「Bu……Bulan！他們在姊面前親親，就在這麼近的距離，這麼近！！！」Janjao一邊語氣顫抖地說道，一邊還伸出手比劃距離，讓對方知道剛剛靠得有多近，就算她方才再怎麼替朋友生Pakin哥的氣，可現在卻統統忘了，只知道她自己是見證人，見證這個壞男人願意把她的朋友當成最後一個對象。

這個諾言，Pakin原本以為只是暫時性的，可卻不知道那是……自己得一輩子遵守的承諾。

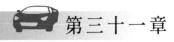 第三十一章

約好的晚餐

Shawty had them Apple Bottom Jeans (Jeans) 〜 Boots with the fur (With the fur)

〜〜

辣妹穿著蘋果臀牛仔褲（牛仔褲）〜腳踩毛毛靴（毛毛靴）

在Pakin其中一輛寶貝的時髦超級跑車內，Flo Rida的這首《Low》音量大到震耳欲聾，就連一旁的車輛都能聽見音樂的節奏聲嗡嗡作響，說明了喇叭的品質非常高級。不過，響了這麼幾句之後……。

喀。

車主就關掉了音響。

那舉動讓坐在一旁的人瞥了一眼，然後……。

喀。

The whole club was lookin at her. She hit the flo. (She hit the flo) Next thing you know 〜

整個夜店裡的人都在看她，她一跳進舞池（她一跳進舞池）接下來你會看到〜

喀。

結果樂聲響了不到幾秒鐘的時間，駕駛就伸手再次將它關掉，Graph因此立刻皺起了眉頭，扭頭看向目光依舊盯著路面的駕駛，接著伸手準備開啟音響繼續聽歌，可是……。

啪。

「別搗亂。」搶在指尖碰觸到音響之前，男人的大手抓住了少年的手腕，同時以低沉的嗓音制止。

少年聽了不由得忿忿地說道：「我要聽歌。」

「但我不想聽。」

「那哥就遮住耳朵吧。」一聽見對方的制止聲，固執的孩子立即爆發，一把抽回被握住的手，不過他沒再繼續亂動音響主機了，因為手腕上的觸碰太燙……太燙了。

離開了Janjao家之後，Graph才冷靜了下來，接著就意識到自己的愚蠢，蠢到不能再蠢地被人牽著鼻子乖乖上了車，想大吵大鬧又說不出口，要找對方談話又覺得尷尬，而且發生的這些事情也讓他不知道接下來該怎麼反應。

他不知道是否應該繼續生氣，或乾脆裝作什麼都沒發生，畢竟Pakin哥從來沒有像這樣子哄過人，對方或許偶爾會為了擺脫麻煩而那麼做，但絕對不會像是半個鐘頭之前那樣親吻他的額頭，然後明明白白地說著是來哄他的。結果Graph就因為不知該如何是好，所以才會馬上播放音樂轉移自己的注意力，可竟然又被制止。

「我還在生哥的氣欸！」男孩不由得提高了音量。

這一回駕駛轉過來對上了他的眼睛，那對銳利的眼眸透出了無奈，使得Graph瞬間暴怒。

Pakin則回道：「我這不是來哄你了嗎……。」

「如果哥不情願就不必過來，我又沒有拜託哥來哄我。」

「如果不希望我哄，那為什麼要逃跑？」

Pakin隨即反駁，令委屈不已的人很想在車子裡面大聲咆哮說，不管是誰像他一樣碰上了那種事，都會做出那種反應，就算被哄了，但Graph可沒忘記對方才剛和別人做過之後又跑來睡

他。

光想就覺得很噁心。

他很厭惡Pakin哥和一個又一個對象上床，逼得他從齒縫間擠出聲。

「因為哥是個爛人。」

吱呀──！！！！！

「啊！！！」

少年被嚇得放聲大叫，因為這輛時髦跑車突然高速切進了路邊，而後停了下來。還沒等他抗議，對方那張迷人的臉便突然靠了過來，兩人之間隔得極近。若是在平常，自己大概早被嚇得動彈不得了吧？可在對上那對閃閃發亮，甚至冷得懾人心魄，彷彿像是冰中冷焰的凌厲眼眸後，少年只能不由自主地渾身顫抖。

對方這時以帶著危險氣息的低沉嗓音說道──

「如果再讓我聽到你說我是爛人……」

權勢逼人的男人僅說了那些話，但是十年來一直在挑戰危險的少年卻還是繼續說了下去。

「如果我說了又怎麼樣？」

砰！

嚇！

Graph猛地一震，Pakin雙手使勁捶打他的椅背，那張英俊的臉同時移過來，幾乎要貼上他的唇，在那之後Pakin勾起了唇角。

「從現在起，我不會再以沒收你的摩托車和物品來當作懲罰，我會……。」

那張俊臉移到了Graph的耳邊。

「**……在床上討回來。**」

話一講完，Pakin便稍微退開了一些，俯視著臉上沒了血色，可不一會又漲得通紅的男孩。這小子或許明白了這不只是威脅，他是真的會那麼做。

既然對這小子再壞，都還是講不聽，那就換一個連他自己也很滿意的法子吧，反正也沒什麼損失。

可沒想到，這番話竟讓少年目光發亮，然後大聲說道——

「哥就只是性飢渴吧。」

「沒錯，而且我也承諾過會把我的性飢渴用在你身上。」

聽到這話的人立刻頂了回去，壓在椅背上像是在恐嚇的大手也跟著移過去攬住了少年的腰，一個收攏，讓對方貼著自己的身體。這動作使得Graph瞪大了眼睛，目光閃爍，像是非常的不安，接著感到害怕……害怕Pakin會就地執行他的恐嚇之詞……就在這輛車子裡面……到處都是車輛的路邊。

啪。

「放開我！」

Graph以兩手抵著Pakin的胸膛，然後使勁推開，像是求生般的放聲大叫，不過這一次Pakin倒是願意鬆手，僅和Graph對視了一眼，接著轉回去發車，再次駛回道路上。

「總之，做好心理準備吧。」

「為……為什麼我要做好心理準備啊？不過只是……只是做愛而已。」發話的人差點就要掌自己的嘴了，聲音竟抖成這樣。

不得不承認必須承受愛慾的他真的很害怕。那天晚上灌醉對方的經驗告訴Graph，如果Pakin哥來真的，那會有多恐怖。

Pakin從喉嚨裡發出了輕笑，斜眼過來看著少年的眼睛。

「那就好好記住你說過的話吧……今晚想吃什麼？」

話題突然被轉移，使得Graph語氣強硬道：「哥別突然轉

移話題，話還沒講完呢，而且我也還在生哥的氣……非常的生氣。」

其實男人應該對那不停說自己還在生氣、非常生氣的倔強模樣感到惱人才是，明明講一次他就聽懂了，可Pakin卻笑出聲來，覺得這小子的聲音，聽起來很像是想引起注意而嗷嗷叫的小奶狗。

「快點，在我做出決定之前快點選。」男人依舊堅持繼續講晚餐的事情，使得副駕的娃娃握緊了拳頭。

「不吃，我不餓！」

「Graph。」

「哥再怎麼喊我也不會覺得餓，而且我也不想吃。」就算大個子壓低嗓子叫喚，可少年仍雙手抱胸，望向窗外。

「如果今天不吃，我就不會再帶你出去吃了。」

「嗯，反正哥就是自私，想怎樣就一定要怎樣不是嗎？」

駕駛的情緒受到了一些影響，但最後還是冷靜了下來，因為Pakin很清楚，這孩子只要不滿意或者是不順心的時候，就會故意表現得很任性。若是在以前，他可能早就把人丟在這裡，讓這小子自行搭車回去了。不過，他沒有壞到沒意識到自己就是這小子無理取鬧的原因。

真要命，真沒遇過跟誰上了床之後會像這小子一樣這麼麻煩的。

「那麼像我這樣自私的人就要回去睡覺了。」

由於那小子正在鬧脾氣，因此Pakin只講了這麼一句話，原本打算轉動方向盤前往已事先預訂好餐廳的男人猛然調頭，長腿踩下油門，直接往回家的路上奔去，完全不在乎身旁少年那委屈巴巴的眼神。他一看就知道那小子還不想回家，不像嘴上講的那

樣。

　　既然這小子不想在外面吃飯，那他就只好順著對方的意思去做嘍。

＊＊＊

　　喀。

　　漂亮的跑車尚未完全停妥，副駕駛座的車門就被用力開啟，那一路上低著頭、雙手環抱前胸的娃娃直接衝了出來，然後跑進了屋裡，不理會走出來倚著車身，眼神有些不高興地望向他的駕駛。

　　Pakin哥才不會擔心車子還沒停妥就打開車門的我，他擔心的，其實是自己寶貝愛車的門會撞到什麼東西吧。

　　一想到這裡，Graph差點就要衝上去，把自己鎖在房間裡面了。

　　咚、咚、咚。

　　「Graph先生！Graph先生回來了。」

　　某人的呼喚聲讓Graph放緩了腳步。當他一回過頭，就看見腳步疾行，幾乎是直衝過來的女管家。一看到老人家滿臉擔憂的表情，先前的怒氣便消失殆盡，僅剩下愧疚感。

　　Kaew嬸是真的在擔心他，可是早上的時候他還對她大吼，現在又讓老人家跑過來找人，要是不小心摔倒了，以她那種年紀肯定會出事。

　　「Graph先生有沒有怎麼樣？今天早上我都要嚇死了，突然就那樣跑了出去。」

　　Graph曾經罵過不少人多管閒事，那些他爸請來的保母，沒

一個是真的在關心他，他們就只是怕被人凶、被扣工錢或是被開除。然而，面對Pakin哥家裡的這位老人家，Graph卻把頭壓得更低了。

Kaew嬤已經幫了他很多次，就算被Pakin哥這種人責罵，她依舊隨時在幫他。

這個跑來找他的老婦人，看向自己的眼神，就彷彿自己是她的孫子似的。Graph不自覺地說道：「對不起……我很抱歉。」

「Graph先生為什麼要跟我道歉？」

對方不由得訝異地問道，執拗的孩子因而緊握住自己的手。

「今天早上的時候，我對大嬤口氣不佳，我很抱歉。」

「唉呦，就那點小事，沒關係的，Graph先生。」

老人家聽了露出笑容，像是沒放在心上地緩緩搖了搖頭，但卻讓Graph感到更加愧疚。

在這個家裡最照顧他的人就是Kaew嬤了，接著是Win哥，至於這個家的主人……曾經對他噓寒問暖過嗎？

「哪裡沒關係了？這麼寵他，這小子只會更加口無遮攔。」

話還沒來得及繼續說下去，後面跟上來的人就這麼平平淡淡地開口，讓那個口無遮攔的孩子氣得咬牙切齒，不肯回頭。轉頭望去然後微微一笑的Kaew嬤，又回過頭來繼續和少年談話。

「那Graph先生以後別再這麼做了喔，這樣不好，我擔心到不行，突然就這麼跑走。」

如果是別人這麼責備他，Graph可能不會服氣，但面前這人和緩的語氣、溫暖的眼神，在在都讓他感到窩心，使得慣於到處撒潑的他僅說了一句：「我很抱歉。」

Kaew嬤是少數幾個讓Graph擔心自己會被異樣眼神看待的人。這名長者照料他的衣著、飲食，甚至每天叫他起床上學，她

其實根本不需要親自做這些事。Kaew嬸可以忍受他的脾氣，而且一次也沒有對他大聲過⋯⋯跟某個人完全不同。

Pakin見狀立刻皺眉。

「Kritithi大少爺也會向人道歉啊？」

喀。

這些話使得Graph握緊了拳頭，然後迅速轉頭對著這位管家大嬸說道——

「我先上樓了。」

「Graph先生不吃點東西嗎？今天早上不是也沒吃什麼東西嗎？」

「不⋯⋯我想睡覺。」

少年差點就脫口講出不想見到某個人的臉，不過他及時住了口，然後轉身快步走回房間，不是今早逃出來的那間臥室，而是一開始落腳的客房。

兩名大人則以截然不同的眼神注視著他離去的背影。其中一個，是擔憂；另一個，靜得令人猜不透情緒。

接著，這家的主人轉過來注視著女管家。

「寵成壞習慣了。」

「是Pakin先生對Graph先生太嚴厲才對吧。」

聽到這回答的人沉下了臉，而女管家僅報以淺淺的微笑，然後講了一句她先前就說過好幾次的話。

「Graph先生很讓人同情呢，如果Pakin先生能對他好一點，你就能看到他變成一個好孩子。」

Pakin搖了搖頭，但並沒有反駁什麼，倒是問起了另一件事。

「今天廚房打算做什麼菜？」

「綠咖哩雞、香草焗線鱧、炸蝦餅、落船辣醬以及炒鮮蔬。」儘管老闆說過不用準備晚餐，不過既然兩名老闆都回家了，Kaew嬸於是俐落地決定了菜單。

Pakin聽了之後語氣平淡地吩咐道：「統統不用做了。」

「啊？可是Pakin先生和Graph先生今天都回來了，而且……。」

「不用做了，不管廚房正在做什麼，都可以吩咐他們不用做了，什麼都不用做。」

男人僅說了這些話，她雖然不明所以，但也只能接受。她注視著上樓走回房間的男人，看起來像是沒半點要去找那個躲回自己房間的孩子的意思，最後只能嘆氣。

「難道就不能再溫柔一點嗎？Pakin先生，明明都特地去把Graph先生追回來了，如果能再溫柔一點……。」說這話的人自己住了口，因為對方是自己親手幫忙帶大的，她又怎會不知道到底是誰比較任性。

雖然躲回了房間，雖然把臉埋在床上，雖然勉強自己閉上眼睛睡覺，結果Graph就只能像住在病房那時候一樣翻來覆去，然後對那件襯衫的事情胡思亂想。最後，由於不想一直沉浸在這種事情裡，於是起身打電話找某個人……才分開不到兩個鐘頭的人。

「就我的想法呢，Graph，我覺得Pakin哥變了，Graph可能還在生那位哥哥的氣，不過Graph你想想看，以前你說過他總是把你趕得遠遠的，但是今天他竟然跟到我們家來哄你耶！Graph說過那個不曾在意過任何人的男人，跑來哄你欸！」

沒錯，他的專屬顧問——Janjao。

一聽到朋友那麼說，聽的人於是稍微冷靜了一些。

「看來是為了性愛吧？」少年語氣強硬道。Pakin哥想表達自己有所改變，大概也只是為了和他上床？這句話使得電話另一端安靜了一陣子，他這才意識到⋯⋯。

「抱歉，忘了妳是女生，大概不會想聽⋯⋯。」

「想聽！我想聽，講真的，Graph，我真的超級無敵想聽Graph的性生活，我現在是刺著自己的手臂，壓抑著自己不去問今天早上那位哥哥都對你做了什麼耶⋯⋯回到剛才的話題吧，Graph，好，Graph或許會說對方是為了性，我也很好奇那位哥哥講的，和你發生關係的期間，他不會有其他人，意思是⋯⋯。」

「如果膩了就會立刻拋棄我。」電話這端的人勉強自己接了下去，因為朋友沉默了下來，感覺像是很難把話說出口。

「嗯，那就在他膩了之前，Graph反而要做到讓Pakin哥無法自拔地迷戀你啊。」

「就憑我這樣！Janjao，就憑我這樣！」聽的人立刻揚聲道，不是他看輕自己，而是這無法保證什麼，搞不好睡了幾次之後Pakin哥就膩了，可是他的好友依舊那麼樂觀。

「吼，不一定吧，Graph！說不定Graph會是那個和Pakin哥在性愛方面很契合的人啊？有好幾對情侶都是從床上開始，然後才慢慢變成了愛情。現在你已經拿到機會了，那就應該全力以赴。」

「妳講的好幾對，是指好幾部小說吧？」

總能被Graph識破，這使得帶著BL小說到學校的人，從鼻子裡發出了聲音。

「吼，Graph啊，相信我啦！如果Graph不知道該怎麼做，

可以試著問問 Win 哥呀，那位哥哥看起來就很美味。」

電話另一端悄聲說道，甚至還笑得咯咯作響，這說明如果可以的話，Janjao 或許會遞上麥克風訪問男模的床上生活，還深入到枕席間的纖維，而那使得 Graph 搖了搖頭，忍不住跟著笑了起來。

「這下，總算笑了，好啦，你仔細聽我說喔！ Graph 或許還在生那位哥哥的氣，可是我希望 Graph 從現在起可以重新開始。先前 Pakin 哥有過其他對象，Graph 千萬別去想那些，只要想著現在，那位哥哥承諾過不會跟其他人上床，所以你也要努力綁住那位哥哥的心，好嗎？」

「……」

講這麼簡單，好像自己做過一樣。

少年很想回嘴，可實際上卻只是一味地沉默，因為他自己也和朋友持有一樣的想法，他應該別再去想對方曾經跟誰上過床，而是專注在從今以後的事情。可是大腦和心臟是不同的器官啊！大腦呢，說了要那樣，可是心臟……哪有辦法不去忌妒？

「我盡力。」少年只能這麼回答。

就在這時，房間的大門被敲響。

「Graph 先生，晚餐已經準備好了。」

女管家走進來通知，床上之人於是搖了搖頭。

「我不餓。」

Kaew 嬤見狀不由得露出淺笑，然後走上前來。

「不餓也下去一下吧。」

「我真的不餓。」

從早上就沒吃過東西的人仍堅持道，而對方則依舊笑著，不過那笑容看起來彷彿藏著什麼詭計。

「好嗎？就當作是大嬸求你了，今天的晚餐，做的人是真的下足了功夫呢。」

「Graph你去吃飯吧，我也要去吃飯了。喔，剛才你跟我說過會盡力，下樓讓Pakin哥見到面也算是一種盡力喔。」

老人家苦口婆心還不夠，就連電話另一端的人也在推波助瀾，他只好語氣強硬道——

「妳到底是我朋友還是我媽啊？Janjao。」

好友聽了咯咯笑，接著切斷了通話，少年最後還是從床上站了起來，語意不明地問道：「Pakin哥在嗎？」

這問題令Kaew嬸立刻露出了笑意，然後依舊重複那句話。

「Graph先生親自下去看看比較好，我認為這一餐，Graph先生應該會食慾大開。」

不可能，再怎樣都去他的不可能！

這個時候，Graph一臉驚詫地傻站在離大廚房不遠的一扇門前，目光直視著站在花崗岩流理檯前方的高大身影，而能有這樣的身形、這樣身材的人，應該就是Pakin哥。

Graph剛才走到飯廳發現空無一人的時候，已經覺得很訝異了，Kaew嬸又把他叫到了廚房。不過在他轉進自己先前進去製造混亂的那間廚房之前，女管家竟帶他轉了一個彎，接著他發現有另一間中型廚房，而這裡被裝潢得美輪美奐，就像是裝潢雜誌裡的樣貌。

這間廚房有前後兩座流理檯，其中一邊擺放了器具，有電磁爐、烤箱以及冰箱，至於另一邊的高度只有Pakin的腰部這麼高，僅設置了洗手槽以及乾淨的檯面，另外還擺了兩、三張椅子。

大廚房強調實用性，狀況看起來就像是已經被使用了好幾年，可這間廚房卻比較像是用來展示的，越發令Graph覺得不可能是真的。

站在爐子前方的那個男人真的是Pakin哥嗎？

那人身穿一條長褲以及看起來相當舒適的T恤，一副很適合待在家裡的打扮，形象與賽場上那位握有最高權力的男人迥然不同，明明應該和這男人不太相襯，可實際上，Pakin單單只是回頭望，就讓少年慌亂地閃避眼神，感覺……心臟快要不行了。

不是真的，我只是在做夢，這不是真的！

「來了就坐下啊。」

少年很想要肆意地頂嘴、使性子，可是兩條腿竟然聽話地將他帶過去坐了下來，眼睛也無法轉開看向其他地方，除了某個說要回來睡覺的人的寬厚背影。

Pakin哥沒有跑去睡覺，而是來親自替我做晚餐……這不是真的……你又在做白日夢了嗎？Graph！

想到這裡的人仍然睜大眼，注視著高大的男人將色澤鮮美的湯品舀進了質地優良的陶瓷碗裡，將厚厚的白色奶油倒在上面，與紅色的番茄湯形成了對比，接著再放上幾片羅勒葉收尾。在那之後，Pakin便轉身把那碗湯端到Graph的面前放下，看得這名執拗的少年只能抿著嘴唇。

「哥自己做的……嗎……？」

「就只是親手做些東西吃而已，有那麼難以置信？」

「誰叫哥不像是會做這種事的人啊。」

執拗的少年回嘴，儘管握住湯匙的手正在顫抖。對方則僅僅聳了聳肩。

「我又不是你，什麼事情都不會自己做。」

少年立刻被挑起了怒火。

「哥還不是一樣，家事都由其他人幫忙。」

Pakin稍微晃了晃頭，然後以臀部倚著流理檯，抬起手環抱胸前。模樣雖然看似比平常還要愜意，而且還是站在廚房的中央，不是在賽場的中央，可威嚴卻未減分毫。

不過，這時的Pakin並不是在威嚇，反而比較像是在戲弄人。

「至少我沒破壞過別人家的廚房。」

當話題又繞回到他上次進廚房的事情，少年就只能閉上嘴，低頭注視著鮮豔漂亮且與奶油顏色完美相襯的熱湯，一方面不敢相信是Pakin哥這種人親手做的，另一方面又希望事情真是如此。

第一次品嚐到Pakin哥的手藝。

「別光顧著看，快點吃。」

雖然很想再頂嘴，可Graph還是乖乖地把湯送進嘴裡。

！

好吃耶。

Graph這麼告訴自己，當柔和的奶油一碰到舌尖，他便品嚐到了香氣、清爽感以及非常合胃口的滋味，讓執拗的他又連喝了兩口，然後才問出了一句話。

「為什麼？」

為什麼願意為他費這麼大的功夫？

這個問題僅讓男廚勾起了唇角，然後簡單地說道——

「我不是說話不算話的人。」他說了要請男孩吃晚餐，可既然這個執拗的小鬼哪裡都不肯去，那他只好在家裡履行承諾了。

「可是哥沒必要這麼用心。」Graph反駁道。

是沒錯，這個人沒必要把和他這種小孩子講過的話放在心上，可若是回顧過去，即便Pakin哥再怎麼壞心，也從不曾食言，說會來探望他，就一定會來，說會帶東西給他，就一定會帶，說會接送他去學校，就一定會接送，只要講出口就一定會信守承諾。可如果說了不行，那就算他再怎麼死纏爛打，也從不曾讓對方心軟。

這一回高大的男人不答話，僅回過頭注視著正在工作的烤箱，接著走上前去打開烤箱，把鐵盤拉出來查看，牛排的香氣因而在整間廚房四散開來，他目測了一下，然後才將整個鐵盤拿出來放在隔熱墊上冷卻。

「我這不是用心，就當是我想自己做點東西吃吧，就像我在那邊留學的時候一樣，然後剛好也答應你了。」這就是把七分熟牛排切成一口大小的人的答案。

他將牛排放在已經事先備好花椰菜泥的盤子當中，再把色澤漂亮的醬料淋在肉上，主餐就準備好上桌了。

「而且我也不希望你在我的監護之下餓死。吃吧，都要冷掉了。」英俊的男廚說道，心滿意足地注視著乖乖把湯喝完的人，雖然自己也有一定程度的自信心。

以前住在美國的時候，Pakin玩樂的情況不見得比Siraphop少，但不代表他們會一直在外面開派對，僅是每個星期五輪流在不同的朋友家舉辦派對。這讓他不禁覺得，學會做一些事情也沒什麼損失，而且在他懶得出門的時候也能帶來好處。

獨自一人居住了好幾年，自然而然就學會了，如今他偶爾也會自己下廚，至少不用在凌晨三、四點的時候把傭人叫起來做菜。由於這個執拗的小鬼正在鬧脾氣，他因此想著，這樣子做應該不差吧？畢竟那孩子吃下食物然後一副不敢相信地偷瞄他的神

情，其實也⋯⋯滿好看的。

「而且你從早上到現在都還沒吃過任何東西。」

「哥是怎麼知道的？」

吃東西的人狐疑地抬起了頭，大個子頓時將目光投射過來靜靜地注視著少年，接著笑了。

那笑容令Graph毛骨悚然⋯⋯是那種了然於心的笑容。

「一早就在哭，哪裡有時間吃東西。」

「我才沒有！！！」

聽的人立即反駁，不肯承認自己哭過，因為那樣就等同於在對方面前示弱，

Pakin將兩隻手臂倚靠在流理檯上，那張迷人的臉幾乎要越過來靠向坐著吃飯的少年。這時候Graph差點向後退開，只不過被那對深色眼眸事先捕捉到了。

啪。

啊！

Graph甚至不曉得對方是何時將手抬起來的，感覺到的時候，對方的指尖就已經貼在他的眼尾上了，接著那位對所有事情都瞭若指掌的男人便從喉嚨裡發出了笑聲。

「你的眼睛說明了一切。」

咻。

執拗少年的心臟不由得一陣悸動，連忙別過臉閃避，而後飛快地回話。

「我眼睛紅紅的，是因為沒睡飽，因為有人一早就跑來糾纏我，才不是因為我哭到⋯⋯。」

「我都還沒提到你的眼睛紅紅的呢，你在急什麼？」

「就說了沒有！」

看似爭不過對方的那個人，急著想把頭抬起來，然而這個決定卻是大錯特錯。因為當他們一對上眼，Graph就感覺像是深陷在面前這對迷人的眼眸中。

那對眼眸的主人伸出手，徒手拿起了一塊被切成骰子大小的牛排，然後遞到了少年的嘴邊。

兩雙眼眸互相凝視著彼此，後來是少年這一方吃了敗仗，因此就只能張嘴接收被切得工整的肉塊。當舌尖碰觸到對方沾了醬汁的潤澤手指，Graph差點沒忍住自己的震驚。Pakin則面不改色，僅把手指抽了回去，接著舔了一下。

這一回Graph不禁臉頰發燙地坐在那裡，望著眼前一邊舔舐著手指，一邊直勾勾地盯著自己看的英俊男人。

難怪這麼多人會被Pakin哥的魅力攻陷，明明就壞透了。

這人僅憑著一句話，就讓他的憤怒與委屈統統消失。

「我都哄成這樣了，別再生我的氣了，Graph。」

像哥那種人，居然肯親自下廚做飯給他吃，肯溫柔的哄著他。原先的失望逐漸消失殆盡，只剩下猛烈跳動到幾乎令人喘不過氣的心跳聲。

為什麼啊？為什麼會一次次地輸給這個可惡的Pakin哥？

為什麼⋯⋯會這麼容易就點頭答應？

Graph嘆了口氣，喃喃地低語。「我才⋯⋯沒有在生哥的氣。」

因為不管他再怎麼氣，最終還是會輸給自己的心。

國家圖書館出版品預行編目(CIP)資料

Try Me：執拗迷愛/MAME著；胡瞍譯. --
初版. -- 臺北市：臺灣東販股份有限公司,
2024.12-
1冊；14.7x21公分
譯自：Try Me：Stubborn Wild (Pakin-
Graph)
ISBN 978-626-379-642-3(第1冊：平裝). --
ISBN 978-626-379-643-0(第2冊：平裝)

868.257   113015348

Published originally under the title of《Try Me Stubborn Wild (Pakin-Graph)》
Author © MAME
Traditional Chinese (Complex Chinese) Edition rights under license granted by Me
Mind Y Co., Ltd.
Traditional Chinese (Complex Chinese) Edition copyright © 2024 Taiwan Tohan
Co., Ltd.
Arranged through JS Agency Co., Ltd, Taiwan.

Try Me 執拗迷愛 2

2024年12月1日初版第一刷發行

作　　者　MAME
譯　　者　胡瞍
插　　畫　HT
編　　輯　魏紫庭
美術編輯　許麗文
特約編輯　何文君
發 行 人　若森稔雄
發 行 所　台灣東販股份有限公司
　　　　　＜地址＞台北市南京東路 4 段 130 號 2F-1
　　　　　＜電話＞(02)2577-8878
　　　　　＜傳真＞(02)2577-8896
　　　　　＜網址＞https://www.tohan.com.tw
郵撥帳號　1405049-4
法律顧問　蕭雄淋律師
總 經 銷　聯合發行股份有限公司
　　　　　＜電話＞(02)2917-8022